KB132291

질 블라스 이야기 2

나남
nanam

한국연구재단 학술명저번역총서
서양편 421

질 블라스 이야기 2

2021년 6월 25일 발행
2021년 6월 25일 1쇄

지은이   알랭-르네 르사주
옮긴이   이효숙
발행자   趙相浩
발행처   (주) 나남
주소   10881 경기도 파주시 회동길 193
전화   (031) 955-4601 (代)
FAX   (031) 955-4555
등록   제 1-71호 (1979. 5. 12)
홈페이지   http://www.nanam.net
전자우편   post@nanam.net
인쇄인   유성근 (삼화인쇄주식회사)

ISBN 978-89-300-4086-0
ISBN 978-89-300-8215-0 (세트)

책값은 뒤표지에 있습니다.

'한국연구재단 학술명저번역총서'는 우리 시대 기초학문의 부흥을 위해
한국연구재단과 (주)나남이 공동으로 펼치는 서양명저 번역간행사업입니다.

한국연구재단
학술명저번역총서
421

질 블라스 이야기 2

알랭-르네 르사주 장편소설

이효숙 옮김

Histoire de Gil Blas de Santillane

by

Alain-René Lesage

차 례

— 2 권 —

제 7 부

제 8 부

제 9 부

일러두기

제 2권에서는 제 1권에서 읽은 돈 폼페이요 데 카스트로의 역사와 맞지 않는 시대가 등장한다. 필리페 2세는 아직 포르투갈을 정복하지 않은 것으로 돼 있었는데, 여기서는 갑자기 질 블라스가 훨씬 더 늙지도 않았음에도 불구하고, 왕국이 갑자기 필리페 3세의 치하에 놓여 있다. 이러한 연대기상의 착오를 저자는 너무 늦게 알게 되었지만, 다른 많은 착오들과 더불어 이후에 고치겠다고 약속한다. 이 작품의 새로운 판본이 출간된다면 ….

제 7 부

1

질 블라스와 로렌사 세포라 부인의 연애

그러므로 나는 그 선량한 사무엘 시몬에게 우리가 훔쳤던 3천 두카도를 갖다주러 첼바에 갔다. 솔직히, 가는 도중에 그 돈을 내가 챙겨서 집사 일을 운 좋게 시작하고 싶은 마음이 들었던 것도 사실이다. 아무 탈 없이 그 짓을 할 수도 있었고, 대여섯 날 동안 여행만 하다가 돌아와서는 마치 임무를 완수한 척할 수도 있었다. 돈 알폰소와 그의 아버지는 내 충절을 의심하지 않았을 것이다. 그럼에도 나는 그런 유혹에 굴복하지 않았다. 명예를 존중하는 하인으로서 그 유혹을 물리쳤다고까지 말할 수도 있다. 대단한 사기꾼들과 어울렸던 젊은 이로서는 적잖이 칭찬할 만한 일이었다. 정직한 사람들만 보는 사람들은 대부분 그리 세심히 따지지 않는다. 평판을 내세우지 않아도 다른 사람의 물건을 맡을 수 있을 만한 사람들은 특히 그 점에 대해 잘 알 것이다.

돈을 되돌려 받으리라고는 전혀 기대 안 하고 있던 사무엘 시몬에게 돈을 갚고 나서 나는 레이바성으로 돌아왔다. 폴란 백작은 이제 거기 없었다. 그는 훌리아와 돈 페르난도와 함께 톨레도로 돌아간 것이다. 내 새 주인은 그 어느 때보다 세라피나에게 홀딱 빠져 있었고, 그녀도 그에게 홀려 있었으며, 돈 세사르는 그 두 사람을 곁에 두어서 너무 좋아하고 있었다. 나는 그 다정한 아버지의 신임을 얻는 데 매진하여 결국 얻어 냈다. 나는 그 집의 관리인이 되어 모든 것을 통솔했다. 소작인들의 소작료를 받았고, 지출도 관리했으며, 하인들에 대해서는 전횡적인 지배력을 갖고 있었다. 그러나 나와 같은 지위에 오른 사람들의 관행과는 반대로 나는 권력을 남용하지 않았다. 내 마음에 들지 않는다고 하인을 내쫓는 일은 하지 않았고, 다른 이들에게 나한테 전적으로 헌신하라는 요구도 하지 않았다. 그들이 돈 세사르나 그의 아들에게 뭔가 부탁하기 위해 직접 말하는 경우에도 그들을 가로막기는커녕 그들에게 유리하게 말해 주곤 했다. 게다가 두 주인이 나에게 늘 우애 어린 태도로 대해 주어서 나는 그들을 열성적으로 섬겼다. 나는 그들의 이익만 생각했다. 나의 관리 속에 속임수는 전혀 없었다. 나는 그 어디서도 볼 수 없는 그런 관리인이었다.

내가 행복한 처지에 대해 만족하고 있는 동안, 사랑 또한 내가 감사하기를 원했다. 행운이 내게 안겨 준 것들에 대해 마치 사랑이 질투라도 하는 것처럼 …. 사랑의 신 큐피드가 세라피나의 수석 하녀인 로렌사 세포라의 마음속에 관리인 나리에 대해 열렬히 끌리는 감정을 싹트게 한 것이다. 충실한 역사가처럼 사태에 관해 말하자면, 내가 정복한 그녀는 한 쉰 살은 되어 보였다. 하지만 상큼한 분위기, 기분 좋은 얼굴, 수완 좋게 이용할 줄 아는 아름다운 두 눈은 로렌사가 가진 일종의 재산으로 통할 수도 있었다. 내가 그녀에게 바랄 거라고는 그저 좀더 발그레한 피부였을지도 모른다. 왜냐하면 아주 창백했으니까. 혹독한 독신생활에서 비롯된 것일 거라고 나는 생각했다.

그 여인은 사랑이 담긴 시선으로 나를 오래도록 신경 쓰이게 했지만, 나는 그녀의 눈짓에 응답하지 않았고, 우선은 그녀의 의도를 모르는 척했다. 그럼으로써 나는 아주 참신한 남자처럼 보이게 되었고, 그 점에 대해 그녀가 불쾌해하지는 않았다. 그러므로 보기보다 덜 깨인 것 같은 젊은이에게 눈의 언어로만 그쳐서는 안 된다고 그녀는 생각했나 보다. 그래서 우리가 처음으로 얘기를 나누게 됐을 때부터 그녀는 자기감정을 아주 명확하게 표현했다. 확실하게 알려 주기 위해서였다. 그녀는 닳고 닳은 여자처럼 처신했다. 내게 말하면서 당황하는 척했고, 내게 말하려던 것을 확실히 다 해치우고 나서는 얼굴을 가렸다. 자신의 약함을 내보여서 부끄러워하는 것처럼 보이기 위해서였다. 나는 굴복해야 했다. 감정보다는 허영심 때문에 결정한 것이긴 하지만, 어쨌든 그녀의 의향에 매우 감동한 듯 굴었다. 심지어 절박한 척 위장하기도 했고, 열정에 빠진 것 같은 모습을 너무 잘 연출하여 오히려 핀잔을 듣기까지 했다. 로렌사는 나를 나무라긴 했지만 그럴 때의 태도가 너무 부드러웠기에, 내게 자제하라고 권고하면서도 내가 자제하지 못하는 것을 유감스러워하는 것 같지는 않았다. 그녀가 내게 너무 쉽게 마음을 허락했다가 헤픈 여자로 보일지도 모른다는 염려를 갖지 않았다면, 나는 아마도 사태를 훨씬 더 멀리 밀어붙였을 것이다. 우리는 다시 만날 것을 약속하고 그런 식으로 헤어졌다. 세포라는 그렇게 거짓 저항을 하면서 내가 그녀를 순결한 처녀로 여길 거라고 믿었고, 나는 이 연애 사건을 곧 결말지으리라는 달콤한 기대에 가득 차 있었다.

나의 사정이 이러할 때 돈 세사르의 한 하인이 내게 어떤 소식을 알려 주어 내 즐거움이 좀 줄어들었다. 그 하인은 집안에서 벌어지는 일을 알아내려 애쓰는 이상한 인간이었다. 그가 나를 열심히 쫓아 다니며 날마다 새로운 소식을 알려 주던 터에 어느 날 아침에는 자기가 알아낸 재미있는 소식을 들려주었다. 그런데 그 하인이 조건을 달았다. 로렌사 세포라와 관계된 일인데, 그녀에게 원한을 살지 모르니 꼭 비밀로 해달라는 거였다. 나는 그가 하려는 말이 무엇인지 너무 궁금해서 비밀을 꼭 지키겠다고 약속은 했지만, 그 내용에 대해 전혀 관심 없는 척하면서 가능한 한 아주 능란하게 물었다. 그가 무엇을 발견했기에 그토록 내게 말해 주고 싶어 하는지 …. 그는 말했다. "로렌사가 매일 저녁 지기 처소에 마을의 외과의를 몰래 들인다디군요. 그 의사는 몸매가 아주 훌륭한 청년인데, 글쎄 그 건달이 거기서 꽤 오래 머문대요." 그러더니 영악한 표정을 지으며 덧붙였다. "순수한 의도로 그러는 것일 수도 있을 테지만, 여자 방에 아무도 몰래 슬그머니 들어가는 남자라면 그녀에 대해 좋지 않게 판단할 태세가 돼 있다는 것을 집사님도 수긍하실 텐데요."

나는 마치 그녀를 진정으로 사랑하기라도 한 것처럼 그 얘기를 듣는 것이 힘들었다. 그렇다 할지라도 내색하지 않으려고 아주 조심했고, 내 마음을 찌르는 그 소식에 심지어 웃어 대기까지 했다. 하지만 혼자 있게 되자 그동안 참았던 것을 벌충하느라 욕설을 내뱉었고, 이제 내가 어떤 입장을 취해야 할지 곰곰이 생각해 봤다. 어떤 때는 로렌사를 경멸하면서, 교태나 부리는 그런 여자하고는 사실 여부를 따지는 노력조차 할 필요도 없이 그만둬 버려야겠다고 작정하기도 했고, 또 어떤 때는 외과의를 쫓아 버리는 것이야말로 내 명예가 걸린 일이라는 생각이 들어서 그에게 결투 신청을 할 계획마저 세우기도 했다. 두 번째 결정이 우세했다. 나는 저녁 무렵 매복하고 있다가 문제의 외과의가 알 수 없는 표정으로 내 노처녀의 집으로 들어가는 것을 실제로 보았다. 내 격분을 사기에는 그걸로 충분했다. 나는 성에서 나와 그 바람둥이가 돌아갈 때 지나갈 것으로 예상되는 길로 가서 자리 잡았다. 자리를 뜨지 않고 거기서 내내 기다렸고, 시간이 흐를수록 싸우고 싶다는 욕구가 점점 고조되었다. 마침내 적이 나타났다. 나는 허세를 부리며 몇 걸음 나아가 그에게 다가갔다. 그런데 도대체 어찌 된 일인지 갑자기 호메로스의 주인공처럼 두려움이 엄습해서 문득 멈춰 섰다. 나는 파리스●만큼이나 당혹해하며 있는데, 반면 그는 메넬라오스●●를 무찌르기 위해 나섰다. 나는 그 남자를 관찰하기 시작했다. 내 보기에 그는 강하고 원기왕성하며, 그의 검은 굉장히 길었다. 그 모든 것이 강렬한 인상을 주었다. 그럼에도 불구하고 명예에 관한 문제 또는 다른 그 무엇 때문에 위험을 실제보다 더 과장되게 보고 있으면서도, 그리고 그 위험에서 벗어나려고 버둥거리는 내 천성에도 불구하고, 나는 과감하게 외과의를 향해 나아가며 칼을 뺐다.

● 그리스 신화에 등장하는 인물로서, 트로이의 왕자다.
●● 그리스 신화에 등장하는 인물로서, 스파르타의 왕이며, 트로이 전쟁의 영웅 중 하나다.

내 행동이 그를 놀라게 했다. 그래서 소리쳤다. "대체 무슨 일입니까? 질 블라스 씨. 왜 이런 무력행사를? 장난치고 싶으신가 봅니다." 그래서 내가 대답했다. "아니오, 이발사● 나리, 아니오. 이보다 더 진지할 수는 없소. 당신이 바람둥이인 것만큼 용감하기도 한지 알고 싶소. 당신이 방금 성에서 만나고 나온 그 여인의 호의를 평온히 즐기도록 내가 놔둘 거라는 기대는 하지 마시오." 그러자 그 외과의는 폭소를 터뜨리며 대꾸했다. "성 고스마●●의 이름으로 말하건대, 참으로 재미있는 사건이군요! 겉모습이 사실과 아주 다른 경우가 흔히 있지요." 이 말을 듣자 나는 그가 나와 싸우려는 마음이 없다는 생각이 들었다. 그래서 나는 더욱 뻔뻔해졌다. 나는 그의 말을 가로막으며 말했다. "그런 소리는 딴 데 가서 하시오. 나는 믿지 못하겠소! 그저 아니라고 단순히 부정하는 것만으로 해결되리라고는 생각 마시오." 그러자 그가 대꾸했다. "당신에게 또는 나에게 닥칠지 모를 불행을 예방하기 위해 내가 말해야만 할 것 같군요. 그러니 당신에게 비밀을 밝혀 드리겠습니다. 우리 직종의 사람들은 비밀을 꼭 지켜야 하는데도 말입니다. 로렌사 부인이 자기 처소에 나를 은밀히 들이는 것은, 자신의 병을 다른 하인들에게 감추기 위해서입니다. 그녀는 등에 고질적인 암이 있어요. 그래서 내가 저녁마다 치료해 주러 갑니다. 당

● 이는 외과의를 깎아내리려고 경멸적으로 사용한 표현이다.

●● 외과의들의 수호성인. 아라비아에서 태어나 터키와 아나톨리아 등지에서 의술을 펼쳤다. 쌍둥이 형제인 성 다미아노(약사들의 수호성인)와 늘 함께 언급되는 성인이다. 돈을 받지 않고 치료해 주었으며, 303년 또는 310년에 순교한 것으로 알려졌다.

신에게 경각심을 갖게 한 그 방문의 이유가 바로 그것입니다. 그러니 이제부터는 마음을 편히 가지십시오." 그러더니 말을 이었다. "그런데 당신이 그 해명으로 만족하지 못한다면, 그리고 우리가 꼭 싸우기를 바란다면, 그저 말만 하십시오. 나는 드잡이를 거부하는 사람이 아니니까요." 그는 그렇게 말하면서, 나를 겁먹게 했던 긴 검을 꺼내더니 방어 자세를 취했다. 그래서 나는 내 검을 다시 집어넣으며 말했다. "됐어요. 나는 이유를 불문하고 덤벼드는 난폭한 인간이 아닙니다. 당신이 방금 해준 얘기를 듣고 나니 당신이 내 적은 아니네요. 우리 서로 포옹합시다." 내가 그리 못된 인간이 아니라는 점을 충분히 알려 준 그 말에 그는 웃으면서 자신의 검을 도로 넣고 내게 팔을 내밀었다. 이어서 우리는 세상에서 가장 친한 친구처럼 행동하고 헤어졌다.

그 순간부터 나는 세포라가 그저 불쾌하게만 여겨졌다. 그래서 그녀가 따로 얘기하자고 기회를 줄 때마다 회피했다. 그런 기회를 내가 요리조리 피하면서도 그렇지 않은 척한다는 것을 그녀가 이윽고 알아챘다. 그렇게 큰 변화에 놀란 그녀는 그 원인을 알고 싶어 했고, 마침내 따로 말할 방법을 찾아내고는 내게 말했다. "집사 나리, 당신이 왜 내 시선까지 피하는지 제발 알려 주세요. 내가 먼저 당신에게 다가간 것이 사실입니다만, 당신도 내게 호응했잖아요. 떠올려 보세요, 제발, 우리가 따로 함께했던 대화를⋯. 당신은 그때 아주 열렬했었어요. 그런데 지금은 완전히 냉랭하네요. 이게 무슨 의미인지요?" 그런 질문은 보통의 남자로서는 까다로운 것이어서, 나는 몹시 당황했다. 내가 뭐라고 대답했는지 지금은 기억나지 않는다. 그저 내 대답이 그녀를 더할 수 없이 불쾌하게 만들었다는 것만 기억난다. 다른 사람들은 세포라의 부드럽고 겸손한 분위기를 보고서 그녀를 순한 양처럼 여겼을지 모르지만, 분노에 휩싸이면 호랑이처럼 변했다. 그녀가 원통함과 격분에 가득 찬 눈길을 내게 던지며 말했다. "나는 … 고귀한 기사님들에게나 어울릴 그런 감정을 당신처럼 시시한 남자에게 알게 해주려 했다니 … . 그렇게 해서 당신을 영예롭게 해줄 거라고 믿었는데 … . 이렇게 한심한 건달을 위해 부당하게 나를 낮추었으니, 그 벌을 톡톡히 받고 있구나."

그녀는 거기서 그치지 않았다. 그랬다면 내가 너무 헐값에 면죄부를 받은 게 되었을 것이다. 경악한 그녀의 혀는 내게 점점 더 신랄한 수식어들을 숱하게 퍼부었다. 나는 그것들을 냉정하게 받아들여야 했을 것이고, 정숙한 여인을 공략해서 무너뜨렸던 것을 스스로 경멸하면서, 여인들이 결코 용서하지 않는 죄를 저질렀다는 성찰을 해야만 했을 것이다. 그러나 나는 너무 격한 성격이어서 그런 경우 지각 있는 남자라면 그저 웃고 넘어갔을 욕설을 참아 내지 못하고 인내심을 잃고야 말았다. 그래서 말했다. "부인, 그 누구도 무시하지 마십시오. 당신이 말하는 그 고귀한 기사님들이 당신의 등을 봤더라면 당신에 대한 호기심을 눌러 버렸을 게 확실합니다." 내가 그 독설을 쏘아 대자마자 격분한 그 노처녀는 아무리 모욕을 당한다 해도 그 어떤 여자도 결코 염두에 두지 못했을 아주 매서운 따귀를 내게 갈겼다. 나는 단 1초도 기다리지 않고 재빠르게 도망쳐서 이어질 따귀 세례를 피했다.

나는 잘못 든 길에서 벗어나게 된 것에 대해 하늘에 감사했고, 그녀가 복수를 했으니 이제 더 이상 염려할 것이 없다고 생각했다. 그녀가 자신의 명예를 위해 그 사건에 대해 입 다물 것 같았다. 그리고 실제로 그 일에 관한 얘기는 전혀 듣지 못한 채 보름이 흘러갔다. 나 자신도 그 일을 잊기 시작하던 터에 세포라가 아프다는 것을 알게 되었다. 나는 꽤 착한 사람이어서 그 소식을 들으니 마음이 아팠다. 그녀에 대해 동정심이 일었다. 제대로 보답받지 못한 사랑을 이겨 내지 못해서 그 불행한 연인이 견디지 못한 거라는 생각이 들었다. 나는 그녀가 나 때문에 아픈 것일 거라고 여기며 괴로워했다. 내가 그녀를 사랑하지는 못했어도 최소한 그 노처녀를 측은히 여기기는 했다. 하지만 그녀에 대해 얼마나 잘못 판단했던 것인지! 증오로 변한 애정은 이제 나를 해칠 생각만 하고 있었다.

　내가 돈 알폰소와 함께 있던 어느 날 아침, 그 젊은 기사는 슬프고 처량해 보였다. 그래서 무슨 일이 있느냐고 정중히 물어보았다. 그러자 그가 말했다. "허약하고 부당하며 배은망덕한 세라피나를 보니 울적하네요." 그 말에 내가 놀라자, 그가 덧붙였다. "놀라는구려. 하지만 더할 수 없이 진실이라오. 로렌사가 무슨 연유로 당신을 증오하게 되었는지 나는 모르오. 그런데 당신이 가능한 한 빨리 이 성에서 나가지 않으면 자신은 죽을 게 확실하다고 말할 정도로 당신을 끔찍해하는 것만큼은 분명하오. 세라피나가 당신을 소중히 여겼던 만큼, 세포라의 그런 증오에 대해 내가 우선은 화를 냈으리라는 것을 당신도 의심치 않을 것이오. 부당하고 배은망덕하지 않고서야 그런 증오를 보일 수 없으니까. 그러나 그녀도 결국 여자라오. 그녀는 자기를 길러 준 세포라를 애틋하게 여기고 있소. 그녀에게는 어머니이자 가정교

사여서, 만약 자기가 마음이 약해서 세포라가 원하는 대로 해주지 못한다면 세포라가 죽게 될 테고, 그러면 자기가 후회하게 될 거라고 생각하고 있소. 나로서는, 세라피나에 대한 내 사랑이 어떠하건 간에 이 사안에서 그녀의 감정을 따르는 비겁한 환심은 결코 보이지 않을 거요. 나는 당신을 하인이라기보다는 형제처럼 여기고 있는데 그런 사람을 내보내자는 말에 응하기 전에 스페인의 모든 노처녀들이 죄다 죽어 버리면 좋겠소!"

돈 알폰소가 그렇게 말하기에 내가 말했다. "나리, 저는 운명의 노리갯감으로 태어났습니다. 그녀가 나리 댁에서 저를 그만 박해하기를 기대했었습니다. 나리 댁에서는 모든 것이 행복하고 평온한 날들을 제게 약속했으니까요. 하지만 나리 댁에서 제가 아무리 즐겁다 해도 이제 그런 행복으로부터 저 자신을 추방하기로 결단해야 합니다." 그러자 돈 세사르의 그 너그러운 아들이 소리쳤다. "안 되오, 안 돼. 내가 세라피나에게 알아듣도록 설득하게 해주시오. 노처녀의 변덕 때문에 당신이 희생되어야 할 거라고는 말하지 않을 거요. 그런 여자를 다른 사람들이 그저 너무 존경만 하다니 ⋯ ." 그래서 내가 반박했다. "나리, 세라피나 아씨의 의지에 저항하다가는 그저 그분의 기분만 상하게 하실 겁니다. 제가 여기에 계속 있다가는 그토록 완벽한 부부 사이를 갈라놓을지도 모르므로, 그런 위험을 무릅쓰느니 물러가는 것이 낫습니다. 만약 저 때문에 두 분 사이에 불화가 생긴다면 저로서는 평생 달랠 길 없는 불행이 될 것입니다." 돈 알폰소는 그런 결정을 하지 말라고 했다. 그리고 나를 지지하려는 의도가 너무 확고해 보여서 만약 내가 버티려 했다면 로렌사는 실패를 맛보았을 게 틀림

없다. 내가 그 노처녀에 대해 화가 나서 그녀를 조금도 봐주고 싶지 않은 순간들도 있었다. 하지만 내가 그녀의 수치를 드러냈고, 그럼으로써 그 불쌍한 여인에게 비수를 꽂아 그 모든 불행이 초래됐다는 것과, 치유할 길 없는 그 두 가지 불행으로 인해 그녀가 죽게 될 것 같아 보인다는 생각에 이르면 그녀에 대해 그저 연민밖에 느껴지지 않았다. 나는 그토록 위험한 인간이었던 것이다. 그러므로 내가 양심적으로 물러남으로써 그 성에 평온함을 회복시켜야 한다고 판단했다. 그래서 바로 다음 날 동이 트기도 전에 주인 부부에게 작별인사도 없이 그 성을 떠났다. 그들이 우정 때문에 내가 떠나는 것을 반대할까 봐 그런 거였다. 나는 내 방에다 그동안의 관리에 관해 정확한 설명을 적은 글을 남겨 놓는 것으로 만족했다.

2

질 블라스가 레이바성에서 나온 후 어찌 되었는지,
그리고 형편없는 연애에 뒤이은 행복에 관하여

나는 내 소유였던 훌륭한 말에 올라탔다. 가방 속에는 2백 피스
톨라가 들어 있었는데, 대부분 죽은 강도들에게서 갈취한 것과 사무
엘 시몬에게서 훔친 3천 두카도였다. 왜냐하면 돈 알폰소는 내가 챙
긴 돈으로 돌려주게 하지 않고, 자기 돈으로 전액을 갚게 했기 때문이
다. 그래서 나는 그 돈을 이제는 정당한 재산으로 여기며 아무 거리낌
없이 향유했다. 나는 그 나이에도 자신의 장점에 대한 믿음이 늘 있었
을 뿐만 아니라, 미래에 대해 근심하지 않아도 될 만큼 자본을 소유하
고 있었다. 게다가 톨레도는 내게 쾌적한 피난처가 되어 주었다. 나
는 폴란 백작이 자신을 해방시켜 준 사람 중 하나인 나를 기꺼이 환영
하며 기뻐할 거라고 확신했고, 그가 자기 집에 숙소도 마련해 줄 거라
고 생각했다. 하지만 그 귀족을 찾아가는 것은 부득이한 경우에나 하
기로 마음먹었다. 그에게 도움을 구하기 전에 내가 특별히 보고 싶었
던 무르시아 왕국과 그라나다 왕국을 여행하는 데 내 돈의 일부를 쓰

기로 결정했다. 그런 계획 속에 알만사로 향했고, 길을 계속 가면서 이 도시 저 도시를 다니며 그라나다까지 갔다. 그러는 동안 나쁜 일은 일어나지 않았다. 나의 운세가 내게 주었던 숱한 시련들로 만족하고 드디어 나를 쉬게 놔두는 것 같았다. 하지만 운명은 다른 것들을 많이 예비해 두고 있었다. 이제부터 그것을 보게 될 것이다.

　내가 그라나다 거리에서 처음 만난 사람들 중 한 사람은 돈 알폰소처럼 폴란 백작의 사위인 돈 페르난도 데 레이바 씨였다. 우리는 거기서 만나게 되어 양쪽 다 놀랐다. 그가 소리쳤다. "아니 도대체 질 블라스, 당신이 이 도시에 있다니? 어쩐 일로 여기 오게 된 건가요?" 그래서 내가 말했다. "나리, 나리께서 이 고장에 있는 저를 보고 놀라신다면, 제가 왜 돈 세사르와 돈 알폰소를 섬기는 일을 그만두었는지 아시면 훨씬 더 놀라실 겁니다." 그리고 나는 그에게 세포라와 나 사이에 일어난 일을 아무것도 감추지 않고 다 말했다. 그는 그 얘기를 듣고서 유쾌하게 웃어 대더니 진지해지며 말했다. "이보시오, 그 일에 관해 내 생각을 말해 보겠소. 내가 처형(妻兄)에게 편지를 써서 …." 그래서 내가 말을 중단시켰다. "아니오, 아닙니다. 그러지 마십시오, 제발. 저는 그 레이바성으로 돌아갈 생각으로 거기를 나온 게 아닙니다. 저에 대한 친절을 제발 다른 일에 써주십시오. 나리의 친구분 중 누군가가 비서나 집사가 필요하다면 부디 저를 추천해 주시기 바랍니다. 감히 장담컨대, 나쁜 사람을 소개해줬다는 불평을 나리께서 들으시게 되는 일은 없을 겁니다." 이에 그가 대답했다. "당연히 당신이 원하는 대로 기꺼이 해주리다. 나는 병에 걸리신 연로하신 숙모님을 뵈러 그라나다에 온 거라오. 앞으로도 석 주 동안 여기 있을 거요. 그런 다음 홀리아를 두고 온 모르키성으로 돌아갈 거요." 그러더니 우리로부터 1백 걸음쯤 떨어진 곳에 있는 저택을 가리키며 말을 이었다. "나는 저 집에 머물고 있소. 며칠 후 나를 보러 저기로 오시오. 어쩌면 적당한 자리를 찾아 놓았을 수도 있소."

실제로 우리가 다시 만나자마자 그는 이렇게 말했다. "내 친척이자 친구인 그라나다의 대주교님이 그분의 글을 정서(淨書)해 줄 만한 지식을 가진 젊은이를 찾고 있소. 왜냐하면 그분은 대단한 작가시거든. 설교문을 얼마나 많이 작성하셨는지 모르오. 아직도 매일 쓰시고, 그걸로 설교하면 박수갈채를 받는다오. 내 생각에 당신이 그분에게 적당한 인물인 듯싶어서 그분에게 당신을 제안했소. 그랬더니 당신을 고용하겠다고 약속하셨다오. 그분에게 찾아가서 내가 보낸 사람이라고 하면서 당신을 소개하시오. 그분이 당신을 어떻게 맞아들이는지 보면 내가 당신을 좋게 얘기했다는 것을 알게 될 거요."

그 일자리는 내가 탐낼 만한 자리 같아 보였다. 그래서 그 고위성직자에게 최선을 다해 잘 보일 준비를 하고서 어느 날 아침 주교관으로 갔다. 내가 여기서 소설가들을 자극할 생각이라면 그라나다 주교관 건물에 대해 아마도 화려한 묘사를 할 것이다. 그 건물의 구조에 대해 늘어놓을 테고, 가구들의 호사스러움을 찬양할 테고, 거기 있는 조각상들과 그림들에 관해 말할 것이다. 하지만 나는 그것들이 의미하는 역사에 관해서는 독자에게 조금도 얘기하지 않고, 그저 그 주교관이 웅장함에서 우리 왕들의 궁전과도 맞먹는다는 말로 그치겠다.

내부의 방들에는 성직자들과 무관들이 많이 있었다. 무관들의 대부분은 최고위 성직자의 부관들, 사제들, 시종들 또는 하인들이었다. 하인들은 거의 모두 멋진 복장을 하고 있었다. 그들은 하인이라 기보다는 귀족으로 통할 것 같았다. 그들은 자부심에 차 있었고, 대단한 인물인 양 으스대고 있었다. 나는 그들을 살펴보면서 웃지 않을 수 없었고, 속으로 비웃지 않을 수 없었다. 나는 생각했다. '그래! 저자들은 노예의 멍에를 지고도 아주 행복해하면서 그 사실을 느끼지도 못하는구나. 왜냐하면 그것을 느낀다면 덜 교만하게 굴 테니까.' 나는 대주교관 집무실 문 앞에 버티고 있으면서 필요할 경우 문을 열어 주고 닫아 주고 하는 진중하고 장대한 인물에게 말을 걸었다. 대주교님과 얘기할 방법이 있겠느냐고 공손히 물었던 거다. 그는 딱딱한 태도로 내게 말했다. "기다리시오. 대주교님께서 미사에 참석하러 가시기 위해 나오실 겁니다. 그럼 지나가시면서 당신의 말을 잠깐 들어주실 겁니다." 나는 단 한마디도 대답하지 않았다. 나는 인내심으로 무장하였고, 부관들 중 몇몇과 대화를 해야겠다는 생각이 들었지만, 그들은 나를 머리부터 발끝까지 훑어보기만 하고, 단 한 음절도 내뱉지 않았다. 그런 다음 자기네 대화에 내가 제멋대로 끼어들려 한 것에 대해 교만한 미소를 지으며 서로 쳐다보았다.

고백건대, 나는 하인들에게 그런 식으로 취급당해서 몹시 당황해 있었다. 내가 아직 혼란에서 회복되지도 못한 터에 집무실 문이 열렸다. 대주교가 나타났다. 즉각 부관들 사이에 깊은 침묵이 흘렀고, 그들은 뻔뻔한 태도를 부리나케 거두고 자기네 주인 앞에서 공손한 태도를 취했다. 그 성직자는 69세에 접어들었고, 내 외삼촌 힐 페레스 참사원과 거의 비슷한 풍채, 즉 뚱뚱하고 작달막한 체구였다. 게다가 다리가 안쪽으로 몹시 휘었고, 머리숱이 너무 없어서 뒤쪽으로부터 끌어올린 머리카락 몇 가닥만 남아 있었다. 그래서 기다란 귀가 달린 고운 털모자 속에 자기 머리를 끼워 넣어야 했다. 그럼에도 불구하고 나는 그에게서 귀족적인 분위기를 발견했다. 어쩌면 그가 귀족임을 이미 알고 있었기 때문일지도 모른다. 우리 같은 평민들은 어떤 선입견을 갖고 귀족들을 보기 때문에, 귀족들이 태어날 때부터 갖고 있지는 않은 어떤 위엄을 그들에게 기꺼이 부여하곤 하니까.

대주교는 우선 내게 다가오더니 한껏 부드러운 어조로 무엇을 원하느냐고 물었다. 나는 그에게 돈 페르난도 데 레이바 씨가 추천한 젊은 이가 바로 나라고 말했다. 그는 내가 더 이상 말할 틈을 주지 않고 소리쳤다. "아! 당신이구려, 그가 그토록 칭찬을 해대던 사람이 당신이군요. 당신을 고용하겠소. 당신을 내 곁에 두게 된 것은 나에게 행운이오. 당신은 여기 있으면 되오." 그 말을 하고 나서 두 명의 시종에게 몸을 의탁한 자세로, 그에게 뭔가 전할 말이 있는 성직자들의 얘기를 듣고 난 후, 밖으로 나갔다. 우리가 있던 방에서 그가 나가자마자, 내 말을 무시했던 부관들이 내게 몰려왔다. 그들이 이제는 나를 둘러싸고 아양을 떨었고, 내가 대주교관의 한 식구가 되어 기쁘다고도 했다. 그들은 자기네 주인이 아까 내게 하는 말을 들었기에, 내가 어떤 직책으로 그 곁에 있게 되는 것인지 알고 싶어 죽을 지경이었다. 하지만 나는 짓궂게도 그들이 나를 무시했던 것을 복수해 주려고 그들의 궁금증을 해소해 주지 않았다.

대주교는 금세 돌아왔다. 그는 나와 단둘이 얘기하려고 자기 집무실로 나를 불러들였다. 내 정신상태를 살펴보기 위해 그런다는 것을 나는 제대로 판단하였다. 나는 방심하지 않고, 무슨 말이건 신중히 해야겠다고 각오했다. 그는 우선 고전인문학 지식에 관해 물었다. 나는 그의 질문들에 대해 그럭저럭 대답했다. 그는 내가 그리스 작가들과 라틴 작가들을 꽤 알고 있다고 보았다. 그다음에는 논법에 대해 얘기했다. 내가 예상하던 바였다. 그것에 관해서도 내가 꽤 잘 다룬다고 그는 보았다. 그래서 일종의 놀라움을 표시하며 말했다. "당신의 교육이 허술하지 않았군요. 자 이제 필체를 봅시다." 나는 일부러 가져갔던 종이 한 장을 호주머니에서 꺼냈다. 그 고위성직자는 내 필체에 대해 꽤 만족스러워했다. 그는 소리쳤다. "당신의 손에 만족하오. 그리고 당신의 정신에 대해서는 더욱 만족하오. 이토록 훌륭한 청년을 보내 주다니 내 조카 돈 페르난도에게 감사해야겠구먼! 진짜 선물을 해준 거네."

대주교와 점심 식사를 하러 오는 그라나다 귀족들 몇몇이 도착하는 바람에 우리는 하던 얘기를 중단했다. 나는 그들끼리 놔두고 부관들 틈으로 물러났다. 그러자 부관들이 온갖 예의를 차리며 나를 대했다. 식사시간이 되어 나는 그들과 함께 식사를 하러 갔고, 식사를 하면서 그들이 나를 관찰하는 동안 나 또한 그들을 잘 살펴보았다. 성직자들의 외관은 어찌나 지혜로운지! 모두 성스러운 인물들처럼 보였다. 그만큼 내가 있는 장소가 내 정신을 꼼짝 못 하게 붙들어 놓고 있었던 것이다. 그들의 모습이 어쩌면 가짜일 거라는 생각조차 들지 않았다. 마치 고위성직자들에게서는 그런 모습을 볼 수 없기라도 한 양!

나는 멜초르 데 라 론다라는 이름의 늙은 하인 곁에 앉았다. 그는 내게 맛있는 음식을 주려고 정성을 들였다. 그가 내게 관심을 보이기에 나도 그에게 관심을 표명했다. 그는 나의 예의 바름에 매료되었다. 식사 후 그가 아주 조그만 목소리로 말했다. "기사님, 기사님과 따로 얘기하고 싶습니다." 그러더니 그 대주교관에서 아무도 우리 얘기를 들을 수 없는 곳으로 나를 데려갔다. 거기서 그는 다음과 같이 말했다. "이보게, 자네를 처음 본 순간부터 자네에게 끌렸다네. 자네에게 매우 유익할 만한 비밀을 알려 줌으로써 자네에 대한 호의를 표시하고 싶네. 자네는 지금 진정한 신앙인들과 가짜 신앙인들이 마구 뒤섞여 사는 곳에 있는 것이네. 자네가 이 현장이 어떠한지 파악하려면 무한히 긴 시간이 필요할 걸세. 그토록 길고 불쾌한 연구를 자네가 면할 수 있게 해주겠네. 이 사람 저 사람의 성격들을 알려 줌으로써 말일세. 그러고 나면 자네는 쉽게 처신할 수 있을 걸세."

그러고 나서 그는 말을 이었다. "대주교님으로부터 시작하겠네. 그분은 끊임없이 사람들을 교화시키고, 자신이 직접 작성한 훌륭한 도덕이 가득한 설교들을 통해 그들을 덕으로 끌어올리려 애쓰는 아주 신심 깊은 성직자라네. 20여 년 전에 궁정을 떠나 신도들을 위한 열성에 혼신을 다하고 있다네. 박식하신 분이고, 대단한 설교가라네. 그분의 즐거움은 오로지 설교하는 것이고, 회중은 그의 설교를 몹시 좋아한다네. 어쩌면 거기에 약간의 허영심이 있을지도 모르네. 하지만 남들의 마음을 꿰뚫어 보는 것은 인간들이 할 수 있는 일이 아닐뿐더러, 나를 먹고살게 해주는 사람의 결점을 들추는 것은 내가 할 일도 아닐 걸세. 내 주인에게서 뭔가를 끄집어내는 것이 만약 허용된다면 나는 그 엄격함을 비난할 걸세. 약한 성직자들을 관대하게 대하기보다는 너무 혹독히 처벌한다네. 자신은 아무 죄가 없다면서 대주교의 권위에 아랑곳하지 않고 법적으로 자기변호를 하려는 자들에게는 특히 무자비한 박해를 가한다네. 대주교에게서 또 다른 결점도 보이네. 많은 귀족들이 공통적으로 보이는 결점인데, 자기 하인들을 좋아하면서도 그들의 헌신에 대해 신경을 전혀 안 쓴다는 점일세. 그들이 향후 정착할 데를 마련해 줄 생각은 하지 않고, 그들이 그냥 늙게 놔둘 걸세. 때때로 그들에게 특별수당을 준다면, 이는 누군가가 고맙게도 그렇게 하라고 얘기를 해줘서 그러는 걸세. 아주 사소한 것이라도 뭔가 해줄 생각을 대주교 스스로 하는 일은 결코 없을 걸세."

이상과 같은 내용이 그 늙은 하인이 해준 이야기다. 그런 다음 그는 우리가 함께 식사를 했던 성직자들에 대해 자기 생각을 말해 주었다. 그들의 몸가짐과는 거의 일치하지 않는 묘사들이었다. 사실상 그는 그들을 부정직한 사람들로 묘사한 것이 아니라, 꽤 나쁜 사제들로 묘사했다. 그럼에도 그들 중 몇몇은 예외로 했고, 그들에 대해서는 덕성을 몹시 칭찬했다. 이제 나는 그들과 있을 때 내 몸가짐에 대해 더 이상 거북스럽지 않았다. 바로 그날 저녁부터 나는 식사할 때 그들처럼 현명한 척 겉모습을 꾸몄다. 그런 건 하나도 힘들지 않다. 위선자의 재능이 있다면 동요할 필요가 없다.

3

질 블라스가 그라나다 대주교의 총애를 받게 되고,
특혜의 통로가 되다

나는 점심 식사 후 내 옷가지와 말을 찾으러 내가 묵었던 여인
숙으로 갔다. 그런 다음 대주교관에 저녁 식사를 하러 돌아왔는데,
그러는 동안 대주교관에서는 나를 위해 아주 깨끗한 방과 솜털 침낭
을 준비해 놓았다. 다음 날, 대주교는 아침 일찍 나를 불러들였다.
베껴야 할 설교문을 주려는 거였다. 그런데 가능한 한 아주 정확하게
베끼라고 그는 지시했다. 나는 빈틈없이 그렇게 했다. 부점도, 마침
표도, 쉼표도 빼먹지 않았다. 그러자 그는 기뻐하며 놀라워했고, 내
가 베낀 종이들을 전부 눈으로 훑어보더니 흥분하여 소리쳤다. "오,
주여! 이렇게 정확한 것을 내가 본 적이 있던가? 자네는 정말 너무 정
확하여 문법학자가 안 된 것이 의아할 정도일세. 내게 은밀히 말해 보
게, 친구여. 베끼다가 충격받은 부분은 전혀 없었는가? 문체가 좀 소
홀하다거나 적절치 못한 용어 같은 것은 없었나?" 나는 그에게 겸손
한 태도로 대답했다. "오! 몽시뇨르, 저는 비판적인 관찰을 할 만큼

그리 잘 알지는 못합니다. 설사 그럴지라도, 대주교님이 쓰신 글들은 제가 검열할 수 있는 수준이 아닙니다." 그 고위성직자는 내 대답에 미소 지었다. 그리고 아무 대꾸도 하지 않았다. 그런데 그 또한 뒤탈을 염려하는 작가라는 것이 그 모든 경건함 사이로도 엿보였다.

나는 그런 아첨으로 그의 호의를 얻어냈고, 그에게 점점 더 소중한 존재가 되었다. 매우 자주 그를 보러 오는 돈 페르난도로부터 나는 행운을 기대해도 좋을 만큼 대주교의 사랑을 받고 있다는 얘기를 마침내 들었다. 이는 얼마 안 되어 바로 내 주인으로부터 확인되었다. 어떤 기회에 그랬는지 이제 얘기하겠다. 어느 날 저녁 대주교는 자신의 집무실에서 나를 앞에 두고 다음 날 대성당에서 하게 될 설교를 열렬히 읊어 댔다. 그는 그 설교에 대해 대체적으로 어떻게 생각하는지 묻는 것으로 그치지 않고, 아주 인상적인 곳들이 어디인지 말해 보라고 했다. 다행히 나는 그가 더 낫게 평가하는 부분들, 그가 좋아하는 부분들을 인용할 수 있었다. 이로써 그의 마음속에서 나는 한 작품의 진정한 아름다움을 섬세히 구별하는 사람으로 통하게 되었다. 그는 소리쳤다. "저런, 이른바 취향과 감정이라는 것들을 갖고 있구먼! 이보게, 친구, 내 장담컨대, 자네의 귀는 미련하지 않아." 한마디로 그는 나를 너무 만족스럽게 여겨서 내게 힘주어 말했다. "질 블라스, 이제부터 네 운명에 대해서는 아무 염려 말렴. 내가 최고의 운명으로 만들어줄 테니. 나는 네가 좋구나. 이를 증명하기 위해 너를 나의 심복으로 삼으마."

나는 그 말을 듣자마자 감사하는 마음이 복받쳐서 대주교의 발아래 쓰러졌다. 나는 그의 안짱다리를 감싸 안았다. 나 자신이 벌써부터 부자가 되고 있는 것처럼 여겨졌다. 내 행동 때문에 말을 중단했던 대주교가 다시 말했다. "그래, 애야, 너를 내 마음속 깊은 생각의 수탁자로 만들고 싶구나. 내가 이제 하려는 말을 주의 깊게 들으렴. 나는 설교하는 것을 좋아한단다. 주님께서 내 설교를 축복해 주시지. 내 설교는 죄인들을 감동시키고, 그들로 하여금 자신에게로 돌아오게 하여 회개하게 만든단다. 내가 탐욕에 관한 이미지들을 설교를 통해 표현하는 걸 들은 수전노가 질겁하면서 금고를 열어 재산을 잔뜩 나눠 주는 모습을 보게 되면 나는 아주 흐뭇하다네. 그리고 어느 방탕한 자를 향락에서 끌어낸다거나, 야심가들로 하여금 세상에서 물러나 회개하게 만든다거나, 바람둥이 애인 때문에 흔들리고 있는 유부녀에게 의무감을 확고히 갖게 만든다거나 하면 만족스럽지. 그런 회심(回心)은 자주 있는데 그 회심들 자체만으로도 내가 하는 일에서 흥분을 느끼네. 그럼에도 불구하고 나의 약점을 자네에게 고백하겠네. 나는 또 다른 상을 목표로 정했네. 나의 섬세한 덕성이 내게 질책해 봤자 소용없네. 그 상이란 세련되고 다듬어진 글들에 주어지는 사교계의 호평이라네. 완벽한 설교가로 통하는 명예가 나한테는 아주 매력적으로 보이거든. 사람들은 내 작품들이 강력하면서도 섬세하다고 말하네. 하지만 나는 너무 오래 글을 쓰는 좋은 작가들이 흔히 갖게 되는 결점을 피하고 싶고, 내 평판을 온전히 보전하고 싶네."

그러더니 그 고위성직자는 말을 계속했다. "그래서 나는 자네가 한 가지 면에서 열정을 보여 주기를 요구하겠네. 내 글에서 노쇠함이 느껴지고, 내가 쇠퇴한다고 보이면, 그것에 관해 내게 반드시 알려 주게. 나는 그 점에 대해 나 자신을 믿지 못하니까. 내 자존심이 나를 농락할 수도 있을 걸세. 그런 지적을 하려면 이해타산을 초월한 정신이 필요하네. 나는 자네의 정신이 훌륭하다고 알고 있기에 자네로 선택했네. 그래서 자네의 판단에 믿고 맡기려네." 그래서 내가 말했다. "맙소사, 몽시뇨르, 대주교님이 그렇게 되시려면 아직 한참 멀었습니다. 게다가 대주교님처럼 강인한 정신을 갖고 계신 분은 다른 사람보다 훨씬 더 그 정신을 잘 보존하실 것이며, 더 정확히 말하자면, 대주교님은 앞으로도 늘 그러실 겁니다. 저는 대주교님을 또 다른 히메네스 추기경님으로 여기고 있습니다. 그분의 우월한 재능은 해가 갈수록 약해지기보다는 새로운 힘을 받는 것 같았습니다." 그러자 대주교가 말을 중단시켰다. "듣기 좋은 말은 하지 말게, 친구. 내가 한순간에 무너질 수 있다는 것을 알고 있네. 내 나이가 되면 몸이 나빠지는 것을 느끼기 시작하고, 그런 체력감퇴는 정신을 변질시키지. 다시 말하건대, 질 블라스, 내 정신이 약해진다고 판단되는 즉시 내게 알려 주게. 솔직해지는 것, 진심으로 말하는 것을 두려워 말게. 나는 그런 의견을 나에 대한 애정 표시로 받아들일 테니. 게다가 자네의 이익과도 관련되는 일일세. 자네로서는 불행하게도 세간에서 내 글이 더 이상 평소의 힘이 없다고 말들 한다거나, 그래서 나는 이제 쉬어야 한다는 말이 혹시라도 내 귀에 들어온다면, 내가 자네에게 약속했던 행운을 내 우정과 함께 거두어 버리겠다고 딱 잘라 단언하겠네. 자네가 어리석게도 조심스러워서 내게 그런 말을 안 한다면 그런 결과를 얻게될 거야."

그 지점에서 대주교는 나의 확답을 듣기 위해 말을 멈추었다. 그때로부터 그는 내게 아무것도 숨기지 않았다. 그리고 나는 그의 총애를 받는 자가 되었다. 모든 하인들이 그걸 눈치채고 나를 질투했다. 멜초르 데 라 론다만 빼고…. 이는 그 당시 몽시뇨르와 밀접한 측근에게 시종들이 어떻게 처신하는지 보여 주는 사례였다. 그들은 내 호의를 얻기 위해 비굴하게 구는 것을 수치스러워하지 않았다. 나는 그들이 스페인 사람으로서 어찌 그럴 수 있는지 믿어지지 않았다. 나는 그들이 바라는 것을 해주지 않을 수 없었으나, 그렇다고 해서 그들의 공손함이 이해타산 때문임을 모르지 않았다. 내가 대주교에게 그들을 후원해 달라고 간청하면 대주교는 그 청을 들어주었다. 어떤 이에게는 연극단을 하나 얻어 주어서 극단들 틈에서 두각을 드러내게 해주었고, 또 어떤 이는 멕시코로 보내어 꽤 중요한 임무를 수행하게 해주었다. 내 친구 멜초르에게는 두둑한 하사금을 받게 해주었다. 이로써 나는 대주교가 스스로 알아서 미리 배려하지는 않는다 해도, 적어도 요청받은 것을 거절하는 일은 드물다는 것을 경험했다.

하지만 내가 어느 사제를 위해 한 일에 대해서는 자세히 설명해야 할 것 같다. 어느 날 아직 젊고 혈색이 아주 좋은 젊은이인 루이스 가르시아라는 학사가 대주교관의 지배인을 통해 내게 소개되었다. "질 블라스 씨, 이 점잖은 성직자는 내 친한 친구 중 하나입니다. 그는 수녀원의 부속사제였지요. 그런데 중상모략이 그의 덕성마저 그냥 두지 않았어요. 누군가 그에 관해 대주교님께 나쁘게 얘기했고, 그래서 대주교님은 그를 정직(停職) 시키셨어요. 불행히도 대주교님은 그에 대해 나쁜 선입견을 갖게 되셔서 그를 위한 청원은 영 들으려 하지 않으십니다. 우리는 그를 복권시키기 위해 그라나다에서 제일 명망 있는 사람들도 이용해 봤지만 소용없었습니다. 우리의 주인은 완강하십니다."

그래서 내가 말했다. "아, 일이 아주 나쁘게 돌아갔군요. 학사님을 위해 청원을 안 하는 편이 나았을 겁니다. 도와주려다가 오히려 피해를 주게 되었군요. 제가 몽시뇨르에 대해서는 좀 압니다. 그분에게 청원이나 권고를 드리면 그분은 마음속으로 그 성직자의 잘못을 더 크게 생각하실 뿐입니다. 저도 얼마 전에 대주교님에게서 그 성직자의 얘기를 직접 들었어요. 대주교님은 이렇게 말씀하셨어요. '부정행위를 하는 사제가 사람들을 동원해서 내게 청원해 달라고 할수록, 그는 일을 더 크게 만들 뿐이고, 나는 더 엄해질 뿐이네'라고 말입니다."

그러자 지배인이 다시 말했다. "거 참 유감스럽게 되었네요. 막강한 사람이 도와주지 않으면 내 친구가 난처해질 텐데. 다행히 그는 글씨를 아주 황홀할 정도로 잘 씁니다. 그 재주로 음모에서 빠져나오곤 하지요." 그래서 나는 그렇게 칭찬해 마지않는 그 글씨가 내 글씨보다 나은지 알고 싶어졌다. 자신이 쓴 것을 수중에 갖고 있던 학사는 내게 한 페이지를 보여 주었고, 나는 그걸 보고 감탄했다. 대단한 서기가 쓴 것만 같았다. 그토록 아름다운 필체를 보자 좋은 생각이 하나 떠올랐다. 나는 가르시아에게 그 종이를 내게 놓고 가라고 하면서, 그걸 가지고 그에게 유익한 뭔가를 할 수 있을 거라고 말했다. 그리고 당장은 설명해 주지 않지만, 다음 날 설명해 주겠다고 말했다. 학사는 아마도 지배인으로부터 내 재능에 대한 칭찬을 들었는지, 마치 벌써 복직이라도 된 듯이 만족스러워하며 물러갔다.

그가 그렇게 되기를 나는 진정으로 바랐다. 그래서 바로 그날부터 다음과 같이 그 일에 매진했다. 나는 대주교와 단둘이 있게 됐을 때 그에게 가르시아가 쓴 글씨를 보여 주었다. 내 주인은 그 글씨에 매료된 듯 보였다. 그래서 그 참에 말했다. "몽시뇨르, 대주교님께서는 설교문이 인쇄되는 것을 원치 않으시므로, 최소한 그 글들이 이렇게 아름다운 글씨로 적히기라도 하기를 저는 바랍니다." 그러자 그 고위 성직자는 대답했다. "나는 자네의 글씨로 만족하네. 하지만 그 글씨의 필체로 내 작품들의 필사본을 하나 갖는 것도 나쁘지는 않을 것 같네." 그래서 내가 말했다. "그저 말씀만 하십시오. 이토록 글씨를 잘 쓴 사람은 제가 아는 학사입니다. 그는 대주교님께 이런 즐거움을 드리게 되어 몹시 기뻐할 겁니다. 그는 현재 불행에 처해 있는데, 이 방법을 통해 대주교님의 선하신 마음에 들어 그 서글픈 상황에서 빠져나올 수도 있을 겁니다."

그러자 대주교는 그 학사의 이름이 무엇이냐고 물었다. 그래서 내가 말했다. "그의 이름은 루이스 가르시아입니다. 그는 대주교님으로부터 신임을 잃어서 절망에 빠져 있습니다." 그러자 대주교가 말을 중단시키며 말했다. "내가 착각한 게 아니라면, 그 가르시아는 어느 수녀원의 부속사제였는데, 성직자회의의 견책을 받았다네. 그에 대한 보고서가 아직도 기억나네. 그는 품행이 별로 좋지 않다네." 그래서 이번에는 내가 대주교의 말을 끊고 말했다. "몽시뇨르, 제가 그 사람을 변호하지는 않겠습니다. 그런데 그에게 적들이 있다는 사실은 압니다. 대주교님이 보신 그 보고서를 쓴 자들이 진실을 말하기보다는 그에게 나쁜 자리를 주게 만들려고 애쓴다고 그가 주장합니다." 그러자 대주교가 말했다. "어쩌면 그럴 수도⋯. 세상에는 아주 위험한 자들이 있거든. 그런데 그의 처신이 늘 나무랄 데 없었다면 좋았을

것을…. 그가 그 점에 대해 회개할 수도 있지. 그리고 그 어떤 죄에
건 긍휼을 보여야 해. 그 학사를 데려오게. 내가 정직 명령을 거둬들
이겠네."

　바로 이런 식으로, 가장 엄격한 사람들도 자신에게 소중한 이익이
자신의 엄격함과 대립되면 그 엄격함을 완화하는 법이다. 대주교는
가장 강력한 청원을 해도 거절했던 것을 이번에는 힘들이지 않고 허
락했다. 자신의 작품들이 훌륭한 글씨체로 써지는 것을 보는 허영에
찬 기쁨 때문이었다. 나는 그 소식을 얼른 지배인에게 전했고, 지배
인은 이 소식을 자기 친구 가르시아에게 알렸다. 그 학사는 바로 다음
날 그 은혜에 비례하는 감사를 내게 하러 왔다. 나는 그를 내 주인에
게 소개했고, 내 주인은 그에게 가벼운 질책을 하는 것으로 그치고 나
서, 정서해야 할 설교문들을 그에게 건네주었다. 심지어 그라나다 부
근의 큰 마을인 가비의 교구신부 직책까지 얻어 주었다.

4
|
대주교가 뇌졸중으로 쓰러지다

질 블라스의 당혹스러움과 그 곤경에서 빠져나온 방법

내가 그렇게 이 사람 저 사람에게 도움을 주는 동안, 돈 페르난도 데 레이바는 그라나다를 떠날 채비를 하고 있었다. 나는 그가 떠나기 전에 마련해 준 그 훌륭한 일자리에 대해 다시 감사하려고 그를 보러 갔다. 그는 내 감사의 말에 아주 흡족한 듯 보였다. 그는 말했다. "친애하는 질 블라스, 당신이 대주교님인 내 삼촌에 대해 만족스러워하니 기쁘오." 그래서 내가 응수했다. "저는 그분이 아주 좋아요. 제가 이루 다 감사할 수도 없을 만큼 잘해 주셨습니다. 돈 세사르 나리와 그 아드님 곁에 더 이상 있지 못해서 그런 위안이 필요했거든요." 그러자 그가 대꾸했다. "그분들도 당신을 잃게 되어 몹시 애석해하실 게 확실하오. 그러나 아마도 영원히 헤어지는 것은 아닐 것이오. 언젠가 당신이 그분들과 다시 만나게 될 날이 올 것이오." 그 말을 듣자 감동이 복받쳐서 한숨을 내쉬었다. 그 순간 나는 돈 알폰소를 너무나 좋아한다는 것을 느꼈기에, 만약 그 성을 떠날 수밖에 없게 만든 장애

물만 없어진다면 대주교나 대주교가 내게 품게 한 그 아름다운 희망도 기꺼이 버리고 그곳으로 돌아갔을 것이다. 돈 페르난도는 흥분된 내 마음을 알아채고 너무 고마워서 나를 포옹하며 그의 가족들 모두는 늘 내 운명의 일부일 거라고 말했다.

그 기사가 떠난 지 두 달 후, 내가 가장 신임을 받던 그 시절에 대주교관에 적신호가 켜졌다. 대주교가 뇌출혈로 쓰러진 것이다. 우리는 아주 신속히 그를 구해 냈고, 너무 좋은 치료를 제공했기에 며칠 지나자 더 이상 아파 보이지 않았다. 그러나 그의 정신에는 그 일이 혹독한 상처를 남겼다. 나는 그가 작성한 첫 설교문에서 당장 그 사실을 알아챘다. 하지만 그 설교가 쇠퇴하기 시작했다는 것을 다른 사람들이 느낄 만큼의 차이를 보이는 것은 아니라고 생각했다. 나는 어떻게 해야 할지 더 잘 알기 위해 다음번 설교문을 기다렸다. 아! 그런데 이번에는 결정적이었다. 설교문에서 그 성직자는 어떤 때는 같은 말을 지겹게 되풀이하고, 어떤 때는 너무 높이 치솟거나 너무 낮게 내려왔다. 한마디로 산만한 글이었고, 진부한 교수의 수사법이었으며, 따분한 설교였다.

그것을 간파한 사람은 나 혼자가 아니었다. 그가 설교할 때면 청중 대부분이 마치 그를 점검해 보기 위해 고용된 사람들처럼 모두 조그만 소리로 서로 속닥거리곤 했다. "뇌출혈이 느껴지는 설교로구먼." 나는 속으로 나 자신에게 말했다. '자, 설교들의 심판자 나리, 당신의 직무를 수행할 준비를 하시오. 몽시뇨르가 무너지는 것을 보고 있잖소. 그의 생각의 수탁자로서뿐만 아니라, 그의 친구 중 누군가가 너무 솔직하여 당신보다 먼저 선수를 칠까 봐 두려우니 대주교에게 사실을 알려야만 하오. 다른 사람이 먼저 말할 경우 당신은 대주교의 유언장에서 지워질 거요. 아마도 그 유언장에는 세디요 학사의 서고(書庫)보다 더 좋은 유증물이 당신을 위해 분명히 있을 텐데….'

그런 생각을 하고 난 후 나는 완전히 반대되는 생각도 했다. 그런 사실을 알려 준다는 것이 매우 민감한 사안으로 보였던 것이다. 자기 작품에 대해 고집이 있는 작가는 그런 경고를 기분 나쁘게 받아들일 수도 있을 거라는 판단이 든 것이다. 그러나 그 생각을 밀쳐 버리고, 내게 그토록 간절히 그렇게 해달라고 요구해 놓고서 실제로 그렇게 했다고 이제 와서 기분 나빠할 수는 없는 거라고 생각했다. 게다가 그에게 아주 교묘히 말하여 그가 그 당의정을 아주 부드럽게 삼키게 할 작정이었다. 마침내 나는 침묵을 깨는 것보다 지키고 있는 것이 더 위험하다는 생각이 들어서 말을 하기로 결심했다.

나를 난처하게 한 것은 단 한 가지였다. 그 말을 어떻게 시작해야 할지 모른다는 것이었다. 다행히 그런 당혹스러움에서 나를 끌어내 준 건 설교가 당사자였다. 세상 사람들이 그에 대해 뭐라고 하는지, 그의 마지막 설교에 대해서는 만족했는지 그 자신이 내게 물어 왔던 것이다. 나는 사람들이 그의 설교를 늘 찬미하긴 하지만, 마지막 설교는 그전에 비해 청중에게 그리 영향을 미치지 못한 것 같다고 대답했다. 그러자 그가 놀라며 반문했다. "아니, 이보게나, 그들이 아리스타르코스• 같은 비평가를 찾아내기라도 한 것인가?" 그래서 내가 반박했다. "아닙니다, 몽시뇨르, 아니에요. 사람들이 감히 비평하려

• 그리스의 문법학자이자 비평가. 호메로스에 관한 연구에도 공헌했다.

는 것은 대주교님의 작품 같은 그런 작품들이 아닙니다. 대주교님의 작품에 매료되지 않은 사람은 아무도 없습니다. 그럼에도 불구하고 대주교님께서 제게 솔직하고 진실하라고 권고하셨기에, 저는 허심탄회하게 대주교님의 마지막 설교가 이전 설교들만큼 완벽히 똑같은 힘을 가진 것 같지는 않다고 말씀드리는 겁니다. 저처럼 생각하지 않으세요?"

그 말에 나의 주인은 창백해졌고, 억지로 미소 지으며 말했다. "질 블라스 씨, 그러니까 이 작품이 당신 취향이 아니라는 말입니까?" 그래서 나는 아주 당황해하며 대주교의 말을 끊고 말했다. "그런 얘기가 아닙니다, 몽시뇨르. 다른 작품들보다 좀 덜하기는 하지만 여전히 아주 훌륭하다고 생각합니다." 그러자 그가 말했다. "알겠소. 당신이 보기에 내가 쇠퇴하는 것 같지 않소? 딱 잘라 말하시오. 당신은 내가 은퇴를 고려해야 할 때가 되었다고 생각하는 거요." 그래서 내가 말했다. "대주교님께서 제게 명령하시지 않았다면 저는 그토록 자유롭게 말할 만큼 과감하지는 못했을 겁니다. 그러므로 저는 그저 복종했을 따름입니다. 저의 과감한 짓에 대해 불만스럽게 여기시지 말아 달라고 아주 겸허히 간청 드립니다." 이에 그는 급히 말을 중단시키고 말했다. "당치도 않소! 당신에게 내가 불평을 하다니, 당치도 않은 소리요! 그런다면 나는 아주 부당한 사람일 거요. 당신이 자신의 감정을 내게 말한다고 해서 전혀 나쁘다고 생각지 않소. 화가 치밀게도, 당신에게 이해력이 부족하다는 것을 내가 모르고 있었던 거지 … ."

나는 몹시 당황했음에도 불구하고 사태를 바로잡기 위해 어떤 전환점을 찾으려 했다. 그러나 성난 작가, 게다가 칭찬을 듣는 데만 익숙해 있는 작가를 진정시킬 방법이라니! 그가 말했다. "더 이상 얘기하지 맙시다. 당신은 진짜와 가짜를 구분하기에는 아직 너무 젊으니까. 당신이 인정하지 않은 그 설교보다 더 좋은 설교를 내가 쓴 적이 없다는 것을 알아 두시오. 다행히 내 정신은 아직 활력을 전혀 잃지 않았소. 이제 나는 비밀을 터놓을 상대를 더 잘 고를 것이오. 당신보다 더 잘 판단할 수 있는 사람을 원하는 거요." 그러더니 내 어깨를 집무실 밖으로 밀면서 말을 이었다. "자, 내 수장고 관리인에게 가서 당신에게 1백 두카도를 지불해야 한다고 말하시오. 그 돈을 가지고 하늘이 이끄는 대로 가기 바라오. 잘 가시오, 질 블라스, 당신에게 온갖 종류의 번영을 기원하고, 아울러 취향도 약간 더 생기기 바라오."

5

대주교에게서 해고를 당한 후 질 블라스가 취한 선택

그에게 빚을 많이 진 학사를 어떤 우연으로 만났으며,
그로부터 어떤 감사의 표시를 받았나.

나는 그 변덕, 아니 더 정확히 말하자면, 대주교의 그 나약함을
저주하면서, 게다가 그의 총애를 잃어버린 데 대해 상심했다기보다
는 화가 난 상태로 그 집무실에서 나왔다. 심지어 그 1백 두카도를 과
연 받아야 하는 건지도 의심스러웠다. 그러나 한참 생각해 보고 나서
는 그냥 받아 두기로 했다. 나는 그리 멍청하지 않았으니까. 그 돈을
받는다고 해서 내가 그 성직자를 우스꽝스럽게 여길 권리를 빼앗기는
것은 아닐 거라고 판단했다. 나는 사람들이 내 앞에서 그의 설교를 화
제에 올릴 때마다 비웃기로 작정했다.

그러므로 나는 수장고 관리인에게 1백 두카도를 요청하러 갔지만,
그의 주인과 나 사이에 방금 있었던 일에 관해서는 단 한 마디도 하지
않았다. 그런 다음 작별인사를 하기 위해 멜초르 데 라 론다를 찾아갔
다. 그는 나를 너무 좋아하므로 내가 당한 일에 대해 안타까워했다.
내가 그 얘기를 하는 동안 그의 얼굴에 괴로움이 드러나는 것이 보였

다. 대주교에 대해 존경심을 보여야 함에도 불구하고, 그 성직자를 비난하지 않을 수 없었던 거다. 하지만 내가 화가 나서 대주교에게 앙갚음을 해줄 거라고 맹세하고, 그러면 온 도시가 그를 비웃으며 재미있어 할 거라고 장담하자, 그 지혜로운 멜초르가 내게 말했다. "내 말을 믿으시오, 친애하는 질 블라스. 그러지 말고 자네의 슬픔을 삼키게나. 평민은 귀족을 늘 존중해야 한다네. 설사 그들에 대해 불평할 만한 이유가 있더라도 말일세. 하지만 우리가 존경심을 보일 필요도 없는 아주 보잘것없는 귀족들이 있다는 것에는 나도 동의하네."

나는 그 늙은 하인에게 그렇게 좋은 충고를 해줘서 고맙다고 말했다. 그리고 그 충고를 활용하겠다고 약속했다. 그러자 그가 말했다. "자네가 마드리드로 가면 내 조카인 호세 나바로를 만나게나. 그는 돈 발타사르 데 수니가 나리의 집에서 관리총책을 맡고 있다네. 자네의 우정을 받을 만한 청년이라고 감히 말하겠네. 그는 솔직하고 활달하고 친절하고 상냥하다네. 자네들 둘이 친해지기를 바라네." 나는 마드리드로 돌아갈 작정이고, 거기 가는 즉시 그 호세 나바로를 꼭 만나러 가겠다고 대답했다. 그런 다음 대주교관을 나서면서 다시는 발을 들여놓지 않겠다고 작정했다. 내게 아직 말이 있었다면 톨레도를 향해 아마도 당장 출발했을 테지만, 내가 총애를 받던 시절에 앞으로는 더 이상 필요 없을 거라는 생각에 말을 팔아치워서 그럴 수가 없었다. 그래서 그라나다에서 한 달 더 머문 다음에 폴란 백작에게 가기로 계획을 세우고, 가구 딸린 방을 빌리기로 결정했다.

점심 식사시간이 다가오기에 나는 여주인에게 인근에 여인숙이 없느냐고 물었다. 그녀는 그 집에서 아주 가까운 곳에 접대가 훌륭하고 교양 있는 사람들이 많이 묵는 훌륭한 여인숙이 하나 있다고 대답했다. 나는 그곳을 가르쳐 달라고 해서 곧장 거기로 갔다. 구내식당과 흡사한 큰 방으로 들어갔더니, 열 명 내지 열두 명의 남자들이 더러운 식탁보로 덮인 긴 탁자에 앉아서 얘기를 나누며 각자 적은 양의 음식을 앞에 두고서 먹고 있었다. 식사를 주문하자 내게도 그만큼 가져다 주었다. 나는 다른 때 같았으면 아마도 방금 잃어버린 식사를 아쉬워했을 것이다. 하지만 당시에는 대주교에 대해 너무 분통이 치밀어 있는 상태였기에 그 여인숙의 간소한 식사가 대주교관에서 먹던 진수성찬보다 나아 보였다. 나는 풍성한 요리들을 비난했고, 바야돌리드의 박사처럼 이치를 따지며 마음속으로 말했다. '뱃속을 지나치게 채우게 될까 봐 염려하면서 쾌락의 추구를 끊임없이 경계해야 하는 그 위험한 식탁을 자주 접하는 자들에게 불행이 있으리니! 조금이라도 먹기만 한다면, 그것으로 충분한 것 아닐까?' 그 언짢은 기분 속에서 나는 그간 몹시 소홀히 대했던 금언들을 찬미했다.

절도의 한계를 넘을까 봐 염려할 필요가 전혀 없는 일용할 양식을 후딱 해치우는 동안, 앞서 말한 바 있던, 가비의 주임신부가 된 루이스 가르시아 학사가 그 방에 들어왔다. 그는 나를 알아보자 급히 다가와 인사를 했다. 아니, 더 정확히 말하자면 과도한 기쁨을 느끼는 사람이 할 수 있는 온갖 표현을 다 사용했다. 그는 팔을 벌려 나를 포옹했고, 나는 일전에 내가 그에게 준 도움에 대해 아주 긴 찬사를 들어야 했다. 그가 하도 고마워하는 바람에 내가 피곤해질 지경이었다. 그는 내 곁에 자리하며 말했다. "오! 이렇게 기쁠 데가! 오, 나의 친애하는 후견인, 당신을 만나다니 아주 행운이네요. 함께 마시지 않고는 헤어질 수가 없구려. 그런데 이 여인숙에는 좋은 포도주가 없으니, 이 조촐한 식사 후에 가장 드라이한 루세나 포도주 한 병과 달콤한 퐁카랄 사향포도주 한 병을 대접할 곳으로 데려가겠소. 우리는 한바탕 마셔야 합니다. 왜 나의 가비 사제관에 당신을 단 며칠이라도 묵게 하는 행복을 갖지 못하는 걸까! 당신은 내가 지금 누리고 있는 안락하고 평온한 생활을 하게 해준 너그러운 후원자로서 대접 받을 텐데."

그가 그 말을 하는 동안 그의 식사가 나왔다. 그는 먹기 시작했지만, 그럼에도 간간이 뭔가 듣기 좋은 말을 계속해 댔다. 나는 그때를 포착하여 말했다. 그가 자기 친구인 대주교관 관리인의 소식을 잊지 않고 묻기에, 나는 대주교관에서 나오게 된 연유를 감추지 않았다. 심지어 나의 실총에 관해 아주 사소한 정황까지 얘기했고, 그는 매우 주의 깊게 들었다. 방금 그가 내가 듣기 괴로울 정도로 고맙다는 말을 하고 난 터이니 대주교를 맹렬히 비난할 거라는 예상을 그 누군들 하지 않겠는가? 그러나 그는 그럴 생각이 전혀 없었다. 갑자기 냉랭해지고 생각에 잠기더니 나한테는 단 한마디도 하지 않으면서 식사를 마쳤다. 그러고 나서는 식탁에서 벌떡 일어나 내게 얼음장같이 차갑게 인사하고 사라졌다. 그 배은망덕한 인간은 내가 자기에게 더 이상 유용하지 않은 처지에 놓인 것을 보고서, 내게 자신의 감정을 숨기는 수고조차 하지 않았던 것이다. 나는 그의 배은망덕에 그저 웃기만 했다. 그리고 그가 받아 마땅한 경멸의 눈길로 그를 바라보면서 그에게 들릴 정도로 꽤 큰 소리로 외쳤다. "저런! 저런! 종교인들의 현명한 동냥사제, 내게 그토록 열렬히 대접하려 했던 그 맛있는 루세나 포도주를 시원하게 식혀 놓으시오!"

6

질 블라스가 그라나다 배우들의 연극을 보러 가다

어느 여배우를 보고 놀라게 된 일과

그로 인해 일어난 일

가르시아가 그 방에서 채 나가기도 전에 매우 말쑥한 차림의 기사 두 명이 들어와서 내 곁에 앉았다. 그들은 그라나다 극단의 배우들과 그 배우들이 당시 공연하던 새 연극에 관해 얘기를 나누었다. 그들의 말에 따르면 그 연극은 그 도시에서 큰 반향을 일으켰다. 그래서 나는 바로 그날 공연되는 연극을 보러 가고 싶어졌다. 나는 공연물이 배척되던 대주교관에서 한동안 살았기에 그런 즐거움을 누리지 못하고 지냈다. 거기서는 설교를 듣는 것이 내 심심풀이의 전부였다.

이제는 연극도 볼 수 있게 되었으므로, 나는 배우들의 대기실로 가서 그들이 많이 모여 있는 모습을 보았다. 연극이 시작되기 전에 내 주위에서 그 연극에 대해 늘어놓는 이야기들이 들렸다. 저마다 그 연극에 대해 한마디씩 하고 있었다. 어떤 사람은 그 연극에 호의적이었고, 어떤 사람은 정반대였다. 내 오른쪽에 있는 사람은 "그것보다 더 잘 쓴 작품을 본 적이 있을까?"라고 말했다. 그러자 내 왼쪽에서는

"문체가 한심하지!"라고 소리쳤다. 사실상 나쁜 작가들이 많이 있다고 친다면, 나쁜 비평은 훨씬 더 많다는 것을 인정해야 한다. 극시를 쓰는 작가들이 견뎌내야 하는 힘겨움을 생각하면, 대중의 무지, 그리고 때때로 독자들의 판단을 오염시키는 어설픈 학자들의 위험한 검열 등에 맞설 만큼 꽤 대담한 작가들이 있다는 것이 놀라울 지경이다.

마침내 연극의 '그라시오소'●가 무대를 열기 위해 등장했다. 그는 무대에 등장하자마자 관객 모두가 손뼉을 치도록 유도한다. 그래서 나는 그가 바로 1층 입석 관객들이 무엇이든 용인해 주는 응석받이 배우 중 하나라는 것을 알았다. 실제로 그 배우는 한 마디 또는 한 동작을 할 때마다 박수를 받았다. 관객은 그를 보는 것이 즐겁다는 표시를 좀 지나칠 정도로 했다. 그라시오소 쪽에서는 그 점을 남용했다. 그가 무대 위에서 가끔 자신을 망각하여, 관객들이 혹시 선입견 때문에 그에게 호의적인 것은 아닌지 시험해 보고 있다는 것을 나는 알아챘다. 그에게 경탄하기보다는 야유를 보내는 것이 정당한 평가일 경우가 종종 있었을 것이다.

다른 배우들이 나타날 때도 관객들은 박수를 보냈다. 특히 시녀 역할을 하는 여배우에게 더욱 그랬다. 나는 그녀를 매우 유심히 살펴보았다. 그러다가 그녀가 라우라, 내 소중한 라우라라는 것을 알아보았다. 내 놀라움이 어땠겠는가! 어떻게 표현해야 할지 모르겠다. 나는 그녀가 아직 마드리드에서 아르세니아 곁에 있는 줄로만 알았다. 그

● gracioso. 스페인어로 어릿광대 역, 익살꾼의 뜻을 지닌다. 스페인 고전 희극에 자주 등장하는 전형적인 인물이기도 하다.

녀가 틀림없었다. 키, 용모, 목소리, 그 모든 것이 내가 착각한 것이 아님을 확신시켜 주었다. 하지만 나는 내 눈과 귀가 의심스럽기라도 한 듯 내 옆에 있던 신사에게 그녀의 이름을 물었다. 그랬더니 그는 "아니! 어디서 오신 겁니까? 아마도 여기 새로 오신 분인가 보군요. 아름다운 에스테야를 모르시다니 말이오"라고 말했다.

그러나 그 말을 그냥 믿기에는 그 여배우가 라우라와 너무 꼭 닮아 있었다. 나는 라우라가 신분을 바꾸면서 이름도 바꿨다는 것을 깨달았다. 그리고 그녀의 일에 대해 알고 싶어서 (왜냐하면 대중은 연극 종사자들의 일을 거의 모르고 있으므로) 아까 그 사람에게 에스테야에게 대단한 애인이 있느냐고 물어보았다. 그가 대답하기를, 두 달 전부터 그라나다에서 '마리알바'라는 이름을 가진 포르투갈 후작이 그녀를 위해 돈을 많이 쓰고 있다고 했다. 그렇게 자꾸 질문하여 혹시 내가 그를 피곤하게 만드는 건 아닌지 염려하지 않았다면, 그는 아마 더 많은 얘기를 해주었을 것이다. 나는 연극보다는 그 기사가 말해 준 소식에 더 몰두해 있었다. 내가 나갈 때 그 기사가 연극의 주제가 뭐냐고 물었다면 나는 몹시 당황했을 것이다. 나는 그저 라우라, 에스테야만 생각하고 있었다. 그리고 바로 다음 날 그 여배우를 찾아가기로 작정했다. 그녀가 나를 어떻게 맞을 것인지에 대해서는 걱정하지 않았다. 그녀가 호화로운 상황에 놓였을 터이니 나를 보더라도 당연히 별로 즐거워하지 않을 것으로 생각했다. 심지어 그렇게 훌륭한 여배우라면 그녀가 불만스럽게 여길 만한 이유를 확실히 제공한 상대에게 복수하기 위해서라도 그를 모르는 척할 수 있을 거라는 생각도 했다. 그렇다고 그 모든 것이 나를 물러서게 하지는 않았다. 나는 가벼운 식사를 (내가 묵던 여인숙에서는 매 끼니가 그랬으니까) 하고 나서 내 방으로 물러나 다음 날이 되기를 몹시 초조히 기다렸다.

　그날 밤 나는 잠을 거의 못 잤고, 새벽 동이 트자마자 일어났다. 그러나 고관대작의 애인이 그렇게 이른 아침에 모습을 드러낼 것 같지는 않아서, 치장하고 면도하고 분 바르고 향수 뿌리면서 서너 시간을 보냈다. 그녀가 나를 다시 보면서 나 때문에 부끄러워하지 않을 모습으로 그녀 앞에 나서고 싶었다. 나는 10시쯤 출발하여 배우들의 저택으로 가서 우선 그녀가 어디 묵고 있는지 물어본 후 그녀가 있는 데로 갔다. 그녀는 큰 집에 묵으면서 제일 좋은 거처를 차지하고 있었다. 나는 문을 열어 주러 온 하녀에게 한 젊은이가 에스테야 부인과 말하고 싶어 한다고 전해 달라고 했다. 그 하녀는 그 말을 하러 갔고, 금세 그녀의 여주인이 하녀에게 매우 높은 어조로 말하는 것이 들렸다. "그 젊은이가 누군데? 내게 뭘 원하는 거지? 들어오시라고 하렴."

　그래서 나는 시간을 잘못 잡았다고 판단했다. 그녀의 포르투갈 애인이 몸단장하는 그녀와 함께 있는 거라고 생각했기 때문이다. 그녀가 그렇게 큰 소리로 말한 것은 오로지 자기는 수상쩍은 전갈 따위는 받지 않는 여자라는 것을 애인에게 확신시키기 위해서였을 뿐이라는 것이 내 판단이었다. 내 생각이 맞았다. 마리알바 후작은 거의 매일 오전 나절을 그녀와 함께 보냈다. 그래서 나는 거친 인사말을 예상하고 있었는데, 그 독특한 여배우가 나를 보고는 두 팔을 벌리며 달려와 소리쳤다. "아! 내 동생, 지금 내 앞에 있는 사람이 내 동생 맞는 거지?" 그녀는 이 말을 하고서 나를 여러 차례 포옹했다. 그런 다음 포르투갈 후작에게 말했다. "후작님, 나리께서 계시는데도 제가 혈육의 힘에 어쩔 수 없이 무너지네요. 내가 애틋하게 사랑하는 동생을 다시 만날 수 있게 되어 우애를 드러내지 않을 수가 없어요." 그러더니 불쑥 내게 말했다. "아니! 질 블라스, 가족들 소식 좀 들려주렴. 네가 떠나올 때 어떻게들 지내고 있었니?"

그 말에 나는 우선 당황하긴 했지만, 곧이어 라우라의 의도를 간파했다. 그래서 그녀의 술책을 도우면서 우리 둘이 연기하게 될 장면에 어울리는 표정으로 대답했다. "누나, 다행히 부모님은 건강하셔." 그러자 그녀가 말했다. "내가 그라나다에서 배우가 된 것에 대해 네가 놀랐을 게 틀림없구나. 하지만 내 얘기를 들어 보지도 않고 나를 책망하지는 마라. 너도 알다시피, 아버지께서 나로서는 유리한 혼처인 돈 안토니오 코에요 대장에게 나를 넘겨주시면서 그와 혼인시켰다고 믿으신 것이 3년 전이었지. 돈 안토니오 코에요는 아스투리아스로부터 자기 고향인 마드리드로 나를 데려갔어. 우리가 거기 도착하고 나서 6개월 후, 그의 격렬한 기질 때문에 결투가 벌어졌단다. 어느 기사가 내게 관심을 갖자 그 사실을 안 돈 안토니오가 그를 죽였어. 그 기사는 신망이 두터운 귀족 집안의 사람이었지. 신망이 거의 없던 내 남편은 집에 있던 귀금속과 현금을 챙겨 카탈루냐로 도망쳤어. 그는 바르셀로나를 거쳐 이탈리아에서 지내다가 베네치아 군대에 들어가 터키인들을 상대로 전투를 벌이던 중 모레아에서 목숨을 잃었어. 그러는 동안 우리가 갖고 있던 전 재산인 땅은 몰수되었고, 나는 유산이라고는 거의 없는 과부가 된 거란다. 그런 애석한 곤경 속에서 내가 어찌 되었겠니? 아스투리아스로 돌아갈 방법이 없었어. 그리고 거기 간다 한들 뭘 할 수 있겠어? 가족으로부터 위안이라고는 그저 애도의 표현이나 받았겠지. 게다가 나는 교육을 너무 잘 받아서 방탕에 빠질 수도 없었어. 그러니 뭘 하기로 결정해야 했을까? 나는 내 평판을 지키기 위해 배우가 된 거란다."

라우라가 급조한 소설을 그렇게 마치는 것을 듣다 보니 나는 너무 웃음이 터질 것 같아서 참느라 애를 먹었다. 하지만 끝까지 참았고, 심지어 심각하게 말하기까지 했다. "누나, 잘 처신했다고 생각해. 그렇게 성실하게 자리 잡고, 그라나다에 돌아와서 아주 기쁘네."

그 모든 이야기를 한마디도 놓치지 않고 듣던 마리알바 후작은 돈 안토니오의 과부가 즐겨 하는 그 말을 글자 그대로 받아들였다. 심지어 그 대화에 끼어들기까지 했다. 그는 나에게 그라나다나 다른 곳에 일자리가 있는지 물었다. 나는 거짓말을 해야 하는 건 아닌지 잠시 주저했다. 하지만 그럴 필요가 없다고 판단되어 진실을 말했다. 대주교 관에는 어떻게 들어가게 되었는지, 어쩌다가 나오게 되었는지, 하나하나 소상히 얘기했다. 그 포르투갈 귀족은 내 얘기를 굉장히 재미있어했다. 멜초르에게 한 약속에도 불구하고, 내가 대주교를 좀 희생시키면서 즐거워한 것이 사실이다. 웃기는 것은 뭔가 하면, 라우라가 나도 자기처럼 내가 이야기를 지어내는 줄 알고 폭소를 터뜨렸다는 점이다. 내가 거짓말을 하는 게 아니라는 것을 알았다면 그렇게 웃지는 않았을 것이다.

내가 여인숙에 방을 빌렸다는 것을 끝으로 내 이야기를 마치고 나자, 식사 준비가 됐다고 하인이 알리러 왔다. 그래서 나는 여인숙으로 점심 식사를 하러 가려고 물러나려 했다. 하지만 라우라가 나를 붙잡았다. 그리고 말했다. "어떻게 할 생각이니? 나랑 같이 식사하자.

네가 그런 방에 더 오래 있는 것을 나는 견디지 못할 거야. 내 집에서 식사하고 내 집에서 묵어. 오늘 저녁에 사람을 시켜서 네 옷가지를 가져오게 해라. 여기에는 네가 잘 만한 침대도 있어."

그런 환대가 어쩌면 달갑지 않을지도 모를 포르투갈 귀족이 그때 라우라에게 말했다. "아니, 에스테야, 누군가를 맞아들일 만큼 당신 숙소가 그리 편하지는 않잖소." 그러고는 덧붙였다. "당신의 동생은 상냥한 젊은이 같고, 당신과도 밀접하게 연관되어 있으니 나 또한 관심이 가오. 내가 그에게 내 일을 돌보게 하고 싶소. 내가 가장 소중히 여길 내 비서 일이오. 그를 내 심복으로 삼겠소. 그러니 오늘 밤부터 반드시 내 집으로 오게 하시오. 그에게 거처를 마련해 주도록 지시해 놓겠소. 그런 다음 내가 기대하는 만큼 그가 만족스럽게 일한다면, 그가 대주교에게 너무 솔직했던 탓에 겪은 일을 만회하게 해주겠소."

내가 후작에게 그 점에 대해 감사를 표시하고 나자, 라우라가 더 큰 감사의 말을 했다. 그러자 그가 말을 중단시켰다. "그것에 관해서는 더 이상 말하지 맙시다. 이제 끝난 얘기요." 그러더니 그는 자신의 연인에게 인사를 하고 나서 나갔다. 그녀는 얼른 어느 방으로 나를 들여보냈고, 거기서 우리 둘만 있게 되자 소리치며 말했다. "웃음이 터져 나오려는 것을 더 오래 참았다가는 내 숨이 막혔을 거야." 그러더니 안락의자에 털썩 앉아 몸을 뒤로 젖혔다. 그러고 나서 마치 미친 여자처럼 허리가 끊어질 듯 과도하게 웃어댔다. 나도 그녀처럼 웃어대지 않을 수 없었다. 그렇게 실컷 웃고 나자 그녀가 말했다. "질 블라스, 우리는 재미있는 연극을 한 거야! 그런데 결말은 내가 예상 못했던 거네. 나는 네가 이 집에 있으면서 식사비용과 숙박비를 아끼게 할 의도였을 뿐인데, 너를 내 동생이라고 한 것은 미풍양속에 어긋나 보이지 않으면서 그렇게 해주려는 거였어. 우연히도 너한테 그렇게 좋은 일자리가 생겨서 너무 기쁘다. 마리알바 후작은 인심이 후한 귀족이어서 네게 약속하지 않은 것도 해줄 거야." 그러더니 덧붙였다. "아마도 나 아니고 다른 사람 같았으면 작별인사도 없이 친구들을 떠난 사람을 그렇게 상냥하게 맞아 주지는 않았을 거다. 하지만 나는 사기꾼이라 해도 사랑했던 사람이면 늘 기꺼이 다시 보는 착한 기질의 여자란다."

내가 무례했다는 것에 대해 나는 충심으로 동의했다. 그리고 용서를 구했다. 그리고 나자 그녀는 아주 우아한 식당으로 나를 안내했다. 우리는 식탁에 앉았고, 그 방에는 우리 외에도 하녀 한 명과 하인 한 명이 있었다. 그래서 우리는 서로 남매처럼 굴었다. 식사를 한 뒤에는 아까 대화를 나눴던 그 방으로 다시 갔다. 거기서 더없이 착한 라우라는 타고난 명랑함이 한껏 발휘되어, 우리가 헤어진 이후 내가 겪은 모든 일에 관해 물었다. 나는 솔직하게 죄다 말해 주었다. 내가 그녀의 궁금증을 다 해소해 주고 나자, 이번에는 그녀가 자기 이야기를 해주어 내 호기심을 만족시켜 주었다. 그 이야기는 다음과 같다.

7

라우라의 이야기

내가 어떻게 해서 연극배우가 되었는지 가능한 한 아주 간략히 얘기해 줄게.

네가 그토록 예의 바르게 나를 떠난 후 큰 사건들이 일어났어. 내 여주인인 아르세니아는 세상 사람들에 대해 역겹다기보다는 피곤해져서 공식적으로 연극을 버렸고, 외화(外貨)로 사모라 근처에 막 사놓은 좋은 땅으로 나를 데려갔어. 곧이어 우리는 그 도시에서 알려졌지. 거기에 자주 가곤 했거든. 거기서 하루 이틀 보내곤 했어. 그러고 나서 우리의 성으로 와서 은둔하곤 했지.

그 짧은 여행들 가운데 언제가 한번 시장의 외아들인 돈 펠릭스 말도나도가 나를 우연히 보았어. 그는 나를 마음에 들어 했지. 그는 나와 단둘이 얘기할 기회를 엿보았어. 네게 아무것도 숨기지 않고 말하자면, 그가 그런 기회를 얻을 수 있도록 사실 내가 힘을 좀 보탰지. 그 기사는 나이가 아직 스무 살도 안 됐었어. 그는 에로스 신처럼 정말 잘

생겼고, 그림의 모델이 되어도 될 만큼 훌륭했으며, 생김새보다는 정중하고 배포가 큰 태도 때문에 더 매력적이었어. 그는 자기 손가락에 끼고 있던 커다란 다이아몬드 반지를 아주 기꺼이 꼭 주고 싶어 해서 나는 그것을 받지 않을 수가 없었어. 그런데 그토록 다정한 애인을 갖게 된 것이 기쁘지는 않았어. 나같이 천한 여자가 권위 있는 아버지를 둔 집안의 자식에게 애착을 갖는 것이 얼마나 무분별한 짓이겠어! 그런 지위에 있는 사람 중에서 가장 엄격했던 시장이 우리가 가까운 사이라는 것을 이미 알고 있었어. 그래서 그 뒤에 이어질 일들을 서둘러 막으려 했지. 그는 경관들을 시켜 나를 납치하게 해 내가 마구 소리를 지르는데도 불구하고 '감호소'로 데려갔어.

거기서 아무 절차 없이 여자 감호소장이 내 반지와 옷들을 빼앗게 하고, 회색 서지 천으로 된 긴 옷을 입게 했어. 허리에 두른 넓은 가죽 띠에는 커다란 알들로 된 묵주가 매달려 있었는데, 그 묵주는 발뒤꿈치까지 내려왔지. 그 후 나를 어느 방으로 데려갔는데, 거기에는 어느 수도회 소속인지 모를 늙은 수도사가 있었어. 그가 내게 회개하라고 설교하기 시작했지. 마치 레오나르다 부인이 지하실에서 내게 회개를 촉구하던 것과 거의 비슷했어. 그는 나를 가두게 한 사람들에게 오히려 은혜를 입은 거라고 말했고, 그 사람들이 나를 악마의 그물에서 끌어내 주어 큰 도움을 준 거라고 말했어. 너한테는 나의 배은망덕을 솔직하게 말할게. 나는 그런 기쁨을 베푼 사람들에게 빚을 졌다고 느끼기는커녕 그들에게 저주를 퍼부어 댔어.

나는 여드레 동안 가슴 아파하며 지냈어. 그러나 아홉 번째 날에는 (왜냐하면 나는 1분 1초까지 세었으니까) 내 운명의 양상이 바뀌는 듯이 보였어. 작은 마당을 지나다가 그 시설의 관리인을 만났어. 그 시설의 모든 것이 그 인물에게 달려 있었지. 감호소장조차도 그의 말을 따를 정도였으니까. 그는 회계관리 내역을 시장에게만 보고했어. 그는 시장에게만 종속되어 있었고, 시장은 그를 전적으로 믿었어. 그의 이름은 페드로 센도노였고, 비스카야 지방의 살세도읍에서 태어난 사람이었어. 창백하고 야윈 키 큰 남자를 상상해 봐. 회개한 도둑을 그릴 때 모델로 쓰면 딱 좋을 그런 모습 말이야. 그는 수녀들도 겨우 쳐다보는 것 같았어. 네가 주교관에서 살았어도 그렇게 위선적인 얼굴은 본 적이 없을 거야.

그러더니 그녀는 말을 이었다.

그렇게 나는 센도노 나리를 만나게 되었어. 그가 나를 멈춰 세우더니 말했지. "이보시오, 마음을 달래시오. 나는 당신의 불행에 마음이 쓰이는구려." 그러더니 더 이상 말을 않고, 그토록 간결한 말을 내 마음대로 해석하도록 남겨 둔 채 가던 길을 계속 갔어. 나는 그 사람을 좋은 사람이라고 여겼기에 내가 왜 갇혔는지 그가 수고스럽게 검토한 것이라고 순진하게 믿었어. 그리고 내가 그토록 부당한 취급을 당할 만큼 큰 죄를 짓지는 않았다고 여겨서 나를 도울 말을 시장에게 하려는 거라고 상상했지. 나는 그 비스카야 사람을 알지 못했던 거야. 그에게는 다른 의도가 있었는데 말이지. 그는 마음속에서 여행 계획을 궁리하고 있었고, 그것에 관해 며칠 뒤 내게 털어놓았어. 그가 말했어. "친애하는 라우라, 나는 당신의 괴로움이 너무 심하게 느껴져서 그것을 끝장내기로 결심했습니다. 그로 인해 내가 파멸될지도 모른다는 것을 압니다. 그러나 나 자신이 더 이상 내 뜻대로 되지 않는군요. 나는 내일 당신을 감옥에서 끌어내 내가 직접 마드리드로 데려갈 작정입니다. 당신을 해방시키는 기쁨에 모든 것을 희생시키고 싶습니다."

나는 센도노의 말에 너무 기뻐서 기절할 것만 같았어. 내가 고마워하자 그는 내가 그곳을 빠져나가는 것 말고는 더 이상 바라는 것이 없다면서 바로 다음 날 과감하게도 모든 사람이 보는 앞에서 나를 납치했어. 어떻게 했는지 이제 얘기할게. 그는 감호소장에게, 시장이 나를 그 도시에서 2리 떨어진 별장으로 데려오라는 지시를 했다고 말했어. 그러고 나서 뻔뻔하게 나를 자기와 함께 역마차에 올라타게 했지. 두 마리 노새가 끄는 마차였는데, 그 일을 위해 그가 일부러 산 거였어. 우리에게 하인이라고는 그 마차를 모는 하인 한 명밖에 없었는데, 그 회계 관리인에게 진적으로 충성하는 자었어. 마차가 굴러가기 시작했는데, 내가 상상하던 방향인 마드리드 쪽이 아니라 포르투갈 국경 쪽으로 가더군. 우리가 도망친 것을 알게 된 사모라의 시장이 '사냥개들'●을 풀어 우리를 쫓게 만드는 데 필요한 시간보다 더 짧은 시간 내에 우리는 국경에 도착했어.

브라간사주(州)로 들어가기 전에 그 비스카야 사람은 세심하게도 미리 준비해 온 기사 복장을 나더러 입으라고 했어. 자기가 탈 배에 나도 태울 생각이었던 그는 우리가 묵으러 간 여인숙에서 말했어. "아름다운 라우라, 당신을 포르투갈로 데려온 것을 불만스럽게 생각하지

● 민간에서 사법경찰들과 궁수들을 빈정대며 지칭하는 말.

마시오. 사모라의 시장이 우리를 범죄자로 몰아서 스페인에서는 그 어디서도 피할 곳을 찾지 못하도록 추적할 거요." 그러더니 덧붙였어. "그러나 포르투갈에 있으면 그의 원한으로부터 벗어나 안전하게 있을 수 있소. 설사 지금 이 나라가 스페인의 지배하에 있다 하더라도 말이오. 여기에 있으면 최소한 우리나라에서보다는 더 안전하게 있을 거요. 당신을 열렬히 사랑하는 사람을 따라오시오. 코임브라로 가서 정착합시다. 거기서 나는 종교재판소의 첩자 일을 할 것이고, 그 무시무시한 법정의 그늘 밑에서 우리는 평온한 즐거움 속에 인생을 보내게 될 겁니다."

그가 그토록 적극적으로 제안하는 것을 보니, 그는 기사도의 영광을 위해 공주님들을 이끌어 주는 일을 좋아하지 않는 기사라는 것을 알 것 같았어. 그는 내가 고마움 때문에, 게다가 특히 나의 불행한 처지 때문에 그의 제안을 받아들일 거라고 기대한다는 것을 깨달았어. 그런데 그 고마움과 내 처지를 고려하면 그의 제안을 받아들여야 했음에도 불구하고, 나는 도도하게 거절했어. 내가 그토록 조심스런 태도를 보인 이유는 두 가지였어. 두 이유 다 강력했지. 우선 그는 내 취향이 전혀 아니었고, 부자라는 생각도 들지 않았어. 그런데 사실을 고백하자면, 그가 끈질기게 설득하면서 우선 나와 결혼부터 하겠다고 나서고, 회계 관리인 일을 하면서 평생 먹고살 돈을 마련해 두었다는 것을 실제로 보여 주었을 때는 그의 얘기를 듣기 시작했어. 그가 내 앞에 펼쳐놓은 금과 귀금속들에 나는 눈이 멀어서 이해타산이 사랑만큼이나 변신을 잘한다는 것을 경험한 거지. 내 눈에는 그 비스카야 사람이 서서히 다른 사람으로 보였거든. 그의 크고 야윈 몸은 날씬한 몸매로 보였고, 창백한 안색은 아름다운 흰색으로 보였어. 나는 그의 위선적인 분위기에까지 호의적인 이름을 붙여 주었어. 그는 하늘을 우리 결합의 증인으로 삼았고, 나는 그 하늘 앞에서 반감 없이 그의 손을 잡았어. 그러고 나서는 그가 나 때문에 겪어 내야 할 장애물 같은 것은 더 이상 없었어. 우리는 다시 여행을 시작했고, 곧이어 코임브라에서 살림을 차렸어.

남편은 내게 꽤 우아한 옷들을 사주었고, 다이아몬드도 여러 개 선물해 주었어. 그 다이아몬드들 중에는 돈 펠릭스 말도나도의 것도 있었어. 그 귀금속들이 죄다 어디서 온 건지 짐작이 갔지. 그리고 내가 십계명의 일곱 번째 계명을 엄격히 지키는 사람과 결혼한 것이 아니라는 점도 분명해졌어. 하지만 나는 그가 그런 손재주를 발휘하게 된 첫 번째 원인이 나일 거라고 여기면서 그를 용서하곤 했어. 여자들은 자신의 미모가 저지르게 만든 일이라면 나쁜 짓까지도 용서하니까. 그렇지 않았다면 내 눈에 그는 악독한 인간으로 보였을 거야!

두세 달 동안은 그에 대해 꽤 만족스러웠어. 언제나 정중한 태도로 나를 대했고, 나를 애틋하게 사랑하는 것 같았어. 하지만 그가 보이는 애정 표시는 허울 좋은 걸모습일 뿐이었어. 그 음흉한 인간이 나를 속였던 거야. 어느 날 아침 내가 미사에서 집에 돌아와 보니 벽만 남아 있을 정도로 텅 비어 있었어. 가구며, 심지어 내 옷가지들까지 다 없어져 버린 거야. 센도노와 그의 충실한 하인이 계획을 너무 잘 세워서 그 집은 한 시간도 안 되어 완벽하게 온통 탈탈 털렸어. 내가 입고 있던 옷과 다행히 내 손가락에 끼고 있던 돈 펠릭스의 반지만 남았고, 나는 배은망덕한 인간에게 아리아드네●처럼 버려진 거야. 그러나 단언컨대, 나는 내 불행에 관한 비가(悲歌)나 짓고 있지는 않았어. 오히려 나는 조만간 사법기관의 손에 떨어지고야 말 수밖에 없는 흉악범으로 부터 해방된 것에 감사했어. 나는 우리가 함께 보낸 시간을 잃어버린 시간으로 여겼고, 그 시간을 거의 지체 없이 회복하게 될 거라고 믿었어. 포르투갈에 머무르면서 어느 귀족 부인을 모시기 바랐다면 그런 일을 찾을 수도 있었을 거야. 하지만 나는 내 나라가 좋아서 그랬건, 아니면 내게 더 좋은 운명을 예비하고 있는 내 별의 힘에 끌려서 그랬건 간에, 오로지 스페인으로 돌아가야겠다는 생각밖에 없었어. 나는 보석상에 가서 내 다이아몬드를 보여 주었어. 보석상에서 내게 금화들로 값을 쳐주었지. 그래서 나는 간소한 마차를 타고 세비야로 가야 하는 어느 스페인 노부인과 함께 출발했어.

도로테아라는 이름의 그 부인은 코임브라에 정착한 친척 중 한 명을 보러 왔다가 세비야의 자기 집으로 돌아가는 길이었어. 그녀와 나는 첫날부터 서로 끌릴 정도로 서로 큰 호감을 느꼈어. 그리고 여정 중에 너무 친해져서, 세비야에 도착하자 그 부인은 내가 꼭 그녀의 집에서 묵기를 바랐지. 나로서는 그런 사람을 알게 된 것이 전혀 후회될 일이 아니었어. 성격이 그로록 좋은 여자를 본 적이 없었으니까. 용모와 눈의 생기발랄한 분위기에서도 그녀가 젊은 시절에 사랑의 세레나데를 꽤 많이 들었을 거라고 판단했지. 그녀는 여러 차례 귀족들과 결혼했다가 여러 차례 과부가 되어, 내가 만났을 당시에는 유산들로 웬만

● 그리스 신화에 등장하는 인물로, 크레타 왕 미노스의 딸이다. 테세우스가 미궁을 빠져나가도록 도와줬던 그녀는 결혼을 약속했던 테세우스로부터 버림받는다.

큼 잘살고 있었어.

그녀에게는 훌륭한 자질들이 또 있었는데, 젊은 여자들의 불행에 대해 동정심이 많다는 것도 그중 하나였어. 내가 나의 불행을 털어놓자, 그녀는 내게 열렬한 관심을 보이면서 센도노에게 숱한 저주를 퍼부었어. "개 같은 놈들!" 길을 가던 중 그 회계 관리인 같은 인간을 만났나 보다 생각하게 할 만한 어조로 그녀는 말했지. "한심한 놈들! 세상에는 그렇게 장난삼아 여자들을 속이는 사기꾼들이 있다니까." 그러더니 계속했어. "그래도 내게 위로가 되는 것은 뭔가 하면, 당신의 얘기를 듣자 하니 이제는 그 배신자 비스카야 사람과 연락이 끊겼다는 점이라오. 그와의 결혼생활이 그럭저럭 괜찮았던 점이 그 잃어버린 시간에 대한 변명이 될 수 있는가 하면, 혹시라도 더 나은 결혼을 할 기회가 생길 때는 앞선 그 결혼의 결말이 꽤 나빴기에 새로 결혼할 수 있게 해줄 거라오."

나는 교회에 가거나 친구들을 만나러 가느라 매일 외출했어. 그것이 곧이어 연애를 하게 될 수단이 되었지. 나는 여러 기사의 눈길을 끌었거든. 내 뜻을 타진해 보고 싶어 하는 기사들이 있었어. 그들이 내 여주인에게 말 좀 해달라고 부탁했으나, 어떤 이들은 결혼 비용을 마련할 형편이 못 되었고, 어떤 이들은 성인도 아직 안 된 나이였어. 그래서 그들의 얘기를 들어 보고 싶지도 않았어. 그러던 어느 날 도로테아와 나는 세비야의 여배우들이 연기하는 것을 보러 가고 싶다는 생각을 하게 되었어. 그들은 로페 데 베가 카르피오가 집필한 〈유명한 연극, 자신만만한 특사(特使)〉(*La famosa Comedia, El Embaxador de si mismo*) 를 공연한다고 공고했지.

무대에 등장한 여배우 중에 내 예전 친구 하나가 눈에 띄었어. 네가 플로리몬데의 하녀라고 본 그 유쾌하고 뚱뚱한 여자, 그 왜 가끔씩 네가 아르세니아의 집에서 함께 저녁 식사를 했던 페니시아 말이야. 나는 페니시아가 마드리드를 떠난 지 2년도 더 된 것은 알고 있었는데, 배우가 된 사실은 모르고 있었어. 나는 얼른 그녀와 인사하고 싶어서 그 연극이 몹시 길게 느껴졌어. 어쩌면 그 연극을 공연하는 배우들의 잘못이기도 했을 거야. 연기를 꽤 잘하거나 아니면 아주 엉망으로 하거나 해야 하는데, 이도 저도 아니어서 내가 즐기지 못했을 거야. 왜냐하면 잘 웃는 편인 나로서는, 고백건대, 완벽히 우스꽝스러운 배우도 훌륭한 배우 못지않게 나를 즐겁게 해주거든.

마침내 내가 기다리던 순간이 와서, 즉 그 '유명한 연극'이 끝나서, 과부와 나는 극장 뒤로 갔어. 거기에 갔더니 아주 사랑스런 여인 노릇을 하고 있는 페니시아가 있었어. 그녀는 어느 어린 녀석의 부드러운 지저귐을 교태부리며 듣고 있었지. 어린 녀석은 자신의 낭송에 심취한 듯 보였고…. 페니시아는 나를 알아보자마자 우아한 태도로 어린 녀석의 곁을 떠나 두 팔을 벌리며 내게로 와서 온갖 우정의 표시를 했지. 다시 만나게 된 기쁨을 서로 표시한 거야. 그런데 시간과 장소가 여의치 않아 긴 얘기를 늘어놓지는 못했고, 더 자세한 이야기는 다음 날 그녀의 집에서 하기로 미뤘어.

수다 떠는 즐거움은 여인들의 가장 큰 열정 중 하나지. 나는 밤새도록 눈을 감을 수가 없었어. 페니시아와 마주 앉아 질문을 퍼붓고 싶어서 그만큼 안달이 났던 거야. 그녀가 가르쳐 준 집으로 가기 위해 내가 얼마나 서둘러서 일어났던지! 그녀의 극단은 전체가 다 함께 가구 딸린 큰 호텔에 묵고 있었어. 들어가다가 만난 시녀에게 페니시아의 거처로 안내해 달라고 부탁했더니 어느 복도를 가리켜 보였어. 열 개 내지 열두 개의 작은 방들이 줄지어 있었는데, 쾌활한 단원들이 차지하고 있던 그 방들은 오로지 전나무 칸막이들로 분리돼 있었어. 나를 안내하던 여인이 페니시아가 묵는 방의 문을 두드렸지. 나만큼이나 입이 근질근질해 있던 페니시아가 문을 열어 줬어. 우리는 수다를 떨기 위해 앉자마자 이야기를 풀어냈어. 서로 너무나 많은 것들을 물었기에 질문과 대답이 놀라울 정도의 달변으로 연달아 이어졌어.

양쪽이 각자 자기가 겪은 일을 이야기하고 현 상황까지 알려주고 나자, 페니시아는 내가 어떤 결정을 내릴 건지 물어봤어. 나는 더 나은 것이 생길 때까지 어느 귀족 여인 곁에 있기로 했다고 대답했어. 그러자 내 친구가 소리쳤지. "저런! 그럴 생각하지 마. 아이고, 얘야. 그런 노예 상태에 대해 아직도 염증을 안 느낄 수가 있는 거니? 다른 사람들의 의지에 굴종하는 것이 지겹지도 않아? 그들의 변덕을 존중해 주고, 너를 야단치는 소리도 들어야 하고, 한마디로 노예가 되는 것이 지치지도 않느냐고? 차라리 나처럼 연극배우 생활을 하는 게 어때? 재산도 없고 출신도 별 볼 일 없는 똑똑한 사람들에게는 이보다 더 적절한 일이 없어. 귀족과 부르주아 사이의 중간을 차지하는 신분이지. 자유로우면서, 사회에서 가장 불편한 예의범절에도 얽매이지 않는 처지라고나 할까. 우리의 수입은 재산을 소유한 관객들로부터 현금으로 지불받는 거야. 우리는 언제나 즐겁게 살고, 돈을 버는 족족 써버리지."

그러더니 말을 계속했어. "연극은 여자들에게 유리한 업종이야. 내가 플로리몬데의 집에서 살던 시절에는 내 처지를 생각하면 부끄러웠고, 왕립극단의 임시고용인들의 얘기나 듣고 있어야 했지, 교양 있는 남자들은 내 얼굴에 관심도 없었어. 왜 그러겠니? 내가 눈에 띄지 않았던 거야. 아무리 아름다운 그림도 때를 제대로 만나지 못하면 눈길을 끌지 못하는 법이니까. 하지만 사람들이 나를 우러러보게 된 이래, 즉 무대에 오르게 된 이래 얼마나 많이 바뀌었는지 몰라! 우리가 들르는 도시마다 가장 우월한 젊은이들이 나를 쫓아다녀. 그러므로 배우라는 직업은 매력이 아주 많은 거야. 여배우가 착실하면, 말하자면 바람피우지 않고 한 애인만 만나면 사교계에서 매우 영예롭게 될 것이고, 사람들이 그녀의 조신함을 칭찬하고, 그러다가 그녀가 애인을 바꾸면 재혼하는 과부처럼 여길 거야. 그런데 그녀가 세 번째 결혼을 하면 경멸의 눈으로 보게 될 거야. 그녀가 좋아하는 남자들의 수가 늘어남에 따라 상대방이 더 귀해지기보다는 남자들의 자존심에 상처를 준 꼴이니까 백 번의 연애 후에는 그냥 '귀족 잡탕'이 되는 거지."

그 지점에서 내가 그녀의 말을 중단시키고 말했어. "지금 누구한테 그 얘기를 하는 겁니까? 내가 그 이점들을 모를 거 같아요? 나도 자주 생각해 봤어요. 나 같은 성격의 여자에게는 그저 솔깃한 것들일 뿐이죠. 나는 연극에 끌리는 성향이라고 느끼기도 했지만, 그것만으로는 충분치 않아요. 재능이 있어야 하는데, 나한테는 그런 재능이 전혀 없거든요. 때때로 아르세니아 앞에서 긴 연극 대사를 낭독해 보기도 했어요. 그녀는 나를 만족스러워하지 않았죠. 그래서 그 직업이 역겨워졌어요." 그러자 페니시아가 대꾸했어. "너는 참 쉽게도 싫증내는구나. 그 위대한 여배우들이 통상적으로 질투가 심하다는 것을 모르니?

여배우들은 잔뜩 자만하면서도 혹시라도 자기들을 사라지게 만들 계기가 생길까 봐 염려한단다. 그 점에 관해 아르세니아의 말을 참고하지는 않을게. 그녀는 솔직하지 못했거든. 듣기 좋으라고 하는 말이 아니라, 나는 너야말로 연극을 위해 태어났다고 말하련다. 네게는 자연스러움, 자유롭고 아주 우아한 연기, 부드러운 목소리, 훌륭한 흉부, 게다가 생기발랄한 얼굴까지 있잖아! 아, 사기꾼, 너는 배우가 되면 기사들을 매혹시킬 거야!"

그녀는 내게 다른 매력적인 말들도 해주었고, 몇몇 시 구절도 읊어 댔어. 오로지 내가 연극에 관한 것을 낭송하기에 아주 훌륭한 자질이 있다는 것을 나 스스로 판단하게 만들기 위해서였지. 그녀는 내가 읊는 것을 다 듣고 나서 이번에는 다른 얘기를 했어. 그녀는 내게 큰 박수를 보냈지. 마드리드의 모든 여배우보다 내가 낫다고 말했어. 그렇게까지 했으니 내 자질에 대해 의심한다면 용서받을 수 없었을 거야. 아르세니아가 질투와 악의 때문에 그랬던 거라고 페니시아는 확신했어. 그러므로 나는 아주 탄복할 만한 인물이라는 그녀의 말에 동의해야만 했어. 곧이어 배우 두 명이 오자, 페니시아는 내가 방금 낭송했던 시 구절들을 그들 앞에서 반복하게 만들었어. 두 배우는 황홀해하더니 찬사를 퍼부어 댔어. 정말로 그들 셋이서 나를 칭찬하느라 서로 경쟁을 벌였다고 해도 그 이상 더 과장된 표현은 쓸 수가 없을 정도였어. 그토록 찬사를 퍼부어 대니 나의 겸손함이 버려 내지 못했어. 나는 나름대로 가치가 있다고 믿기 시작했고, 그래서 연극 쪽으로 마음이 돌아섰어.

그래서 내가 페니시아에게 말했지. "아, 그런데 말이죠, 이미 끝난

일이에요. 당신의 충고를 따라 극단에 들어가고 싶긴 해요." 이 말에
내 친구는 기쁨에 들떠서 나를 포옹했고, 그녀의 두 동료도 내게 그런
마음이 든 것에 대해 그녀 못지않게 기뻐했어. 그래서 다음 날 오전 중
에 내가 극장으로 가기로 우리 사이에 합의가 되었어. 극단 사람들이
모인 가운데서 내가 방금 했던 것을 다시 보여 주기로 한 거야. 페니시
아의 거처에서는 배우 두 명에게 나한테 유리한 의견을 갖게 했지만,
배우들 전체는 내가 그저 20여 구절만 낭독했는데도 훨씬 더 호의적
으로 평가했어. 그들은 나를 자기네 극단에 기꺼이 받아들였지. 그러
고 나자 나는 오로지 나의 데뷔에만 몰두했어. 데뷔를 더 찬란하게 만
들기 위해 내게 남은 돈과 반지를 사용했어. 내가 화려하게 차려입으
려면 그 돈으로는 부족했으나, 적어도 아주 우아한 취향으로 화려함
을 대체하는 기술은 알아냈어.

　마침내 나는 처음으로 무대에 올랐어. 손이 너무 떨렸지! 그리고 찬
사가 쏟아졌어! 그저 관객들을 매혹시켰다고 하면, 그것은 절제해서
하는 말이야, 친구. 그 말을 믿으려면 내가 세비야에서 불러일으킨 반
향을 봤어야만 하는데. 나는 온 도시의 화젯거리가 되었고, 석 주 내
내 그 연극에 관객이 밀려들었어. 그래서 극단은 그 새로운 현상 덕분
에, 이전에 그들을 버렸던 관객들까지 다시 불러들인 셈이 되었지. 그
러므로 나는 모든 사람을 매혹하면서 데뷔를 한 거야. 그렇게 데뷔한
다는 것은 가장 큰돈을 부르는 사람, 즉 마지막 입찰자에게 나를 내어
주기로 돼 있다는 것을 알리는 것과도 같아. 온갖 연령대의 기사 스무
명이 나를 돌봐주겠다고 서로 앞다투어 나섰어. 내가 내 성향을 따랐
다면 가장 젊고 가장 잘생긴 청년을 선택했을 거야. 하지만 우리는 남

자를 붙잡아 정착하는 일에서는 오로지 이익과 야망만 고려해야 하지. 그것이 연극계의 통례야. 바로 그 때문에 이미 늙고 몸도 망가졌으나 부유하고 인심이 후하며 안달루시아에서 가장 막강한 귀족 중 하나인 돈 암브로시오 데 니사나를 택했어. 그 선택의 대가를 그가 꽤 비싸게 치르게 된 것도 사실이야. 그는 나를 위해 아름다운 집을 빌려서 가구도 아주 화려하게 마련해 주었고, 훌륭한 요리사와 하인 두 명과 하녀 한 명, 그리고 용돈으로 매달 1천 두카도씩 제공했어. 게다가 꽤 많은 귀금속과 더불어 호사스런 의상들도 구비해 주었지.

내 운세가 왜 그리 변했는지! 내 정신으로는 감당할 수 없을 지경이었어. 나는 갑자기 나 자신에게 다른 사람처럼 보였어. 어느 귀족의 변덕 덕분에 비천한 처지와 빈궁한 상태에서 빠져나와 비참했던 과거를 금세 잊는 여자들이 있다는 것이 이제는 놀랍지가 않아. 그 일에 관해서 솔직히 고백할게. 관중의 박수갈채, 사방에서 듣던 기분 좋은 말들, 돈 암브로시오의 열정, 이 모든 것들이 나를 자만하게 만들어서, 그 자만이 기상천외한 상태에까지 이르렀어. 내 재능을 귀족증명서처럼 여겼던 거야. 그래서 귀족 여인처럼 굴었어. 그리고 그때까지는 내 쪽에서 교태 어린 시선을 마구 퍼부었다면, 이제는 그만큼 인색해져서, 공작이나 백작이나 후작에게만 눈길을 주기로 결심했지.

니사나 나리는 저녁마다 친구들 몇몇과 내 집에서 저녁 식사를 했어. 내 쪽에서도 우리 극단의 여배우들 중 가장 재미있는 여인들을 모아 놓았지. 우리는 밤마다 한참 동안 웃고 마시며 보냈어. 나는 그런 쾌적한 생활에 매우 잘 적응하였지만, 그것이 6개월밖에 지속되지 않았어. 귀족들은 쉽게 변하거든. 그렇지 않으면 너무 좋을 텐데 말이야. 돈 암브로시오는 나를 떠나 그라나다 출신의 어느 젊은 애교쟁이에게 가버렸어. 그녀는 이용해 먹을 매력과 재능을 갖고서 세비야에 막 도착한 여인이었지. 하지만 나는 그 일로 그저 24시간 동안만 상심해 있었고, 그의 자리를 대체할 기사를 벌써 골라 놓았어. 스물두 살의 돈 루이스 데 알카세르였는데, 얼굴로 치면 스페인 남자들 중에 필적할 만한 사람이 거의 없을 정도였어.

너는 아마도 내게 물어볼 테고, 그러는 네가 옳을 거야. 왜 그렇게 젊은 귀족을 애인으로 삼았느냐고 … . 결과가 어떨지 뻔히 알고 있는 내가 … . 그런데 돈 루이스는 아버지도 어머니도 없고, 자기 재산을 벌써부터 마음껏 누리고 있었던 데다가, 우리 관계의 결과라고 해봐야 그저 굴종적인 신분의 여자들이나 모험을 즐기는 불행한 여인들에게나 염려스러운 것일 뿐이라고 말하련다. 나 같은 직업의 여자는 작위가 있는 거나 마찬가지야. 우리는 우리의 매력이 빚어내는 효과에 대해 책임이 없어. 우리가 등쳐 먹는 상속자들의 가문들에게는 안된 일이지만!

알카세르와 나는 서로에 대해 굉장한 애착을 갖고 있어서, 내 생각에 그 어떤 사랑도 우리 둘처럼 불타오르지 않았을 거야. 우리는 너무 격렬하게 사랑하여 마치 누가 우리에게 마법을 걸어 놓은 것만 같았어. 우리 관계를 알던 사람들은 우리를 세상에서 가장 행복한 연인들이라고 믿었는데, 어쩌면 그 때문에 가장 불행했던 것 같아. 돈 루이스는 너무 사랑스러운 얼굴을 가진 동시에 질투심도 너무 강해서 매 순간 부당한 의혹으로 나를 애석하게 만들었어. 그의 나약함을 있는 그대로 받아들이기 위해 감히 다른 남자를 고려해 보기도 했지만 아무 소용없었어. 워낙 기발한 그의 의심은 어떻게든 나를 죄인으로 몰아가서 내가 자제를 해도 소용없었지. 그래서 우리의 더없이 다정한 관계에는 늘 언쟁이 섞였어. 그것에 저항할 방법이 없었어. 인내심은 여기저기서 빠져나가서, 결국 우리는 합의하에 결별했어. 우리 관계의 마지막 날이 우리한테는 가장 매력적인 날이었다고 말한다면 너는 믿겠니? 고통스러운 아픔들에 둘 다 똑같이 지쳤기에 헤어질 때는 기쁨만 터뜨렸다니까. 우리는 혹독한 노예 상태 후에 자유를 회복하는 비참한 포로들 같았어.

그 연애 이후로 나는 사랑을 매우 경계했어. 내 휴식을 흔들어 놓는 애착은 더 이상 원하지 않아. 우리 같은 사람들에게는 사랑의 탄식을 하는 것이 어울리지 않아. 우리는 공개적으로 우스꽝스러워지는 열정을 개인적으로 느껴서는 안 되는 거야.

그 시절에 나는 명성에 전념했어. 내가 그 누구도 흉내 낼 수 없는 여배우라는 명성이 온 사방에 자자했지. 그 명성을 믿고 그라나다의 배우들이 나에게 자기네 극단으로 들어오라는 제안을 편지로 보내 왔어. 그리고 자기네 제안이 거절할 만한 것이 아니라는 것을 알려 주기 위해 자신들의 하루 지출명세서, 회원가입자 수 등을 보내어 유리한 선택인 것처럼 보이려 했어. 그래서 그 제안을 받아들였지. 한 여자가 다른 여자들을 사랑할 수 있다면 그 이상 그럴 수 없을 만큼 너무 사랑했던 페니시아와 도로테아를 떠나는 것이 사실 너무 애석했음에도 불구하고, 그 제안을 받아들인 거야. 페니시아는 세비야에 남겨 놓았지. 그녀는 금세공을 하는 어느 소상인에게 붙어먹으며 살았어. 그 소상인은 허영심 때문에 여배우를 애인으로 삼고 싶어 한 작자였어. 내가 연극계에 들어오면서 기분 내키는 대로 라우라라는 이름을 에스테야로 바꿨다는 얘기는 잊고 안 했구나. 그라나다로 오려고 떠날 때부터 에스테야라는 이름을 사용했어.

그라나다에서도 세비야에서 못지않게 행복하게 시작했지. 나를 사랑하게 된 남자들로 금세 둘러싸이게 되었어. 하지만 당연히 그 누구에게도 눈길을 주지 않고 그들의 눈에 연막을 치며 늘 신중하게 처신했지. 그럼에도 불구하고 아무 결실도 없고 내 기질에도 맞지 않는 관계에 속을까 봐 두려워서, 자기 직책을 명목으로 또는 그저 잘 먹고 잘 차려입었다는 것을 내세워서 귀족처럼 으스대는 회계감사원 같은 부르주아 젊은이에게만 기회를 주기로 했지. 바로 그런 때 마리알바 후작을 처음으로 보게 되었어. 그 포르투갈 귀족은 호기심에 스페인을 여행하던 중 그라나다를 지나려다가 눌러앉은 거였어. 그는 내가 연기를 하지 않던 날, 극장에 왔어. 그는 눈에 보이는 여배우들을 매우 주의 깊게 쳐다보았어. 그러다가 마음에 드는 여배우를 한 명 발견했어. 그는 바로 다음 날 그녀와 통성명을 했고, 관계를 맺기 위한 계약을 체결할 준비가 돼 있던 차에 내가 극장에 나타난 거야. 내 모습과 애교가 그로 하여금 갑자기 선회하게 만들었어. 그 이후로는 나에게만 애착을 가졌어. 진실을 말해야겠구나. 나는 그 귀족이 내 동료를 마음에 들어 했다는 것을 모르지 않았기에 그를 가로채기 위해 전력을 다했어. 다행히 그 목표에 도달했지. 그 나쁜 짓에 대해 그녀가 나를 원망한다는 것을 알아. 하지만 어쩔 도리가 없지, 뭐. 가장 친한 친구들도 그런 일에서는 양심의 가책을 조금도 못 느낄 정도로 너무 자연스런 일이라는 점을 그녀는 생각해야 할 거야.

8

|

그라나다의 배우들이 질 블라스를 맞이할 때의 태도,
연극의 중심지에서 생겨난 새로운 인식

라우라가 자기 이야기를 마치려고 하는 순간, 한 노년의 여배우
가 찾아왔다. 그녀는 극장에 가는 길에 라우라를 데리러 오느라 들른
거였다. 그 연로한 연극 주인공은 코튀스 여신● 역할을 하면 딱 맞을
것 같았다. 라우라는 나의 누나로 자처하면서, 그 한물간 인물에게
나를 자기 동생이라고 소개했다. 그래서 양쪽의 인사치레가 있었다.

나는 라우라가 주소를 알려 준 마리알바 후작의 집으로 내 옷가지
들을 보낸 후 극장에 가서 합류하겠다고 말하며 그 두 여인 곁을 떠났
다. 그 길로 우선 내가 빌렸던 방으로 가서 여주인에게 치러야 할 값
을 지불한 뒤 내 가방을 나르는 사람과 함께 나의 새 주인이 묵고 있
는 가구 딸린 대저택으로 갔다. 그 집 문에서 관리인을 만났는데, 그
는 내게 혹시 에스테야 부인의 동생이 아니냐고 물었다. 나는 그렇다

● 간음과 방탕의 여신.

고 했다. 그러자 그가 말했다. "어서 오십시오, 기사님. 저는 마리알
바 후작님을 모시고 있는 관리인입니다. 후작님이 제게 기사님을 정
중히 맞으라고 지시하셨습니다. 기사님의 방이 준비되어 있습니다.
가는 길을 가르쳐 드리기 위해 제가 안내해 드리겠습니다." 그러더니
그는 나를 그 집의 맨 꼭대기로 데려가서는 꽤 좁은 침대와 장롱 하나
와 의자 두 개로도 꽉 차는 아주 작은 방으로 들여보냈다. 거기가 내
거처였다. 나의 안내자는 말했다. "여기가 그리 넓지는 않아요. 그
대신 리스본에서는 화려한 방에 묵게 되실 것을 약속드립니다." 나는
가방을 장롱에 넣고 열쇠를 챙긴 뒤 저녁 식사는 몇 시에 하느냐고 물
었다. 이에 그 관리인은 포르투갈 나리께서는 저녁 식사를 보통 집에
서 하시지 않으므로, 하인들에게는 일정한 식사비용을 매달 주신다
고 대답했다. 나는 다른 질문들도 했다. 그 결과, 후작의 하인들은
행복한 게으름뱅이들이라는 것을 알게 되었다. 꽤 짧았던 대화를 마
친 후 나는 그 관리인 곁을 떠나 라우라를 만나러 가면서 내 새로운
처지에 대해 기분 좋은 조짐이라는 생각에 빠져 있었다.

극장 문에 도착하여 내가 에스테야의 동생이라고 말하자, 모든 문
이 활짝 열렸다. 마치 내가 아주 대단한 그라나다 귀족들 중 하나라도
되는 듯이 경비들이 서둘러 길을 터주었다. 들어가다가 입장권과 외
출증을 받는 직원들을 만났는데 그들 모두가 내게 정중히 인사했다.
그러나 내가 독자들에게 제대로 묘사하고 싶은 것은, 대기실에서 진
지한 태도로 나를 맞이하던 배우들의 그 우스꽝스런 모습이다. 라우
라가 소개해 준 그 남녀배우들이 내게 달려들었다. 남자들은 나를 포
옹했고, 여자들은 그 붉게 화장한 얼굴을 내 얼굴에 갖다 대어 온통

붉고 흰 색깔로 뒤덮이게 했다. 그들은 서로 질세라 내게 찬사를 보냈고, 모두 한꺼번에 말하기 시작하여 일일이 대답할 수가 없었다. 그때 내 누이가 나를 도와주러 와서는 그 능란한 혀로 누구에게도 대답을 빚지지 않게 해주었다.

그 남녀배우들의 포옹으로 모든 것이 끝난 게 아니었다. 무대장치가, 바이올리니스트, 프롬프터, 양초 심지 자르기 담당, 그의 조수 등, 그 연극에 종사하는 모든 이들의 인사를 받아야만 했다. 그들은 내가 왔다는 소리에 나를 보려고 몰려들었다. 그 모든 사람들이 남자 형제라고는 한 번도 본 적 없는 고아들인 것만 같았다.

그러는 동안 연극이 시작되었다. 대기실에 있던 몇몇 신사는 무대 소리를 듣기 위해 얼른 달려가서 자리를 잡았다. 나는 배우의 친지로서, 무대에 오르지 않은 배우들의 친지들과 대화를 계속했다. 그들 중에 멜초르라고 불리던 자가 있었다. 그 이름이 나를 깜짝 놀라게 했다. 나는 그 이름의 주인공을 주의 깊게 살펴보았다. 그랬더니 어디선가 본 사람 같았다. 마침내 기억이 떠올랐고, 그 불쌍한 시골 배우 멜초르 사파타임을 알아냈다. 내 이야기의 제1권에서 얘기했듯이 샘물에다 빵 껍질을 담갔던 바로 그 사람이다.

나는 즉각 그를 따로 불러서 말했다. "내가 착각한 게 아니라면, 당신은 언젠가 바야돌리드와 세고비아 사이에 있는 맑은 샘물 가장자리에서 나와 함께 아침 식사를 했던 그 멜초르 씨인 것 같은데요. 나는 그때 이발사 견습생 한 명과 같이 있었고요. 우리는 식량을 좀 갖고 있었는데, 당신 것과 합쳐 놓았죠. 그리고 우리는 셋 다 아주 유쾌한 대화를 잔뜩 나누며 간단한 식사를 했었어요." 사파타는 잠시 생각을 하더니 이어서 대답했다. "내가 별로 힘들이지 않고 떠올릴 수 있는 것을 얘기하는군요. 그때 나는 마드리드에서 막 데뷔를 하고 사모라로 돌아오던 길이었죠. 일이 영 신통치 않았던 것까지 기억나네요." 그래서 내가 대꾸했다. "나도 기억합니다. 연극 포스터로 안감을 댄 조끼를 입고 있을 정도로…. 그 시절 당신이 너무 현명한 아내를 둔 것에 대해 불평하던 것도 잊지 않았어요." 그러자 사파타가 급히 말했다. "오! 그 점에 대해서는 이제 더 이상 불평하지 않아요. 다행히 그 아낙네는 그 버릇을 고쳤거든요. 그래서 이제는 안감을 더 잘 댄 조끼가 있답니다."

그의 아내가 정신을 차린 것에 대해 축하하려던 참에 그는 무대에 오르기 위해 내 곁을 떠나야 했다. 그의 아내가 누군지 궁금하여 나는 그것을 물어보려고 한 배우에게 다가갔다. 그는 내게 그 당사자를 가리켜 보이며 말했다. "저기 보이시죠. 나르시사입니다. 우리 여인들 중에서 당신의 누이 다음으로 예쁜 여자죠. 나는 마리알바 후작이 에스테야를 보기 전에 구애했던 배우가 저 여인일 거라고 생각했어요. 내 추측이 확실히 맞았지요." 연극이 끝나자 나는 라우라를 그녀의 거처로 데려다주었다. 도착해 보니, 여러 명의 요리사가 잔치를 준비하고 있었다. 라우라가 내게 "너도 여기서 저녁 식사를 해도 돼"라고 말하기에 나는 "그러지 않을래요. 아마도 후작은 당신과 단둘이 있는 것을 더 좋아할 겁니다"라고 대답했다. 이에 그녀가 말했다. "오! 천만에. 그는 자기 친구 두 명과 우리 배우 중 한 명과 함께 올 거야. 내가 한 명 더 보탠다고 해서 문제 될 건 없을 걸. 배우들의 집에서는 비서들도 자기네 주인과 함께 식사할 특권이 있다는 것을 너도 알잖아."

그래서 내가 말했다. "맞아요. 하지만 그 총애받는 비서들 틈에 끼어 있기에는 너무 이른 것 같네요. 그 전에 우선 그런 명예로운 권리를 얻을 자격을 갖추기 위해, 심복으로서 임무를 마쳐야 해요." 나는 그렇게 말하고 나서 라우라의 집에서 나와 내가 묵던 여인숙으로 갔다. 내 주인은 세간 살림이 하나도 없었으므로, 나는 그 여인숙에 날마다 갈 작정이었다.

9

그날 저녁 어떤 굉장한 사람과 식사를 했으며,
그들 사이에 무슨 일이 일어났나

나는 여인숙에서 늙은 수도사 같은 사람을 보았다. 회색 수도복 차림을 한 그는 구석에서 홀로 저녁 식사를 하고 있었다. 나는 호기심이 발동해서 그 앞으로 가 앉아서 아주 정중히 인사했다. 그도 나 못지않게 예의 바른 모습을 보였다. 이윽고 내 식사가 나왔기에 나는 아주 맛있게 먹기 시작했다. 아무 말 없이 먹는 동안, 나를 여전히 뚫어져라 바라보고 있는 그 인물을 종종 쳐다보았다. 그런데 너무 끈질기게 쳐다보는 것이 피곤해져서 그에게 "신부님, 혹시 우리가 여기 말고 다른 데서 만난 적이 있을까요? 저를 모르지 않는 사람처럼 관찰하시니 말입니다"라고 말했다.

그러자 그가 근엄하게 대답했다. "내 시선이 당신에게서 멈추는 것은 오로지 당신의 얼굴선에 표시된 그 어마어마하게 다채로운 모험들을 탄복하느라 그럴 뿐이오." 그래서 내가 조롱 조로 말했다. "신부님께서 관상에 빠지셨나 보네요?" 그러자 수도사가 대답했다. "나는 관상을 볼 줄 알 뿐만 아니라, 예언도 했고, 그 예언들은 결과를 통해 증명되었다오. 관상 못지않게 손금도 볼 줄 아오. 손금과 관상을 면밀히 대조해 보고 나서 신탁을 말하면 오류가 없다고 감히 말하겠소."

비록 그 노인이 겉으로 보기에는 완전히 지혜로운 사람처럼 보인다 할지라도, 나로서는 그가 너무 미친 사람 같아서 그 앞에서 웃어 대지 않을 수가 없었다. 그런데 그는 나의 무례함에 화를 내기는커녕 미소를 지었고, 방안을 훑어보고 나서 우리 얘기를 아무도 듣지 않는다는 것을 확인한 후 다음과 같이 말했다. "오늘날 경망스럽다고 여겨지는 그 두 학문에 대해 당신이 그토록 선입견을 갖고 있는 것이 놀랍지는 않소. 그 두 학문은 길고도 힘든 연구를 요하는 것이라서 모든 학자들을 낙담시킨다오. 그래서 그들은 포기해 버리고, 그 지식을 얻지 못한 것이 분해서 그 학문들을 헐뜯는 거라오. 하지만 나는 그 학문들을 둘러싸고 있는 난해함에 대해 전혀 반감이 없었고, 화학적 비결에 관한 연구나 금속들을 금으로 바꾸어 놓는 그 굉장한 기술에서 한없이 이어지는 어려움에도 물러나지 않았소."

그러더니 말을 계속했다. "하지만 나는 당신이 내 말을 정말로 몽상처럼 여길 거라고는 생각하지 않소. 나를 더 호의적으로 판단해 본다면, 내가 말로 하는 것보다는 내 전문지식의 한 표본이 당신의 마음을 더 잘 움직일 거요." 그는 이 말을 하더니 새빨간 액체가 든 플라스크를 호주머니에서 꺼냈다. 그러고 나서 말했다. "이것은 내가 오늘 아침에 몇몇 식물들을 증류기에서 추출한 수액들로 구성된 엘릭시르라오. 왜냐하면 나는 데모크리토스처럼 약초와 광물들의 속성을 알아내는 데 거의 평생을 써버렸으니까. 우리가 저녁 식사에 마시는 이

포도주는 아주 나쁜 거라오. 그런데 이제 아주 훌륭한 포도주가 될 거요." 그러면서 그는 자기 묘약 두 방울을 내 포도주병에 넣었다. 그랬더니 내 포도주가 스페인 전체에서 가장 좋은 포도주보다 더 맛있게 변해 버렸다.

신기한 일은 상상력을 강타하는 법이어서, 일단 홀리고 나면 더 이상 판단력이 작동하지 못한다. 나는 그토록 대단한 비결에 매혹된 나머지 그런 비결을 알아낸 것을 보면 악마보다 한 수 위일 수밖에 없다고 확신하여 경탄에 찬 소리로 외쳤다. "오, 신부님! 제가 신부님을 처음에 늙은 미치광이로 여겼다면 제발 용서해주세요! 이제 온당한 대접을 해드리겠습니다. 더 이상 볼 필요도 없이, 신부님은 원하시기만 하면 금괴나 쇳덩어리를 만드실 거라고 확신합니다. 그토록 탄복할 만한 지식을 얻게 되면 참 행복하겠네요!" 그러자 노인은 깊은 한숨을 내쉬면서 내 말을 막으며 말했다 "자네가 그 지식을 결코 갖지 않도록 하늘이 막아 주시기를! 이보게, 그렇게 되면 불행이 초래된다는 것을 자네는 모르고 있네. 나를 부러워하기보다는 오히려 그토록 고생을 하고도 불행해져 버린 나를 불쌍히 여기게. 나는 늘 근심에 싸여 있다네. 내 모습이 발각될까 봐 두렵고, 내 모든 작업에 대한 보상이 영원한 감옥이 될까 봐 두렵네. 그런 두려움 속에서 어떤 때는 사제나 수도사로 변장하고, 또 어떤 때는 기사나 농부로 변장하여 떠돌아다니는 삶을 영위하고 있네. 그런데도 금을 만들 줄 안다는 것이 이로운 일이겠나? 재물이란 그것을 평온히 누리지 못하는 사람에게는 진정 형벌이 아니겠는가?"

그래서 내가 그 철학자에게 말했다. "그 말이 아주 이치에 맞는 듯 보이네요. 편안한 삶은 전혀 그렇지가 않죠. 신부님은 그 연금술의 돌에 대해 혐오감을 갖게 만드는군요. 그렇다면 내게 어떤 일이 벌어질지 그것만 알게 되는 것으로 만족하겠습니다." 이에 그가 대답했다. "그건 아주 기꺼이 말해 주겠네. 자네의 얼굴선을 이미 관찰했으니 이제 자네의 손을 보세." 어떤 독자들은 내가 그를 신뢰하는 것이 별로 좋아 보이지 않겠지만, 어쨌든 나는 신뢰를 갖고 손을 내밀었다. 그는 매우 유심히 내 손을 살펴보더니 열렬히 말했다. "아! 괴로움에서 기쁨으로, 기쁨에서 괴로움으로 넘어가는 통로들이 너무 많구려! 실추와 번영이 이상할 정도로 많이 이어지네! 그런데 자네는 그 운세의 부침들을 상당 부분 이미 겪었네. 이제 감내해야 할 불행은 거의 남아 있지 않고, 어느 나리가 자네에게 향후 별로 변화가 없을 기분 좋은 운명을 만들어 줄 걸세."

그는 내가 그 예언에 기대를 걸어 볼 수 있을 거라고 장담한 후 작별인사를 하고는 그 여인숙을 나섰다. 나는 거기 그냥 있으면서 방금 들은 얘기를 골똘히 생각하였다. 마리알바 후작이 문제의 그 나리임을 믿어 의심치 않았고, 그 결과 그 신탁이 꼭 이루어질 것만 같았다. 설사 전혀 그럴 것 같지 않아 보였다 해도, 그 가짜 수도사를 전적으로 믿었을 것이다. 그 정도로 내 정신은 아까 그 묘약 때문에 그에게 압도되었으니까. 나는 그가 예언한 행복을 앞당기기 위해 이전의 주인들에게 헌신했던 것보다 더욱더 헌신적으로 마리알바 후작을 섬기기로 작정했다. 그런 결정을 하고 난 후 나는 뭐라 형용할 길 없는 즐거움을 안고 우리의 저택으로 갔다. 그 어떤 여자도 점쟁이 집을 나서면서 그 정도로 만족스러워하지는 않았을 것이다.

10

마리알바 후작이 질 블라스에게 맡긴 일은 무엇이며,
그 충실한 비서는 그 일을 어떻게 수행했나

후작은 여배우의 집에서 아직 돌아오지 않았고, 그의 처소에서는 하인들이 후작이 돌아오기를 기다리며 카드놀이를 하고 있었다. 나는 그들과 통성명을 하고 나서, 우리의 주인이 도착한 새벽 두 시까지 웃고 떠들며 즐겼다. 후작이 나를 보더니 좀 놀라워하며 친절한 태도를 보이기에, 저녁 모임에 아주 만족스러워하며 돌아오는 거라고 판단했다. "아니, 질 블라스, 대체 왜 아직도 잠자리에 들지 않은 건가?" 그래서 나는 그가 지시할 것은 없는지 잠자러 가기 전에 알고 싶어서 그랬노라고 대답했다. 그랬더니 그가 말했다. "어쩌면 내일 아침에 지시할 심부름이 있을 걸세. 가서 쉬게나. 그리고 저녁에 나를 기다리는 일은 자네에게 면제해 준다는 것을 기억해 두게. 저녁에는 그저 시종들만 있으면 된다네."

그 통고가 나를 기쁘게 했다. 어쩌면 가끔씩 불쾌하게 느껴질지 모를 예속을 내게 면해 주는 거니까. 그 통고가 있은 후 나는 후작을 그의 처소에 남겨두고 내 다락방으로 물러났다. 그리고 침대에 누웠다. 하지만 잠을 이룰 수가 없어서 피타고라스가 우리에게 준 충고를 따라야겠다고 생각했다. 그 충고란, 저녁에 그날 하루 동안 했던 일을 떠올려서 잘한 행동에 대해서는 자신을 칭찬하고, 나쁜 행동에 대해서는 비난하는 것이었다.

나는 양심의 가책을 느껴서 나 자신에 대해 만족할 수가 없었다. 우선 라우라의 기만을 지지했던 것이 후회스러웠다. 그럴 수밖에 없었다는 구실을 찾아보려 했다. 오로지 나를 기쁘게 해주려는 여자에게 정직하게 반박할 수는 없었으며, 어찌 보면 그 사기행위에 공범자가 될 수밖에 없었다고 스스로를 설득하려 했다. 하지만 소용없었다. 그 구실이 별로 만족스럽지 못해서, 나는 사태를 더 밀어붙이지 말아야 한다고 그 설득에 응수했다. 나를 신뢰해 준 귀족에게 그렇게 신뢰를 저버리고도 그 곁에 머무르려 하다니 매우 뻔뻔한 인간이 아닐 수 없다는 생각이 들었다. 마침내 엄격히 점검해 보고 나니, 나는 사기꾼이거나 그게 아니라면 거의 사기꾼에 가깝다고 결론지었다.

그 결과 나는 한 귀족을 속임으로써 큰 도박을 하고 있다는 생각을 하게 되었고, 그 귀족은 조만간 내가 저지른 사기행위를 알아내고야 말 것 같았다. 그토록 타당한 고찰에 이르자 어떤 공포에 사로잡혔다. 하지만 내가 얻게 될 즐거움과 이익을 떠올리자 공포가 금세 사라졌다. 게다가 묘약을 보여 줬던 사람의 예언이 나를 안심시키기에 충분했던 것 같다. 그래서 나는 온갖 기분 좋은 환영들에 빠져 버렸다. 대수의 법칙을 동원하여 내가 10년 동안 일하면서 급료를 모으면 총액이 얼마가 될지 계산하기 시작했다. 거기에다 주인에게서 받게 될

보너스도 더했고, 인심이 후한 그의 기질에 비추어, 아니 그보다는 내 욕망에 비추어 그것들을 계산하면서 과도한 상상에 빠져서 무한한 재산을 꿈꾸고 있었다. 그 많은 재산이 나를 졸리게 하여 나는 공중누각을 세우며 잠들었다.

다음 날 나는 여덟 시쯤 일어나서 주인의 지시를 받으러 갔다. 하지만 내가 문을 열러 나가려던 참에 그가 실내복과 수면모자 차림으로 내 앞에 나타나서 깜짝 놀랐다. 혼자 온 그는 내게 말했다. "질 블라스, 엊저녁에 자네 누이와 헤어지면서 오늘 아침에 그녀 집에 들르겠다고 약속했었네. 하지만 중대한 일이 생겨서 그 약속을 지키지 못하게 되었네. 그러니 내 대신 가서 이 뜻하지 않은 일로 내가 몹시 원통해하고 있다고 전하고, 오늘 저녁에는 그녀와 함께 저녁 식사를 하겠다고 안심시키게." 그러더니 보석들이 박힌 오톨도톨한 작은 가죽 상자를 내 손에 쥐여 주며 덧붙였다. "그녀에게 내 초상화를 갖다주게. 그리고 내가 이미 자네에 대해 갖고 있는 우정의 표시로 주는 50피스톨라가 들어 있는 이 주머니를 갖게나." 나는 한 손으로는 초상화, 다른 손으로는 내가 별로 받을 만한 자격이 없는 그 주머니를 받아들었다. 당장 라우라의 집으로 달려가면서 나는 기뻐서 어쩔 줄 몰라 흥분하며 나 자신에게 말했다. '좋아! 예언이 이루어지는 것이 눈에 보이는구나. 아름답고 끼가 많은 여자의 동생이라는 것이 얼마나 큰 행복인가! 그 이득과 매력만큼 명예는 있지 못한 것이 유감이구나."

라우라는 그런 직업에 종사하는 사람들이 평소 보이는 모습과는 달리 아침 일찍 일어나는 습관이 있었다. 내가 들이닥쳤을 때 그녀는 화장을 하고 있었다. 그녀는 포르투갈 백작을 기다리면서 자신의 타고

난 미모에다 교태 기술에서 빌려온 온갖 보조적인 매력을 더하고 있었다. 나는 들어가면서 그녀에게 말했다. "사랑스런 에스테야, 외국인들을 자석처럼 끌어들이는 나는 이제 내 주인과 함께 식사를 할 수가 있다오. 영예롭게도 내게 그런 특권을 주는 심부름을 그가 지시했고, 나는 그 심부름을 방금 완수했으니 말이오. 오늘 아침에는 그가 어제 작정했던 것과 달리 당신을 만나는 기쁨을 누리지 못할 거라더군. 하지만 그 때문에 당신을 달래 주려고 오늘 저녁에는 당신과 식사를 할 거라고 전하라고 했다오. 그리고 자기 초상화를 전해 달라고 했소. 내 보기에는 그것이 훨씬 더 위로가 될 것 같은데 ⋯."

그러고 나서 즉각 그 상자를 넘겨주었더니, 그녀는 강렬히 반짝이는 광채를 보고서 굉장히 기뻐했다. 그리고 그 상자를 열어 초상화는 형식상 대충 본 다음 닫아 놓고, 상자에 박힌 보석들을 다시 들여다보았다. 그녀는 보석들의 아름다움을 칭찬하고 나서 미소 지으며 말했다. "여배우들이 원본보다 더 좋아하는 복제품이로군." 그래서 나는 그 인심 좋은 포르투갈 사람이 내게 그 초상화를 갖다주라고 하면서 50피스톨라가 든 주머니를 하사했노라고 알려 주었다. 그러자 그녀가 말했다. "그렇다니 축하할 일이로구나. 그 나리는 다른 사람들이 마지막에도 하기 힘든 일을 처음부터 하는구나." 그래서 내가 그녀에게 응수했다. "이 선물은 당신 덕분이라오, 사랑스런 이여. 그 후작은 오로지 우정 때문이라고 말했다오." 그러자 그녀가 대꾸했다. "그가 너에게 매일 그렇게 해주면 좋겠다. 나한테는 네가 얼마나 소중한지 말로 할 수 없을 지경이야. 너를 처음 본 순간부터 너무 강한 끈으로 너한테 묶여서 세월조차 그 끈을 끊어 버리지 못했어. 마드리드에서 너를 잃었을 때 나는 너를 다시는 보지 못할 줄 알고 절망했는데, 어제 너를 다시 보면서 필연적으로 다시 오는 사람처럼 너를 맞았지. 한마디로, 친구야, 우리는 하늘이 맺어 준 사이야. 너는 내 남편이 될 거야. 하지만 그 전에 우선 부유해져야만 해. 나는 네가 편안히 살 수 있게 해주기 위해 앞으로도 서너 건의 연애를 더 하려고 한단다."

그녀가 나를 위해 기꺼이 하려는 수고에 대해 나는 정중히 고마움을 표시했다. 그리고 우리는 어느새 정오까지 함께 있었다. 그래서 나는 주인에게 그의 선물을 그녀가 어떻게 받아들였는지 보고하러 가느라 물러났다. 라우라는 전혀 모르고 있지만, 나는 가는 길에 꽤 그럴싸한 찬사를 지어내지 않을 수 없었다. 그녀 대신 하기로 작정한 터였다. 하지만 그러는 것이 아무 소용없었다. 내가 저택에 도착하자, 후작이 방금 외출했다는 말을 들었으니까. 그리고 나는 그를 다시 보지 못하게 된다. 왜 그런지는 다음 장을 읽어 보면 알 수 있다.

11

질 블라스가 알게 된 청천벽력 같은 소식

나는 내가 있던 여인숙으로 가서 두 남자를 만나 기분 좋은 대화를 하며 점심 식사를 하고 연극 시간까지 그들과 테이블에 머물러 있었다. 헤어진 뒤, 그들은 자기네 일을 보러 갔고, 나는 극장으로 향했다. 내가 아주 기분 좋아할 만했다는 점을 고려하시라. 그래서 방금 그 기사들과 대화를 나누며 내내 즐거웠다. 운세가 더없이 좋았기 때문이다. 그럼에도 왜인지는 알 수 없으나 나도 모르게 슬퍼졌고, 그렇게 되는 것을 막을 수가 없었다. 어쩌면 내게 닥칠 불행을 예감하고 있었나 보다.

내가 대기실로 들어가자 멜초르 사파타가 내게 와서 아주 낮은 목소리로 자기를 따라오라고 말했다. 그는 그 건물의 어느 특별한 공간으로 나를 데려가서 다음과 같이 말했다. "기사님, 당신에게 매우 중요한 충고를 해드리지 않을 수가 없네요. 마리알바 후작이 처음에는 내 아내인 나르시사에게 호감을 가졌었다는 사실을 당신은 알고 있습니다. 그는 심지어 내 등심고기 요리를 먹으러 오려고 날을 잡기도 했는데, 간사한 에스테야가 그 파티를 깨고 포르투갈 귀족을 자기 집으로 끌어올 방법을 찾아냈지요. 여배우가 그렇게 좋은 먹잇감을 놓치면 원통해하리라는 것을 당신도 잘 알 겁니다. 그 여자는 마음에 원한을 품었고, 복수를 위해서라면 못 할 일이 없었습니다. 그러다가 아주 좋은 기회가 생겼지요. 당신이 기억하실지 모르겠으나, 어제 우리의 임시고용인들 모두가 당신을 보려고 모여들었지요. 그런데 양초심지 담당 보조원이 극단의 몇몇 사람들에게 당신의 신분을 안다고 말하면서, 에스테야와 남매 관계가 아니라고 말했어요."

멜초르는 그러고 나서 덧붙였다. "그 소문이 오늘 나르시사의 귀에 들어갔고, 그녀는 그 소문을 퍼뜨린 자를 기어코 취조하였고, 그 임시고용인이 그녀에게 사실관계를 확인시켜 주었지요. 그는 에스테야가 마드리드에서 라우라라는 이름으로 아르세니아를 모셨던 시절에, 즉 당신이 아르세니아의 하인일 때 알았다고 했어요. 내 아내는 그런 사실을 알고는 너무 좋아하면서 그것을 마리알바 후작에게 전했고, 후작은 오늘 저녁에 극장에 올 겁니다. 그러니 그 일에 대해 대비하세요. 당신이 실제로 에스테야와 남매 관계가 아니라면, 내가 친구로서, 그리고 우리는 오래 알고 지낸 사이이므로, 당신의 안전을 대비해 두라고 충고합니다. 나르시사는 에스테야만 희생시키면 그만이므로, 당신이 빨리 도망쳐서 험악한 사건을 피하도록 알려도 된다고 내게 허락했어요."

그 이상 더 말해 봤자 필요 없는 일이었을 것이다. 나는 그에게 그런 사실을 알려 줘서 고맙다고 했다. 그는 내가 겁에 질려 있는 것을 보고는, 내가 그 촛불 끄는 보조원에게 반박할 사람이 아니라는 것을 잘 알았다. 나로서도 그렇게까지 뻔뻔해질 마음은 전혀 없다고 느꼈다. 나는 심지어 라우라에게 작별인사를 하려 들지도 않았다. 그녀가 나를 무모하게 밀어붙일까 봐 두려워서였다. 나는 그녀가 꽤 좋은 배우여서 그토록 힘든 난국에서도 잘 빠져나오리라고 생각했다. 하지만 나에게는 틀림없이 형벌만 따를 것 같았다. 나는 그것을 무릅쓸 정도로 그녀를 사랑하는 것은 아니었다. 나는 그저 내 수호신들, 즉 내 누더기들과 함께 도망칠 생각밖에 없었다. 나는 눈 깜짝할 새에 그 저택에서 사라져 버렸고, 순식간에 내 가방을 빼내어 노새몰이꾼의 집으로 옮겨 놓았다. 그 노새몰이꾼은 다음 날 새벽 세 시에 톨레도로 떠날 참이었다. 폴란 백작의 집에 진작 가 있었더라면 좋았을 거라는 생각도 했다. 백작의 집이야말로 유일하게 안전한 피난처처럼 보였다. 하지만 나는 거기에 있지 않으니, 당장 그날 밤에 붙잡힐지 모른다는 두려움 속에 그 도시에서 보내야 할 남은 시간을 생각하면 불안하지 않을 수가 없었다.

나는 경관에게 쫓기는 것을 알고 있는 빚쟁이만큼이나 불안하면서도 내가 있던 여인숙으로 저녁 식사를 하러 갔다. 그날 저녁에 먹은 것은 내 위에서 훌륭한 유미(乳糜) 역할을 했던 것 같다. 두려움의 불행한 노리갯감이 된 나는 그 식당에 들어오는 사람들마다 살펴보았고, 불행히 낯빛이 안 좋은 사람들이 오면(그런 장소에서 드물지 않은 일이다) 무서워서 벌벌 떨었다. 계속적인 위험 신호를 느끼는 가운데 저녁 식사를 한 후 식탁에서 일어났고, 노새몰이꾼의 집으로 돌아와서는 신선한 짚더미 위에 몸을 던지고 출발시간까지 기다리고 있었다. 그러는 동안 내 인내심은 시련을 겪었다. 불쾌한 생각들이 숱하게 떠올라 나를 덮쳤다. 때때로 졸기라도 하면 격분한 후작이 라우라의 아름다운 얼굴을 때려서 멍들게 하고 그녀 집에 있는 모든 것을 부숴 버리는 장면이 보였다. 또는 그가 하인들에게 나를 몽둥이로 때려서 죽게 만들라고 지시하는 소리가 들렸다. 그러면 잠에서 퍼뜩 깨어났다. 끔찍한 꿈을 꾸고 난 뒤 그렇게 깨면 보통은 달콤하게 마련인데, 이제는 꿈꾸는 것보다 깨어 있는 것이 한층 더 잔인해졌다.

다행히 노새몰이꾼이 내게 와서 떠날 채비가 되었다고 알려 주며 나를 너무 힘든 상황으로부터 끌어내 주었다. 나는 즉각 일어났다. 천만다행히 라우라와 수상술(手相術)에서 완전히 치유되어 출발하게 된 것이다. 우리가 그라나다로부터 멀어져 갈수록 나의 마음은 다시 평온해졌다. 나는 노새몰이꾼과 대화를 시작했다. 그가 몇 가지 우스운 얘기를 들려주어서 웃기까지 했고, 나도 모르는 새에 두려움을 완전히 떨쳐 버렸다. 첫째 날 묵으러 간 우베다에서 나는 평화로이 잠을 잤고, 넷째 날에 톨레도에 도착했다. 거기서 내가 제일 먼저 한 일은 폴란 백작의 거처가 어딘지 알아보는 것이었다. 그리고 내가 그의 집이 아닌 다른 데서 묵는 것을 그가 견디지 못할 거라고 확신하며 그 집으로 갔다. 그런데 주인이 없는 경우를 고려하지 않았던 것이다. 그 집에는 관리인밖에 없었고, 그 관리인은 자기 주인이 바로 전날 레이바성으로 떠났다고 말해 주었다. 세라피나가 위태로울 정도로 아프다는 전갈이 왔기 때문이라는 거였다.

나는 백작이 그 집에 없을 거라고는 예상 못 했기에 톨레도에 있는 기쁨이 줄어들었다. 그래서 다른 계획을 세웠다. 거기서 마드리드가 가까우므로 그리로 가기로 결정했다. 나는 궁정에서 출세할 수 있을 거라고 생각했다. 내가 들은 바에 의하면, 궁정에서 출세하려면 탁월한 재능이 꼭 필요한 것은 아니었다. 바로 다음 날 나는 스페인의 수도인 마드리드로 가기 위해 말을 이용했다. 운이 좋아 내가 마드리드에서 이미 했던 역할들보다 더 대단한 역할을 수행하게 하려고 행운이 나를 그곳으로 이끌었다.

12

질 블라스가 호텔 셋방에 묵으러 가서
알게 된 친칠라 대장은 누구이며,
이 장교는 무슨 일로 마드리드에 왔나

나는 마드리드로 가자마자 가구 딸린 호텔 셋방에 거처를 정했
다. 그곳에 사는 사람들 중에는 늙은 대장이 하나 있었다. 자기가 연
금을 받을 자격이 너무 충분하다고 믿어서 이를 궁정에 청원하기 위
해 신(新) 카스티야의 국경지방으로부터 온 사람이었다. 그의 이름
은 돈 안니발 데 친칠라였다. 나는 그를 처음 보았을 때 놀라지 않을
수 없었다. 나이가 60세였는데, 키가 어마어마하게 크고 굉장히 말랐
으니 말이다. 그의 수염은 빽빽했고, 양쪽 관자놀이까지 꾸불꾸불하
게 나 있었다. 그에게는 팔 하나와 다리 하나가 없었을 뿐만 아니라,
한쪽 눈에는 초록색 타프타 천으로 된 넓은 반창고가 덮여 있었고, 얼
굴에서는 칼자국이 여러 군데 보였다. 그 외에는 여느 사람과 마찬가
지였다. 게다가 똑똑하고 진중하기도 했다. 도덕심을 세심할 정도로
까지 밀어붙였고, 명예에 관해서는 특히 민감하다고 자부했다.

그와 두세 차례 대화를 나누고 나자 영광스럽게도 그가 나를 신뢰

하였다. 곧이어 나는 그의 일을 전부 알게 되었다. 몇 차례 얘기할 기회가 생기자, 그는 자기 눈 한쪽은 나폴리에, 팔 하나는 롬바르디아에, 다리 하나는 네덜란드에 두고 왔다고 얘기해 주었다. 전투와 포위공격에 관한 이야기들 중에서 내가 감탄한 것은, 그가 허풍 떠는 기색이 전혀 없고, 자화자찬하는 말이 단 한 번도 없었다는 점이다. 그가 신체 반쪽을 잃어버린 것에 대해 보상받기 위해 이제 남은 반쪽을 자랑한다 해도 나는 기꺼이 용납했을 텐데 ···. 전쟁에서 무사히 돌아오는 장교들이 모두 다 그렇게 겸손하지는 않다.

그런데 그는 출정 중에 상당한 재산을 낭비한 것이 가장 마음에 걸린다고 말했다. 그래서 이제는 1백 두카도밖에 없다고 했다. 그 돈으로는 수염을 단장하고, 집세를 내고, 청원서를 써달라고 하기에 빠듯한 돈이었다고 하면서 예상치 못했던 일이라는 듯 어깨를 으쓱했다. "왜냐하면, 이휴, 청원서를 매일 제출하기 때문이라오. 그런데 그 청원서에 아무도 관심이 없다네. 총리대신과 나, 우리 둘 중에서 누가 지치는지, 나는 청원서를 내는 것에, 총리대신은 그것을 받는 것에 대해 누가 먼저 지치는지 내기를 하는 것과 같을 거요. 나는 왕에게도 자주 청원서를 올린다오. 하지만 주임신부라고 해서 보좌신부보다 미사를 더 잘 드리는 것이 아니고, 이러는 동안 나의 친칠라성(城)은 복구하지도 못해서 폐허가 되어 버렸다오."

그래서 내가 그 대장에게 말했다. "그렇다고 절망해서는 안 됩니다. 어쩌면 대장님은 그 고난과 수고에 대한 보상을 곧 그 이상으로 받으시게 될지 모릅니다." 그러자 돈 안니발이 대답했다. "나는 그런 기대를 품어서는 안 될 거요. 총리대신의 비서들 중 한 명과 얘기를

92

나눈 것이 사흘도 안 되었는데, 그의 말을 믿는다면, 나는 그저 잘 버텨야 할 것 같소." 그래서 내가 말했다. "장교 나리, 그가 뭐라고 했는데요? 그가 보기에는 나리가 처한 상황이 보상받을 만한 것 아니었나요?" 그러자 친칠라 대장이 대꾸했다. "당신이 그 점에 대해 판단해 보시오. 그 비서는 내게 딱 잘라 말했다오. '나리, 당신의 열성과 충성을 그렇게 떠벌리지 마십시오. 당신은 조국을 위해 위험을 무릅쓰면서 의무를 다한 것일 뿐이니까요. 아름다운 행위에 충실했다는 그 영광만으로도 충분한 대가가 치러졌고, 스페인 사람이라면 대체로 그것으로 충분할 겁니다. 그러니 당신이 청원하는 포상금을 마치 받아 내야 할 빚처럼 여긴다면 잘못 생각하신 겁니다. 만약 당신에게 포상금이 허락된다면, 그 은혜는 오로지 왕의 관대하심 덕분일 겁니다. 왕께서는 국가에 공헌한 백성에게 빚을 지고 있다고 믿고 계시니까요'라고 말이오. 이에 나는 '그러니까 당신은 내가 여전히 더 충성해야 하고, 내가 떠나온 곳으로 돌아가야 한다고 보는 거구려'라고 말했다네."

선량한 사람이 괴로움을 당하고 있는 걸 보면 대개는 끼어들기 마련이다. 나는 대장에게 잘 버티라고 격려했다. 그리고 그에게 청원서를 무료로 정서(淨書)해 주겠다고 자청하고 나섰다. 심지어 내 돈주머니를 열어서 그가 원하는 만큼 가져가라고 간청하기까지 했다. 그런데 그는 그런 경우 같은 얘기를 두 번 하게 하는 사람이 아니었다. 정반대로, 그는 그 제안에 매우 어색해하면서도 나의 선한 의지에 대해서는 매우 고마워했다. 이어 그는 아무에게도 부담이 되지 않으려고 매우 간소한 생활을 하기 때문에 아주 적은 음식으로도 충분히 연명하는 것에 서서히 익숙해졌다고 말했다. 그 말은 너무도 사실이었다. 그는 대파와 양파만 먹고 살았으니까. 그래서 그에게는 살가죽과 뼈만 남아 있었다. 그리고 그렇게 엉망으로 식사하는 것을 남이 보지 못하도록 보통 자기 방에서 혼자 식사하곤 했다. 그런데 내가 그에게 자꾸 간청하여 우리는 점심 식사와 저녁 식사를 함께하곤 했다. 나는 그의 자존심을 상하지 않게 하면서도 그에게 뭔가 베풀 수 있는 기발한 수를 생각해 냈다. 내게 필요한 고기와 포도주보다 훨씬 더 많은 양을 주문하여 그가 먹고 마시도록 자극했던 것이다. 그는 처음에는 점잔을 뺐지만, 마침내 내 간청에 굴복했다. 그러고 나서는 눈에 띄지 않게 더 대담해져서, 스스로 자청해 내 접시를 깨끗하게 해주고, 내 포도주병을 싹 비웠다.

그는 너덧 잔을 마시고, 자신의 위를 좋은 음식과 화해시키고 난 후 쾌활하게 말했다. "정말로 당신은 아주 매력적이오, 질 블라스 씨. 당신 마음대로 내가 뭐든지 다 하게 만드는구려. 당신은 그 선량한 기질을 내가 남용할지도 모른다는 염려마저 불식시키는 재주를 갖고 있구려." 대장은 그때 수치심에서 아주 벗어난 듯 보였다. 그래서 만약 그 순간을 포착하여 내가 돈주머니를 받으라고 또 재촉하였다면, 그는 사양하지 않았을 거다. 나는 그런 시련을 그에게 다시 겪게 하지 않았다. 그에게 내 식사를 나눠 주고, 청원서를 써줄 뿐만 아니라 그 문구를 함께 작성하는 수고까지만 하기로 했다. 나는 그 지루한 글을 하도 많이 정서하다 보니 문장 다듬는 법을 배우게 되었다. 일종의 작가가 되었던 것이다. 늙은 장교 쪽에서는 자기가 글을 꽤 잘 쓴다고 자부했다. 그래서 우리 둘은 경쟁적으로 살라망카의 가장 유명한 교수들에게나 어울릴 법한 웅변적인 글을 작성하곤 했다. 하지만 우리 둘이서 그 청원서들에 수사학적 꽃들을 여기저기 심어놓느라 정신을 다 고갈시켜 봤지만 아무 소용이 없었다. 말하자면 그것은 모래에다 심어 놓는 거나 마찬가지였다. 우리가 돈 안니발의 공적을 돋보이게 하려고 어떤 표현을 쓰건 간에 궁정은 아랑곳하지 않았다. 그래서 그 늙은 상이용사는 전쟁으로 파산하는 장교들을 칭찬하지 않았다. 기분이 나빠져서 자신의 운수를 증오했고, 나폴리와 롬바르디아와 네덜란드를 저주했다.

게다가 어느 날, 그 늙은 대장을 비웃기라도 하듯이, 알베 공작의 후원으로 등단한 어느 시인이 공주의 탄생을 주제로 한 소네트를 왕 앞에서 낭송해 5백 두카도의 연금을 하사받았다. 상이용사가 정신을 차리도록 내가 돌보지 않았더라면, 그는 그 일 때문에 미쳐 버렸을 것이다. 그가 제정신이 아닌 것을 보고 내가 물었다. "왜 그러세요? 대장님을 격분케 할 일은 전혀 아닌 것 같은데요. 아득한 옛적부터 시인들은 왕족으로 하여금 시인들의 시적 영감에 의존하게 만들어 놓지 않았던가요? 시인 몇 명을 연금 수령자로 두지 않은 왕이 없어요. 그리고 우리끼리 얘기지만, 그런 종류의 연금은 미래에도 알려지지 않은 채로 남아 있는 일이 드물어서 왕들의 후한 인심을 영원히 기리게 해주죠. 왕들이 하사한 다른 연금들은 왕들의 명성에는 아무짝에도 쓸모없게 되기 일쑤인데 말이죠. 아우구스투스는 얼마나 많은 상을 내렸으며, 우리가 전혀 모르는 연금을 얼마나 많이 주었던가요? 하지만 먼 훗날 사람들은 우리와 마찬가지로 베르길리우스가 그 황제로부터 거의 2만 에퀴를 하사받았다는 사실은 알게 될 겁니다."

내가 돈 안니발에게 무슨 말을 하건 간에, 소네트의 결실은 그의 뱃속에 묵직한 납처럼 머물러 있었다. 그는 그것을 소화하지 못해서 다 포기하기로 결단했다. 그럼에도 불구하고 남은 것을 모두 걸어 보기 위해 레르마 공작에게 청원서를 또 제출하려 했다. 우리는 그 일을 위해 함께 그 총리대신의 집으로 갔다. 거기서 한 젊은이를 만났는데, 그가 대장에게 인사를 한 후 다정하게 말했다. "친애하는 옛 주인님, 아니 지금 제가 정녕 주인님을 뵙고 있는 건가요? 어쩐 일로 총리대신 나리에게 오시게 된 건가요? 그 댁에서 신망 있는 사람이 필요하시다면 저를 아낌없이 이용하십시오. 제가 도와 드리겠습니다." 그러자 장교가 대답했다. "아니, 어떻게, 페드리요? 자네 말을 들으니 자네가 이 댁에서 중요한 자리를 차지하고 있는가 보군." 그러자 그 젊은이가 대꾸했다. "최소한 주인님처럼 점잖으신 '이달고'를 기쁘게 할 수 있을 만큼의 능력은 됩니다." 그러자 대장이 미소 지으며 말했다. "그렇다면 자네의 후원을 받겠네." 이에 페드리요가 대꾸했다. "그렇게 하시지요. 주인님은 무슨 사안인지만 알려 주시면 되고, 저는 총리대신으로부터 어떻게든 뭔가를 끌어내겠다고 약속드립니다."

그토록 선의로 가득 찬 그 청년에게 사정을 알리자, 그는 돈 안니발에게 어디에 묵고 있는지 물었다. 그러고 나서 우리에게 바로 다음 날 소식을 듣게 될 거라고 장담했다. 그는 자기가 뭘 하려는지도 알려 주지 않고, 또 자기가 레르마 공작의 하인인지 아닌지조차 말하지 않은 채 가버렸다. 나는 그토록 명민해 보이는 그 페드리요가 누구인지 궁금했다. 그러자 대장이 말했다. "몇 년 전에 나를 돌봐 주던 하인이었네. 내가 궁핍한 것을 보고는 더 나은 일자리를 찾기 위해 나를 버려두고 갔다네. 나는 그 점에 대해 전혀 불만스럽게 생각하지 않는다네. 더 나아지려고 바꾸는 것은 아주 당연하니까. 재기도 없지 않고, 모든 녀석들이 그렇듯이 모사꾼 기질도 있다네. 하지만 그가 그토록 수완이 좋다 해도, 그가 방금 보인 열의에 대해 나는 별로 기대를 하지 않는다네." 그래서 내가 말했다. "어쩌면 소용없지 않을 수도 있어요. 예를 들어 그가 공작의 주요 관료들 중 누군가에 속해 있다면 대장님에게 도움이 될 수도 있을 겁니다. 고관대작들 사이에서는 모든 일이 음모와 책동으로 이루어지고, 그들에게는 그들을 좌지우지하는 총신(寵臣)들이 있고, 이 총신들은 또 자기네 하인들에 의해 좌지우지된다는 것을 대장님도 모르시지 않잖아요."

다음 날 오전 페드리요가 우리를 보러 와서 말했다. "나리들, 제가 친칠라 대장님을 도울 방법에 대해 어제 설명드리지 않은 것은, 우리가 그런 비밀 얘기를 할 만한 장소에 있지 않았기 때문입니다. 게다가 저는 제 마음을 열어 보이기 전에 조심스럽게 검토해 보는 것이 좋다고 생각했습니다. 그러니 제가 레르마 총리대신의 수석비서인 돈 로드리게스 데 칼데론 나리의 심복 하인이라는 것을 알아 두십시오. 대단한 호색한인 제 주인은 거의 매일 저녁 궁궐 동네에 가둬놓고 있는 아라곤의 꾀꼬리와 함께 식사를 하러 갑니다. 그 꾀꼬리는 가장 예쁜 여인들로 정평이 나 있는 알바라신 출신의 아가씨입니다. 그녀는 재기도 있고, 황홀할 정도로 노래를 잘 부르죠. 그래서 그녀를 세뇨라 시레나●라고 부릅니다. 제가 아침마다 그녀에게 연애편지를 전해 주

● '세이렌'의 스페인식 발음. 세이렌은 그리스 신화에 나오는 님프로서, 얼굴을 비롯

기 때문에 방금 그녀에게 다녀왔어요. 그녀에게 돈 안니발 나리를 삼촌으로 통하게 하여 그녀의 애인인 데 칼데론 나리로 하여금 돈 안니발 나리를 후원하게 해달라고 부탁했습니다. 그녀가 그 일에 착수하겠다고 하네요. 그 일로 작은 이익을 기대할 수 있는 데다, 자신을 용맹한 귀족의 조카로 여기게 할 수 있어서 좋을 겁니다."

친칠라 나리는 그 말에 얼굴을 찌푸렸다. 그는 장난스런 짓의 공범이 되는 것이 싫은 내색이었다. 그리고 자기 가문을 생각해 보니, 그런 경박스런 여자가 자신을 불명예스럽게 하는 꼴을 견뎌야 하는 것이 더더욱 싫었다. 그로서는 자기 자신만 상처받는 것이 아니었다. 말하자면 조상들까지 소급해서 불명예스러워지는 일이라고 여겼던 것이다. 페드리요는 이 판국에 그런 예민함은 어울리지 않는다고 화를 내며 소리쳤다. "그 일을 그런 조로 말씀하시다니, 조롱하시는 겁니까? 나리처럼 초가집에 사는 귀족들이 지금 어찌 되었는지 보십시오! 우스꽝스런 허영심만 갖고 계시잖아요." 그러더니 내게 말했다. "기사 나리, 대장님이 저렇게 주저하시는 것에 기사님은 혹시 감탄하시는 것은 아닌지요? 맙소사! 양심의 가책 문제를 면밀히 검토해야 할 곳은 여기가 아니라 바로 궁정에서라고요! 거기서는 행운이 어떤 추한 꼴로 나타나건 결코 놓치는 법이 없죠."

내가 페드리요의 말에 적극적으로 동조하고, 우리 둘이 장광설을 늘어놓자 대장은 마지못해 시레나의 삼촌 노릇을 하기로 했다. 페드

한 신체의 반은 아름다운 여성이고, 나머지 반은 새라고 하며, 노래를 불러서 뱃사람들을 홀려 난파시켰다고 한다.

리요와 내가 대장의 자존심을 이겨내고 나서 우리 셋은 총리대신에게 건넬 청원서를 다시 썼다. 그걸 읽어 보고 첨가할 것을 더하기도 하고 고쳐야 할 곳은 수정하기도 했다. 이어서 내가 그것을 정서했고, 페드리요는 그 청원서를 시레나에게 갖다주었다. 시레나는 바로 그날 저녁 돈 로드리게스 씨에게 청원서를 맡기면서 자신을 그 대장의 조카로 정말로 믿게 만들었다. 그래서 돈 로드리게스는 그 삼촌을 적극 후원하겠다고 약속했다. 며칠 안 되어 우리는 그 술책의 결과를 보게 되었다. 페드리요가 의기양양한 표정으로 우리 호텔로 와서 친칠라에게 말했다. "좋은 소식입니다! 왕께서 기사령(騎士領), 녹봉지(祿俸地), 연금들을 나눠주게 할 예정이랍니다. 그 기회에 대장님도 잊히지 않을 겁니다. 그런데 대장님이 시레나에게 어떤 선물을 해주실 건지 그녀가 물어보라는 심부름을 시켜서 제가 온 겁니다. 저한테는 아무것도 안 주셔도 됩니다. 저는 세상의 황금보다는 제 옛 주인의 행운을 돕는 데 공헌한 즐거움이 더 좋습니다. 그렇지만 알바라신의 요정에게는 그렇지가 않아요. 그녀는 이웃을 돕는 일에 관해서는 좀 유대인 같거든요. 친아버지의 돈이라도 갈취할 걸요. 하물며 가짜 삼촌의 돈을 마다하겠어요?"

그러자 돈 안니발이 대답했다. "그녀가 나한테서 뭘 요구하는지 말만 하면 될 걸세. 만약 그녀가 해마다 내가 받게 될 연금의 3분의 1을 원한다면, 그렇게 하겠다고 약속하지. 설사 전하의 수입 전부라 할지라도, 그녀는 마다하지 않을 걸세." 그러자 돈 로드리게스의 전령이 말했다. "대장님의 말을 믿겠습니다. 그녀에게 성패를 걸어볼 만하다는 것을 저는 잘 알고 있습니다. 그런데 나리께서는 천성적으로 아주 의심이 많은 여자를 상대하고 계신 겁니다. 게다가 그녀는 나리께서 그냥 한꺼번에 선금의 3분의 2를 현금으로 주신다면 훨씬 더 좋아할 겁니다." 그때 장교가 불쑥 말을 막더니 말했다. "아니, 도대체 그런 돈을 어디서 구한단 말인가? 그녀는 내가 무슨 회계과장이라도 되는 줄 아는가? 자네가 내 상황에 대해 알려 주지 않았나보군." 그러자 페드리요가 말했다. "용서하세요. 그녀는 나리가 욥보다 더 가난뱅이라는 것을 잘 알고 있습니다. 제가 그런 얘기를 했으니 그녀가 모를 수가 없을 테죠. 그러나 괴로워하지 마세요. 저는 계책이 풍부한 사람입니다. 제가 악당 같은 판관(判官)을 하나 알고 있는데, 그는 10퍼센트 이율로 돈을 빌려줍니다. 공증인 앞에서 담보와 함께 나리의 첫 해분 연금을 양도하고, 판관으로부터 그 액수만큼의 돈을 받았다고 인증하시면 실제로는 이자를 뗀 나머지 금액을 받게 되실 겁니다. 담보에 관해서는 그 대금업자가 현재 상태 그대로의 친칠라성으로 만족할 겁니다. 그 점에 대해서는 논쟁이 없을 것입니다."

대장은 다음 날 왕이 나눠 줄 특전들에 다행히 자기도 끼어 있게 된다면 그 조건을 받아들이겠다고 확언했다. 그리고 실제로 그렇게 되었다. 그는 어느 기사령의 수익에서 제공되는 3백 피스톨라의 연금을 하사받았다. 그 소식을 알게 되자마자, 그는 요구받았던 것들을 죄다 주었고, 자잘한 일들을 처리하고 나서 남은 몇 피스톨라를 가지고 신카스티야로 돌아갔다.

13

질 블라스가 궁정에서 소중한 친구 파브리시오를 만나다
둘 다 몹시 기뻐하며 간 곳과 함께 나눈 이상한 대화

나는 매일 아침 습관적으로 궁궐에 갔다. 거기서 두세 시간 머물면서 고관대작들이 들어오고 나가는 것을 보았다. 다른 데서라면 그들이 광채가 났을 테지만, 거기서는 그렇지 않아 보였다.

어느 날 내가 산책을 하고 나서 궁궐 안에서 편안히 쉬며 다른 많은 사람들처럼 꽤 멍청한 몰골을 하고 있던 터에, 바야돌리드에 두고 온 파브리시오를 우연히 보게 되었다. 그는 구호소 행정관의 하인으로 일하고 있었다. 그런데 놀라운 것은, 그가 메디나 시도니아와 산타-크루스 후작과 친밀하게 대화하고 있었다는 점이다. 내 보기에 그 두 귀족은 그의 얘기를 들으며 즐거워하는 것 같았다. 게다가 그는 귀족 기사처럼 아주 말쑥한 차림이었다.

'내가 착각하는 걸까?' 나는 속으로 말했다. '저 사람이 정녕 이발사 누녜스의 아들이란 말인가? 어쩌면 그와 닮은 젊은 궁정인일지도 모른다.' 그런데 나는 그러한 의문 속에 오래 머무르지 않았다. 귀족들이 가버리기에 파브리시오에게 다가가 보았다. 그는 나를 즉각 알아보고는 내 손을 잡았다. 그리고 함께 군중을 헤쳐 나온 후 그가 나를 껴안으며 말했다. "아아, 질 블라스, 너를 다시 보게 되어서 너무 좋다. 마드리드에서 뭐 하는 거야? 아직도 하인 일을 하고 있는 거야? 궁정에서 뭔가 맡은 일이 있는 거야? 네 일은 어떻게 되어 가? 네가 바야돌리드를 급히 떠난 이후 일어난 일을 전부 얘기해 봐." 그래서 내가 대답했다. "한꺼번에 너무 많은 것들을 묻는구나. 지금 여기는 그런 이야기들을 하기에 적절한 곳이 아냐." 그러자 그가 말했다. "네 말이 맞아. 내 집에 가서 얘기하는 게 낫겠다. 가자, 내 집으로 너를 데려갈게. 여기서 멀지 않아. 나는 자유롭게 지내고, 쾌적한 곳에서 살고 있고, 가구들도 완벽해. 그래서 만족하며 생활하고 있고, 행복하단다."

나는 그의 집으로 함께 가겠다고 했다. 그리고 파브리시오에게 이끌려 그럴싸한 외관을 가진 집 앞에 멈춰 섰다. 파브리시오는 그 집에 산다고 했다. 우리는 마당을 지나갔다. 마당 한쪽에는 큰 계단이 있었는데, 훌륭한 아파트들로 이어지는 계단이었다. 다른 쪽의 계단은 좁고 어두웠으며 조촐했다. 우리는 그 계단을 통해 그가 그토록 자랑하는 거처로 올라갔다. 그곳은 방이 하나뿐이었는데, 그 창의적인 친구가 그것을 전나무 칸막이로 네 공간으로 나눠 놓았다. 첫 번째 공간은 침실로 쓰는 두 번째 공간의 부속실로 만들었고, 세 번째 공간은 서재, 네 번째 공간은 부엌이었다. 침실과 부속실 벽은 지도, 시론(時論)과 함께 초상화나 그림이 그려진 큰 종이들로 뒤덮여 있었고, 가구들은 타피스리와 잘 어울렸다. 가구로는 아주 낡은 비단 천으로 된 큰 침대, 그라나다산 노란색 비단 술 장식이 달리고 노란색 서지천으로 된 의자들, 다리들은 금박이지만 원래는 빨간색이었을 것 같은 구리로 덮이고 세월에 의해 시꺼멓게 된 가짜 금으로 된 망으로 가장자리가 장식된 탁자, 거칠게 조각된 인물들로 장식된 흑단 장롱이 있었다. 서재에는 책상으로 쓰는 작은 탁자가 있었고, 책꽂이에는 책 몇 권, 벽에 붙은 선반으로 쓰이는 여러 층의 널빤지들 위에는 종이 뭉치들이 여럿 보였다. 다른 가구들과 조화를 깨지 않는 부엌에는 도자기들과 다른 필요한 도구들이 있었다.

파브리시오는 내가 그의 거처를 살펴볼 여유를 준 다음 말했다. "내 살림과 숙소에 대해 어떻게 생각해? 황홀하지 않아?" 그래서 나는 미소 지으며 대답했다. "그렇게 잘 차려입고 마드리드에 있는 걸 보면 네 사업이 나쁘지 않은가 보구나. 아마도 어떤 임무를 맡고 있는가 보네." 그러자 그가 대꾸했다. "제발 그런 일은 하지 않게 되기를 바란다! 내가 택한 일은 그 어떤 직무보다 나은 것이거든. 이 저택의 소유자인 귀족이 내게 방을 하나 내주어서 내가 그걸 네 부분으로 나누고, 네가 보다시피 가구들도 채웠지. 나는 나한테 즐거운 일만 신경 쓰고, 빈곤함은 느끼지 않아." 그래서 내가 말을 가로막으며 말했다. "더 분명하게 말해 봐. 네가 뭘 하고 있는 건지 알고 싶어지는구나." 그러자 그가 말했다. "그렇다면 얘기해 줄게. 나는 작가가 되었어. 재기를 발휘하는 일에 끼어들었다니까. 운문도 짓고, 산문도 써. 어떤 것이든 다 할 수 있어."

"네가 아폴로 신이 총애하는 자가 되다니!" 나는 웃으며 소리쳤다. "전혀 짐작 못 한 일이야. 네가 다른 그 어떤 것이 되었다 해도 이만큼 놀라지는 않을 거야. 그 일에 어떤 매력이 있기에 시인이 된 거야? 내 보기에 시인들은 시민생활에서 무시당하고, 일상생활도 규칙적이지 않은 것 같던데 말이야." 그러자 이번에는 그가 소리쳤다. "쳇! 너는 비참한 작가들에 대한 얘기를 하고 있구나. 서적상이나 연극배우들이 쓰레기 취급하는 작품이나 쓰는 그런 작가들 말이야. 그런 작가들을 존경하지 않는다고 해서 놀라야 할까? 하지만 이보게, 좋은 작가들은 세상에서도 좋은 지위에 있다네. 그리고 이건 자랑이 아니라, 나도 그런 작가들에 속해 있다고 할 수 있네." 그래서 내가 말했다. "그런 것 같아. 너는 아주 똑똑한 친구니까. 네가 쓰는 글은 나쁘지 않을 거야. 그런데 어떻게 해서 글을 쓸 생각을 하게 되었는지 무척 알고 싶구나."

그러자 누녜스가 말했다. "네가 놀라는 게 당연해. 나는 마누엘 오르도녜스 나리 댁에서 지내는 것이 너무 좋아서 다른 건 바라지도 않았으니까. 하지만 내 재능이 플라우투스●처럼 점점 더 향상되어서 마침내 노예 상태를 뛰어넘어 바야돌리드에서 연기하는 배우들이 공연할 연극을 쓰게 됐어. 그 연극은 전혀 가치가 없는 것이었는데도 아주 큰 성공을 거두었지. 그래서 나는 관객이란 잡아끄는 대로 끌려가는 젖소 같다고 판단했어. 그런 생각과 아울러 새로운 작품을 써야겠다는 열망 때문에 그 구호소에서 나와 버렸지. 나는 시에 대한 사랑 때문에 재화에 대한 사랑을 버리게 되었어. 그리고 안목을 키우기 위

● 서기 254년에 태어난 이탈리아 희극 작가. 셰익스피어, 몰리에르 등 위대한 작가들에게 큰 영향을 끼쳤다.

해 재사들의 중심인 마드리드로 가야겠다고 결단했지. 그래서 행정관에게 사직하겠다고 말했어. 그는 아쉬워하면서도 허락해 줬어. 나를 좋아했거든. 그가 내게 '파브리시오, 마음에 안 드는 것이 있는 거냐?'라고 물었어. 그래서 내가 대답했지. '아닙니다, 나리. 나리는 모든 주인들 중에 최고로 좋은 분이고, 저는 나리의 친절에 감동했어요. 하지만 나리도 아시다시피, 누구나 자신의 운명을 따라야 하는 거잖아요. 저는 정신을 담은 작품들을 통해 제 이름을 영원히 남기는 것이 제 운명이라고 느낍니다.' 그랬더니 그 선량한 부르주아가 내게 말했어. '웬 미친 짓이냐! 너는 이미 구호소에서 자리 잡았고, 회계담당을 할 만한 재목이야. 심지어 어쩌면 행정관도 될 수 있을 만한 인재이지. 하찮은 이야기에 전념하려고 견실한 것을 떠나겠다는 거냐. 참 안된 일이구나'라고 말이야."

"그 행정관은 내 계획을 포기하게 만들려고 해봤자 소용없다는 것을 보고는 내게 급료를 지불하고, 그간에 한 일을 인정해 주기 위해 50여 두카도를 선물로 주었어. 게다가 나는 내게 맡겨졌던 자잘한 용무에서 소소하게 얻어 낸 것들 덕분에 마드리드에 와서도 말쑥한 차림으로 다닐 수가 있었어. 우리나라 작가들이 청결을 소홀히 한다 해도 나는 청결을 꼭 챙겼지. 곧이어 로페 데 베가 카르피오, ● 미겔 세르반테스 데 사베드라 및 다른 유명한 작가들을 알게 되었어. 그러나 이 위대한 사람들보다는 코르도바의 젊은 학사를 내 스승으로 선택했

● Félix Lope de Vega y Carpio(1562~1635). 스페인 황금시대의 극작가, 소설가이자 시인. 연극작품 속에 귀족 출신보다는 '익살꾼'을 등장인물로 설정하였다.

지. 그는 그 누구와도 비견할 수 없는 돈 루이스 데 공고라●야. 스페인이 내놓은 천재들 중 가장 대단한 인물이지. 그는 자기 생전에는 자신의 작품이 인쇄되는 것을 원하지 않아. 그저 친구들에게 읽어 주는 것으로 만족하지. 그의 특별한 점은, 온갖 종류의 시들을 다 잘 써내는 드문 재능을 타고났다는 것이야. 그는 주로 풍자적인 작품에서 탁월했어. 그게 그의 장점이야. 루킬리우스처럼 진흙을 잔뜩 끌어오는 진창의 강이 아니라, 황금빛 모래사장 위에 맑은 물이 흐르는 타호강이야."

그래서 내가 파브리시오에게 말했다. "그 학사에 대해 아주 좋게 얘기하는구나. 그런 자질이 있는 인물이라면 시기하는 사람들이 많았을 텐데." 그러자 그가 대답했다. "좋은 작가나 나쁜 작가나 모두 다 그에 대해 격분하지. 어떤 작가는 그가 과장법, 신랄한 표현, 은유, 치환을 좋아한다고 말하지. 그리고 또 어떤 작가는 그의 운문에 대해, 군신(軍神) 마르스의 사제들이 행진할 때 부르지만 아무도 듣지 않는 운문들처럼 어둡다고 비난했어. 심지어 어떤 때는 소네트나 로망스들을 짓다가, 또 어떤 때는 마치 모든 장르에서 최고의 작가들을 지워 버리겠다는 미친 계획을 세우기라도 한 것처럼 희극, 10행시, 레트리야●●를 써댔다는 비난도 들었어. 그러나 질투 어린 그 모든 독설들이 귀족들이나 대중이 사랑하는 뮤즈에 맞닥뜨리면 무뎌지기

● Luis de Góngora y Argote (1561~1627). '공고리즘'(문체의 지나친 기교를 지향)의 상징적 인물로서, 스페인 바로크 시대의 시인.
●● 스페인 시의 한 장르로서, 짧은 찬사나 가사(歌詞) 또는 운문으로 된 짧은 편지.

십상이지. "

"그러니까 나는 아주 능력 있는 스승 아래서 수련을 했던 것이고, 그게 겉으로 드러난다고 난 감히 말하겠어. 나는 그의 정신을 너무 잘 흡수해서 그가 인정하고야 말 추상적인 작품들을 벌써 쓰고 있어. 나는 그 스승처럼 내 상품을 귀족들의 집에서 내놓을 거야. 귀족들 집에서는 나를 아주 훌륭히 맞아 주고, 거기서는 별로 까다롭지 않은 사람들을 상대하게 되지. 사실 내 언변이 매력적이거든. 그런 점이 내 글에 해가 되지는 않아. 결국 나는 여러 귀족의 사랑을 받고 있고, 호라티우스가 마에케나스●와 함께 살았던 것처럼, 나는 메디나 시도니아 공작과 함께 살고 있는 거야. 자, 그렇게 해서 내가 작가로 변신하게 되었단다. 이제 더 이상 들려줄 얘기는 없어. 질 블라스, 이제는 네가 너의 공적들을 노래할 차례야. "

그래서 나는 말을 시작했다. 대단치 않은 정황은 생략하면서 그가 요구한 세부사항을 얘기해 주었다. 그리고 나자 점심 식사를 할 시간이 되었다. 그는 흑단 장롱에서 냅킨들, 빵, 먹다 남은 구운 양고기, 훌륭한 포도주 한 병을 꺼냈다. 우리는 헤어진 뒤 오랜만에 만난 친구들답게 아주 유쾌하게 식탁에 앉았다. 그가 말했다. "네가 보다시피, 내 생활은 자유롭고 독립적이야. 나는 원하기만 하면 귀족들의 집으로 매일 식사를 하러 가. 하지만 일을 좋아해서 집에 자주 틀어박혀

● B. C. 70~B. C. 8년에 살았던 로마 정치가. 아우구스투스 황제의 측근이기도 했다. 예술과 문학의 적극적인 후원자로서 호라티우스, 베르길리우스 등은 그에게 받은 은혜에 대해 경의를 표했고, 특히 호라티우스와는 친밀한 관계를 맺었다.

있을 뿐만 아니라, 아리스티포스● 같기도 하지. 나는 상류사회에도 잘 적응하고, 칩거를 하면서도 잘 지내. 그리고 풍요에도, 검소함에도 잘 적응한단다."

우리는 포도주가 너무 맛있어서 장롱에서 또 한 병을 꺼내야 했다. 배를 먹고 나서 치즈를 먹기 전에, 내가 그의 작품들 중 하나를 보고 싶다고 말했다. 그는 즉각 자기 종이들 가운데서 소네트 하나를 찾아내더니 과장된 분위기로 읽어 주었다. 그런데 매력적으로 읽었음에도 불구하고 나로서는 그 작품이 너무 난해해서 아무것도 이해하지 못했다. 그는 그것을 눈치채고 말했다. "이 소네트가 너한테는 그리 명확해 보이지 않지? 나도 좀더 분명했으면 좋았을 거라고 생각했어." 그러고는 웃어 대기 시작하여 나는 당황스러웠다. 그러더니 다시 말했다. "이 소네트가 거의 이해 안 된다면, 그건 잘된 거야! 소네트, 서정단시 등 숭고미를 띠어야 하는 작품들은 단순함과 자연스러움과는 어울리지 않거든. 난해함이 그런 장르들의 장점 그 자체야. 시인은 자신의 작품을 이해한다고 믿는 것으로 충분해." 그래서 내가 그의 말을 막았다. "친구야, 네가 나를 놀리는구나. 어떤 성격의 시든 모든 시에는 양식(良識)과 명료함이 있어야 하잖아. 너의 그 비견될 수 없는 공고라가 너보다 더 분명하게 쓰지 않는다면, 나는 그냥 덮어 버릴 거야. 기껏해야 자기 시대 사람들만 속일 수 있는 시인이잖아. 이제 너의 산문을 좀 보자."

누녜스는 그 당시 인쇄 중이라는 연극 모음집 서두에 배치하려는

● B.C. 4세기의 그리스 철학자.

서문을 보여 주었다. 그러고 나서 그 서문에 대해 어떻게 생각하느냐고 물었다. 그래서 내가 말했다. "네 산문도 운문보다 더 만족스러운 건 아냐. 너의 소네트는 그저 거드름 피는 횡설수설일 뿐이야. 네 서문에는 말하자면 너무 꾸며댄 표현들, 대중에게 맞지 않는 단어들, 둘둘 말린 문장들이 있어. 우리의 훌륭한 예전 작가들은 책을 그렇게 쓰지 않았잖아." 그러자 파브리시오가 소리쳤다. "한심한 무식쟁이! 오늘날 섬세한 필치를 가졌다는 명성을 열망하는 '산문 작가'라면 누구나 문체의 독특함, 네 적성에는 안 맞는 그 에두른 표현들을 갈구하지. 그렇게 하는 우리 대여섯 명은 과감한 혁신자들이야. 우리는 언어를 완전히 바꾸려 했어. 신이 마음에 들어 한다면, 로페 데 베가, 세르반테스, 그리고 우리의 새로운 화법에 대한 다른 재사(才士)들의 시비에도 불구하고, 우리는 결국 그 일을 해내고야 말 거야. 우리는 차별화를 지향하는 많은 사람들의 조력을 받고 있어. 우리의 파벌에는 신학자들까지 있다니까."

그는 말을 계속했다. "어찌됐든 우리의 계획은 칭찬할 만해. 편견은 차치하고, 대부분의 사람들처럼 말하는 자연스런 작가들보다 우리가 더 나아. 그들을 존중하는 양민들이 왜 그렇게 많은지 모르겠어. 모두가 다 같이 어리벙벙하던 아테네와 로마에서는 그것이 아주 좋은 거였고, 바로 그 때문에 소크라테스가 알키비아데스에게 민중은 탁월한 언어 선생님이라고 말한 거야. 하지만 마드리드에는 좋은 용법도 있고 나쁜 용법도 있어. 우리의 궁정 사람들은 부르주아들과는 다른 표현들을 쓰지. 정말로 그렇다니까. 결국, 우리의 새로운 문체는 우리에게 맞서는 자들의 문체를 이기고 말 거야. 단 한 가지 특징을 통해 우리의 예쁜 표현법과 그들의 단조로운 표현법 간의 차이를 네게 느끼게 해주고 싶구나. 예를 들어, 그들은 '막간극'이 '연극'을 아름답게 해준다고 말할 거야. 그런데 우리는 더 예쁘게 말하지. 막간극이 '연극에서' 아름다움을 만든다고 말하지. 그 '아름다움을 만든다'는 것에 주목해 봐. 그것에서 반짝임, 섬세함, 귀여움이 온통 다 느껴지지?" 내가 폭소를 터뜨리는 바람에 그 혁신가가 말을 중단했다. 그래서 내가 말했다. "아, 파브리시오, 너는 그 멋 부린 언어로 독특해진 거로구나." 그러자 그가 대꾸했다. "그럼 너는 그 자연스런 문체를 가진 멍청이일 뿐이야." 그러더니 그라나다의 대주교가 하는 말을 내게 적용하며 말을 이었다. "이제 내 수장고 관리인을 찾아가라. 그가 당신에게 1백 두카도를 내어 주면 하늘이 그 돈과 함께 당신을 데려가 주도록! 안녕히 가시오, 질 블라스. 당신의 취향이 좀더 고양되기를 바라오." 그 재치에 나는 또 웃었고, 파브리시오는 내가 그의 글들에 대해 무례하게 말한 것을 용서했으며, 유쾌한 기분을 전혀 잃지 않았다. 우리는 두 번째 포도주병도 남김없이 마셨다. 그러고 나서 둘 다 적당히 기분 좋아진 상태로 식탁에서 물러났다. 우리는 프라도에서 산책할 생각으로 집을 나섰다. 그런데 술을 파는 상점 앞을 지나다가 문득 그 안으로 들어가고 싶어졌다.

그곳에는 보통 상류사회 사람들이 드나들었다. 나는 그곳의 분리된 두 방에서 서로 다르게 즐기는 기사들을 보았다. 한쪽 방에서는 카드놀이를 하거나 장기를 두고 있었고, 다른 방에서는 여남은 명의 사람들이 전문적인 재사들의 논쟁을 매우 주의 깊게 듣고 있었다. 그들 가까이 갈 필요도 없이 우리는 그들의 논쟁 주제가 형이상학 명제라는 것을 알았다. 그들이 너무 열렬히 흥분하여 말하고 있어서, 마치 정신 나간 사람들 같았으니까. 만약 엘레아자르●의 반지를 그들의 코에 갖다 댔다면 그들의 콧구멍에서 악령들이 나오는 것을 보게 되었을 거라고 나는 생각한다. 그래서 내 친구에게 말했다. "이봐! 맙소사! 굉장히 격렬하군! 기운들도 좋아! 저 논쟁자들은 공공장소에서 포고령을 외치는 직업이나 수행하면 좋을 뻔했네. 대부분이 일자리를 잘못 잡았어." 그러자 친구가 대답했다. "그래, 맞아, 이 사람들은 짐수레꾼들보다 목소리가 더 컸던 그 로마 금융업자 노비우스 같은 종족처럼 보이는구나." 그러더니 덧붙였다. "그런데 가장 역겨운 것은, 얻는 것도 전혀 없이 귀가 먹먹해진다는 점이야." 우리는 그 시끄러운 형이상학자들 곁을 떠났다. 그래서 막 시작되려던 두통이 멈추었다. 우리는 다른 방의 한구석에 가서 자리 잡았다. 거기서 시원한 술을 마시면서 그곳에 드나드는 기사들을 살펴보기 시작했다. 누녜스는 그들을 거의 모두 알고 있었다. 그러던 중 별안간 그가 소리쳤다. "맙소사! 저 철학자들의 논쟁은 그리 빨리 끝나지 않을 거야. 저기 또 사람들이 무더기로 들어오잖아. 지금 들어오는 저 세 사람이 논쟁에 끼어들 거야. 그런데 지금 나가고 있는 저 두 괴짜 보여? 구릿빛 피부에다 마른 몸매에, 딱 붙은 긴 머리가 앞쪽이나 뒤쪽이나 똑같은 길이로 내려와 있는 저 볼품없는 인물의 이름은 돈 훌리안 데 비야누뇨이지. 멋쟁이 젊은이인 체하는 젊은 판관이야. 내 친구 한 명과 내가 엊그제 그의 집으로 점심 식사를 하러 갔어. 그가 꽤 이상한 일을

● '하느님이 돕는 자'라는 뜻의 헬라어 이름.

하고 있었는데, 느닷없이 우리가 들이닥친 거였지. 그는 서재에서 자기가 맡은 소송 서류가 든 배낭들을 던지고는 커다란 사냥개에게 가져오도록 시키며 즐거워하고 있었어. 그러면 그 개가 그 서류들을 맹렬히 찢어 버리더군. 지금 그와 함께 나가는 저 시뻘건 얼굴의 학사는 이름이 돈 케루비니 톤토야. 톨레도 주교좌성당의 참사원인데, 세상에서 가장 멍청한 인간이야. 그런데도 유쾌하고 똑똑해 보여서, 사람들은 그가 아주 재기발랄할 거라고 생각할 거야. 교활하고 영악한 웃음과 함께 반짝이는 눈을 하고 있지. 아주 간사한 생각을 하는 것 같아. 사람들이 그 앞에서 섬세한 작품을 읽으면, 그는 매우 주의 깊게 듣고 있어서 아주 똑똑해 보이지만 실은 아무것도 이해 못 하고 있어. 그도 판관의 집에서 자주 식사를 해. 우리는 거기서 온갖 재미있는 것들, 즉 재치 있는 말들을 무수히 많이 하지. 돈 케루비니는 거기서 말을 하지는 않아. 우리도 이해 못 한 기지(奇智)를 들을 때도 그 기지들보다 더 우월한 척 잘난 체하는 표정과 표시를 드러내며 박수를 보내고는 했지."

그래서 내가 누녜스에게 말했다. "저 구석에서 테이블에 팔꿈치를 기대고 서로 코에다 입김을 불어넣으며 아주 조그만 소리로 얘기 나누고 있는, 저 빗질도 제대로 안 한 자들 둘은 너도 아는 사람들이니?" 그러자 그가 대답했다. "내가 모르는 얼굴들이야. 하지만 겉모습을 보아하니 카페에서 정부를 비난하고 있는 정치가들이로군. 저 방에서 한쪽 발로 섰다가 다른 쪽 발로 섰다가 하면서 왔다 갔다 하며 휘파람을 불고 있는 저 귀족 출신의 기사를 살펴봐. 돈 아우구스틴 모레토라는 젊은 시인인데, 타고난 재능은 없지만 아첨꾼들과 무지한 자들이 그를 거의 정신 나가게 만들어 놓았어. 그가 다가가는 사람은 운을 맞춘 산문을 쓰는 작가들 중 하나인데, 디아나 여신도 그를 후려 쳤지."

그때 마침 들어오던 군인 둘을 가리키며 누네스는 소리쳤다. "또 작가들이군! 저들 모두가 자네 앞에서 열병하려고 여기로 모이기로 공모한 것만 같구먼. 저들은 돈 베르나르도 데슬렝과도, 돈 세바스티 안 데 비시오사라고 해. 첫 번째 사람은 원한을 잔뜩 품은 정신의 소 유자이고, 토성 별자리하에 태어난 작가로서, 모두를 증오하고 그 누 구에게도 사랑받지 못하는 해로운 인간이지. 반면 돈 세바스티안은 선의를 가진 청년으로서, 양심에 거리끼는 일은 전혀 하지 않으려는 작가야. 바로 얼마 전에는 연극작품 하나를 무대에 올려서 굉장한 성 공을 거두었지. 관객의 존중을 더 이상 오래 남용하지 않으려고 그 작 품을 인쇄하게 했어."

공고라의 자비로운 제자 파브리시오는 우리 눈앞에 펼쳐진 변화무 쌍한 화폭의 인물들을 계속해서 설명할 참이었는데, 마침 그때 메디 나 시도니아 공작의 하인이 와서 그의 말을 중단시키며 말했다. "돈 파브리시오 나리, 공작님께서 나리에게 할 말이 있으시다는 것을 알 리기 위해 나리를 찾고 있었습니다. 공작님이 댁에서 나리를 기다리 십니다." 대귀족이 뭔가를 바랄 때는 기다리지 못한다는 것을 잘 알 고 있던 누네스는 그의 마에케나스를 만나러 가기 위해 내 곁을 당장 떠났다. 나는 공작의 하인이 그에게 '돈'이라는 호칭으로 부르고, 그 럼으로써 그를 거의 귀족이나 된 듯 보는 것에 몹시 놀라워하고 있었 다. 그의 아버지는 이발사 명장 크리소스톰인데 … .

14

|

파브리시오가 질 블라스에게
시칠리아 귀족인 갈리아노 백작의 집에
자리를 얻어 주다

나는 파브리시오를 다시 보고 싶은 마음이 너무 컸기에 그 다음
날 이른 아침에 그의 집으로 갔다. 들어가면서 말했다. "아스투리아
스 귀족계의 꽃, 아니 버섯인 돈 파브리시오 나리에게 문안 인사를 드
립니다." 이 말에 그가 웃기 시작했다. 그러더니 소리쳤다. "사람들
이 나를 부를 때 '돈'을 붙이는 것을 너도 눈치챘어?" 그래서 내가 대
꾸했다. "그렇습니다, 귀족 나리, 어제 나리의 변신에 관해 제게 얘
기해 주실 때 가장 훌륭한 변신은 잊고 얘기하지 않으셨다는 말씀을
드리옵니다." 그러자 그가 반박했다. "그래, 하지만 사실상 내가 그
런 영예로운 호칭을 취한 이유는, 내 허영심을 채우기 위해서라기보
다는 다른 사람들의 허영심에 맞춰 주기 위해서였어. 스페인 사람들
이 어떠한지 너도 알잖아. 아무리 교양 있는 사람일지라도 재산이 없
거나 출생이 비천하면 전혀 존중하지 않는다는 것을 말이야. 게다가
나는 돈 프란시스코, 돈 페드로, 돈 그 다음에 무엇이 되었건 간에 어

114

떤 부류인지 모를 사람들을 숱하게 보게 되므로, 그들이 자신들에 관해 속임수가 전혀 없다면, 귀족이란 매우 평범한 것이고, 재능 있는 어느 평민이 자기도 귀족으로 편입되고 싶을 때나 귀족을 명예롭게 여긴다는 것을 너도 인정하게 될 거야."

그러더니 덧붙였다. "하지만 다른 얘기 하자. 엊저녁에 메디나 시도니아 공작 댁에서 저녁 식사를 함께한 사람들 중에 시칠리아의 고관대작인 갈리아노 백작이 있었어. 대화 내용은 자존심의 우스꽝스런 효과에 관한 거였지. 모인 사람들이 그 주제가 재미있겠다고 좋아하기에, 내가 그 설교 이야기로 그들을 즐겁게 해주었어. 그들이 얼마나 웃어 댔는지 상상해 봐. 그리고 너의 그 대주교를 온갖 방식으로 비웃어 댔단다. 그렇다고 해서 너에게 나쁜 효과를 낸 건 아냐. 그들이 너를 불쌍히 여겼으니까. 그리고 갈리아노 백작은 내게 너에 관해 무수히 많은 질문을 했는데, 내가 아주 훌륭히 대답했단다. 믿어도 돼. 그러고 나자 백작이 너를 자기 집으로 데려오라고 했어. 그래서 당장 너를 데려가려고 찾아가려던 참이야. 아마도 네게 자기 비서 중 하나가 되어 달라고 제안할 것 같아. 그 제안을 거절하지 말라고 충고하마. 그 백작은 부자이고, 마드리드에서 무슨 대사(大使)처럼 돈을 쓴단다. 사람들이 그러는데, 그는 레르마 공작이 시칠리아에서 양도할 계획인 왕가 재산에 관해 협의하기 위해 궁정에 온 거래. 아무튼 갈리아노 백작은 시칠리아 사람인데도 불구하고 베풀 줄도 알고, 아주 강직하고 솔직한 사람이야. 그 귀족에게 고용되는 것보다 더 나은 일은 없을 거야. 네가 그라나다에서 들은 예언처럼, 너를 부유하게 만들어 줄 사람이 어쩌면 그 백작일 거야."

그래서 내가 누녜스에게 말했다. "나는 다시 일을 시작하기 전에 좀 돌아다니면서 나 자신을 위한 시간을 충분히 갖기로 작정했었어. 하지만 네가 그 시칠리아 백작에 대해 그렇게 얘기하니까 내 결심이 바뀌는구나. 벌써부터 그 백작 곁으로 가고 싶어지네." 그러자 그가 대꾸했다. "너는 그렇게 될 거야. 그렇지 않으면 내가 굉장히 착각한 거겠지." 우리는 백작의 집으로 가기 위해 둘이 함께 나갔다. 백작은 당시 시골에 있는 친구 돈 산체 다빌라의 집에 묵고 있었다.

우리는 그 집 마당에서 몇 명인지는 모르겠으나 시동들과 하인들을 만났다. 그들은 아주 화려하고 세련된 제복을 입고 있었고, 부속실에는 직무가 서로 다른 시종들과 또 다른 하인들이 있었다. 모두들 멋진 옷을 입고 있었지만, 하고 있는 꼴들이 하도 바로크적이어서 스페인 식으로 옷을 입은 원숭이 떼를 보는 것만 같았다. 예술도 어쩌지 못하는 남녀들의 행색이 있는 법이다.

돈 파브리시오의 도착을 하인이 알렸고, 잠시 후 파브리시오가 방으로 들어갈 수 있었다. 나도 그 뒤를 따라 들어갔다. 갈리아노 백작은 실내복 차림으로 소파에 앉아서 초콜릿을 먹고 있었다. 우리는 깊은 존경심을 한껏 드러내며 인사했고, 그쪽에서는 아주 상냥한 시선으로 고개를 살짝 숙였기에 나는 그의 마음을 샀다고 우선 느꼈다. 그 효과는 경탄할 만하지만, 고관대작들이 호의 어린 환영을 할 때 으레 그런 식으로 하니까! 귀족들이 우리를 불쾌하게 만들 작정이라면 아주 박대해야 할 것이다.

그는 초콜릿을 다 먹은 후 자기 곁에 있던 큐피드라는 이름의 큰 원숭이와 잠시 장난을 쳤다. 그 동물에게 왜 사랑의 신의 이름을 붙였는지 모르겠지만, 아마도 원숭이가 큐피드처럼 매우 영악하기 때문 아닐까 싶다. 생김새는 큐피드랑 전혀 안 닮았으니 말이다. 그래도 그 원숭이는 생긴 모습 그대로 자기 주인에게 즐거움을 주었고, 주인은 그 원숭이의 귀여운 행동에 매료되어 끊임없이 껴안고 있었다. 누녜스와 나는 원숭이가 깡충깡충 뛰어 봤자 별로 흥겹지 않은데도 황홀해하는 척했다. 우리가 그러는 것을 시칠리아 백작은 몹시 좋아했다. 그래서 그는 그 여흥거리가 주는 즐거움을 잠시 미뤄 두고 내게 말했다. "이보게, 나의 비서가 될지 말지는 오로지 자네에게 달려 있네. 그 일자리가 자네에게 적합하다면 해마다 2백 피스톨라를 주겠네. 돈 파브리시오가 자네를 소개하고 보증서는 것으로 충분하네." 그러자 누녜스가 소리쳤다. "네, 백작님, 저는 플라톤보다 더 대담합니다. 플라톤은 폭군 디오니시오스에게 보낸 자기 친구들 중 한 명을 보증서지 못했지요. 저는 질책당하는 것이 두렵지 않습니다."

나는 그 친절한 대담성에 대해 시인 파브리시오에게 깊숙이 고개 숙여 감사했다. 그러고 나서 주인에게 내 열의와 충절을 단언했다. 그 귀족은 내가 그의 비서직 제안을 좋아하는 것을 보고서 즉각 집사를 불러들여서 조그만 소리로 말하더니, 이어서 내게 말했다. "질 블라스, 자네를 어떤 일에 고용하고 싶은지 곧 알려 주겠네. 그러기 전에 우선 내 관리인을 따라가면 되네. 그가 자네와 관련된 지시를 방금 받았으니까." 나는 파브리시오를 백작과 큐피드와 함께 남겨두고 그 말에 따라 관리인을 뒤쫓아 갔다.

그 집사는 시칠리아의 메시나 출신으로 아주 교활한 자인데, 온갖 예의를 다 차리면서 나를 자기 처소로 데려갔다. 그는 그 집 식솔들의 옷을 전담하는 재단사를 오게 해서 주요 시종들의 옷과 똑같이 멋진 옷을 얼른 만들라고 지시했다. 재단사는 내 치수를 재더니 물러갔다. 집사가 내게 말했다. "당신의 숙소로 적합한 방이 하나 있습니다. 그런데 아침 식사는 하셨나요?" 그래서 나는 아니라고 대답했다. 그러자 그가 또 말했다. "아! 참 불쌍한 청년이군요. 왜 얘기 안 했습니까? 이리 오세요. 다행히 아침 식사로 원하는 것은 뭐든지 요구만 하면 되는 곳으로 안내하겠습니다."

그 말을 하고는 나를 찬방으로 내려가게 했다. 거기에는 주방장이 있었는데, 메시나 출신 못지않은 나폴리 출신이었다. 그와 집사에 관해 말하자면, 두 사람이 피장파장이라고 말할 수 있을 것이다. 그 '정직한' 주방장은 자기 친구들 대여섯 명과 함께 있었는데, 그들에게 햄과 소의 혀, 그리고 연이어서 음료를 마셔 대게 만드는 짜디짠 다른 고기들을 잔뜩 먹이고 있었다. 우리는 그 태평한 자들과 합류하여 백작 나리의 최고급 포도주들을 서둘러 퍼마시는 일을 도왔다. 찬방에서 그런 일이 벌어지는 동안, 부엌에서는 다른 일이 벌어졌다. 요리사도 자기가 아는 서너 명의 부르주아에게 한턱내고 있었다. 그들도 우리 못지않게 포도주를 아낌없이 마셔 댔고, 토끼와 자고로 만든 고기파이로 뱃속을 채우고 있었다. 심지어 조수들까지도 슬쩍 훔칠 수 있는 것은 뭐든지 다 내주었다. 나는 약탈당하는 집에 와 있는 것만 같았다. 하지만 그 정도는 아무것도 아니었다. 내가 아직 보지 못한 것들에 비하면 그것은 자질구레한 것일 뿐이었다.

15

갈리아노 백작이 질 블라스에게 준 직책

    나는 내 옷가지들을 찾으러 가서 새로운 거처로 가져오게 했다. 내가 돌아왔을 때 백작은 여러 귀족들과 시인 누녜스와 함께 식탁에 있었고, 누녜스는 편안한 자세로 음식 대접을 받으며 대화에 끼어들고 있었다. 심지어 그가 한마디 할 때마다 좌중을 즐겁게 한다는 것을 알게 되었다. 재기 만세! 재기가 있으면 무슨 역할이든 다 해낸다.

    나는 거의 주인처럼 대접받는 하인들과 함께 점심 식사를 했다. 식사 후 내 방으로 물러나 내 처지에 대해 곰곰이 생각해 보기 시작했다. 나는 속으로 말했다. '뭐, 괜찮네! 질 블라스, 너는 성격이 어떤지 아직 모르는 시칠리아 백작 곁에 있게 되었다. 겉으로 판단하기에는 물 만난 물고기처럼 그의 집에 있게 될 거다. 하지만 아무것도 장담해서는 안 된다. 네 별(운세)을 경계해야 한다. 그 별의 심술을 너무 자주 감내했으니 말이다. 게다가 너는 앞으로 어떤 일이 벌어질지 모르고 있다. 백작에게는 비서들과 집사가 이미 있는데, 내게 무슨 일을 맡기려는 걸까? 어쩌면 헤르메스의 지팡이●를 들게 할지도 모른다. 마침 잘된 거다. 귀족 집에서 이력을 쌓는 것으로는 이보다 더 좋을 수가 없을 것이다. 더 점잖은 일자리에서는 한 발 한 발 나아가는 것밖에 못 하므로, 목표에 도달하려면 여전히 한참 멀 뿐이다.'

내가 그렇게 훌륭한 생각을 하고 있던 차에 하인 하나가 내게 와서 말했다. 그 저택에서 점심 식사를 한 기사들이 방금 모두 집으로 돌아갔으며, 백작님께서 나를 보자고 하신다고…. 나는 즉각 그의 처소로 달려갔다. 그는 소파에 누워 있었고, 곁에 있는 원숭이와 낮잠을 잘 채비가 돼 있었다.

그가 내게 말했다. "질 블라스, 가까이 와서 자리를 잡고 앉아 내 말을 듣게나." 나는 그가 시키는 대로 했다. 그러자 다음과 같이 말했다. "돈 파브리시오가 내게 말하기를, 자네는 다른 숱한 장점들 말고도, 주인에게 충성을 다하고 청렴한 청년이라더군. 그 두 가지 때문에 내 집에서 일해 달라는 제안을 하기로 결심한 거라네. 내 이익을 수호하고 내 재산을 지키는 데 전념하는 헌신적인 하인이 필요하거든. 사실, 나는 부자이긴 하지만, 해마다 지출이 수입을 훨씬 상회한다네. 그런데 왜? 내가 도둑질당하고 약탈당하기 때문이지. 내 집은 마치 도둑들이 득실대는 숲속과도 같다네. 내 주방장과 집사가 한통속이라는 의혹이 들고, 만약 내 의심이 착각이 아니라면, 그들은 나를 철저히 파산시키기 위해 있을 뿐이야. 자네는 말할 테지. 내가 그

● 두 마리의 뱀이 감겨 있고, 꼭대기에는 두 개의 날개가 달린 지팡이로서, 평화·웅변술·의학·상업을 상징한다.

들을 사기꾼들이라고 생각한다면 내쫓으면 그만이라고 ··· . 하지만 그들보다 더 나은 자들을 어디서 구한단 말인가? 차라리 그들의 행동에 대해 감독권을 가질 사람을 통해 그들 하나하나를 감시하게 하는 것으로 만족하려네. 그 임무를 할 사람으로 바로 자네를 선택한 거라네. 그 임무를 잘 수행해 내면, 자네가 배은망덕한 주인을 섬긴 게 아니라는 것을 확실히 알게 될 걸세. 자네가 시칠리아에서 아주 잘 자리 잡도록 내가 신경써 주겠네."

그는 그 말을 하고 나서 나를 돌려보냈다. 그리고 바로 그날 저녁에 모든 하인들 앞에서 내가 그 집의 총괄감독으로 선포되었다. 메시나 출신의 집사와 나폴리 출신의 주방장은 우선은 그리 모욕적으로 여기지 않았다. 왜냐하면 그들의 눈에는 내가 원만한 녀석으로 보였기 때문이고, 나와 파이를 함께 나눠 가지면서 그들이 여태껏 하던 대로 지내게 될 거라고 생각했기 때문이다. 그러나 바로 다음 날 내가 그들에게 그 어떤 횡령이나 착복도 증오하는 사람이라고 공언하자, 그들은 자신들이 너무 멍청했다는 것을 알게 되었다. 나는 주방장에게 비축품 현황을 요구했다. 그리고 지하창고를 살펴보았고, 찬방에 있는 것들도 죄다 조사했다. 말하자면 은그릇들과 냅킨이나 테이블보 등을 말하는 거다. 그러고 나서 그 두 사람에게 주인의 재산을 아끼고, 지출에서도 절약하라고 요구했다. 마지막으로 그 집에서 나쁜 술책을 벌이는 것을 보게 되면 늘 주인에게 알릴 거라고 단언하면서 권고의 말을 마쳤다.

나는 거기서 그치지 않았다. 그들 둘 사이에 어떤 공모가 있는지 알기 위해 첩자를 하나 두고 싶었다. 그래서 조수를 하나 물색하여 몇 가지 약속을 하며 꼬드겼더니, 그 조수 왈, 그 집에서 벌어지는 모든 일을 알기 위해서는 자기보다 더 적합한 인물이 없을 거라고 말했다. 그리고 주방장과 집사는 함께 뜻이 맞아서 낭비해 대고, 그 집에서 사들이는 고기의 절반을 매일 빼돌리고, 주방장은 산타 토마스 학교 앞에 사는 어느 여인을 돌보고 있고, 집사는 태양의 문에 사는 어느 여인을 부양하고 있으며, 그 두 사람은 매일 아침 자기네 요정들의 집에다 온갖 종류의 식품들을 갖다주게 하고, 요리사도 이웃에 사는 어느 과부에게 맛있는 음식들을 보내고 있다고 했다. 게다가 그 조수는 집사와 주방장에게 충성을 다한 덕분에 그들과 마찬가지로 지하창고의 포도주들을 마음껏 이용하고, 마지막으로 그 세 하인이 백작 집의 지출을 끔찍하게 늘리는 원인이라고 말했다. 그러고 나서 덧붙였다. "제 보고가 의심스러우시면, 내일 아침 7시께 산타 토마스 학교 근처에 가 보세요. 감독님의 의심을 확신으로 바꾸게 해줄 채롱을 지고 있는 저를 보시게 될 겁니다." 그래서 내가 말했다. "그러니까 네가 그 사랑에 빠진 공급자들의 심부름꾼인 거냐?" 그러자 그가 대답했다. "저는 주방장에게 고용되었고, 제 동료들 중 하나는 집사의 전갈들을 맡아서 전해 주고 있어요."

나는 호기심이 생겨서 다음 날 지정된 시간에 산타 토마스 학교 근처로 갔다. 오래지 않아 나의 첩자가 나타났다. 그가 정육점의 고기와 가금류, 사냥한 고기 등이 가득 채워진 커다란 채롱을 메고 도착하는 것이 보였다. 나는 그 품목들의 목록을 작성했고, 그 수습요리사에게 평소처럼 심부름을 수행해도 된다고 말하고 나서, 주인에게 보여 줄 보고서를 내 서판에 작성했다.

백작은 천성적으로 매우 격렬한 성격이어서 집사와 주방장을 당장 쫓아 버리려 했으나, 좀 생각해 보더니 집사만 해고하는 것으로 그치고, 그 자리를 내게 주었다. 그래서 나의 총감독 임무는 생긴 지 얼마 안 되어 폐지되었고, 나는 솔직히 그 점에 대해 아쉬움이 없었다. 엄밀히 말하자면 그것은 첩자라는 '명예직', 즉 전혀 견실하지 않은 직책일 뿐이니까. 집사가 되면서 나는 금고의 주인이 되기는커녕(그게 주요한 사안인데 …), 여전히 그저 큰 집에서 맨 앞줄을 지키는 하인이었다. 그런데 그 큰 집을 관리하다 보면, 그 관리와 결부된 자잘한 수익이 아주 많아서 설사 정직한 사람이라 할지라도 부유해질 것이다.

　더 이상 술책을 쓸 수 없게 된 주방장은 내가 저돌적인 열의가 있고, 매일 아침 그가 사는 고기들을 살펴보러 일어나서 일일이 장부에 기록해 둔다는 것을 알아채고 고기 빼돌리는 일을 그만두긴 했으나, 그럼에도 계속 같은 양의 고기를 매일 샀다. 식탁에서 남는 음식들에서 끌어내는 이익을 늘리는 꾀를 생각해 낸 것이다. 식탁에서 남은 것들은 그가 가질 권리가 있기 때문이었다. 그는 그렇게 해서 자기 애인에게 이제 생고기는 보내지 못한다 해도, 최소한 익힌 고기는 보낼 수 있었다. 그 악마는 그럼으로써 결국 아무것도 잃지 않았고, 백작은 집사들 중의 제일인자를 두었음에도 나아진 것이 거의 없었다. 식사 때마다 나오는 과도하게 많은 음식 때문에 나는 그 새로운 술책을 짐작해 낸 것이다. 그래서 식사 때마다 과잉된 부분을 미리 공제함으로써 즉각 상황을 정리했다. 하지만 그 일처리를 너무 신중하게 해냈기에 그 절약을 다른 사람들은 알아채지 못했다. 여전히 똑같이 풍성한 것 같았지만, 그럼에도 불구하고 그 절약을 통해 나는 지출을 상당히 줄일 수 있었다. 바로 그것이 주인이 요구하던 바였다. 그는 쩨쩨하게 보이지 않으면서 절약하기를 바랐다. 그의 인색함은 과시욕에 종속되어 있었다.

그는 다른 남용도 쇄신하겠다고 나섰다. 내 보기에는 포도주가 아주 빨리 없어지는 것 같았다. 예를 들어 백작의 식탁에 열두 명의 기사가 있으면 50병, 때로는 60병까지 없어졌다. 나는 그것이 의아했다. 속임수가 있는 것이 분명해서 그것에 대해 나의 신탁, 즉 나의 요리사 조수에게 물어보았다. 그와 나는 자주 밀담을 나누었다. 그는 나에게 부엌에서 하는 얘기들과 일들을 죄다 충실히 보고해 주었고, 그러면서도 부엌에서 아무에게서도 의심을 받지 않았다. 그는 내가 불평하는 그 피해가 주방장, 요리사, 마실 것을 따르는 하인들 사이의 새로운 동맹에서 비롯된다고 알려 주었다. 이들은 반쯤 차 있는 병들을 식탁에서 수거해서는 동맹자들끼리 나눠 가졌다. 나는 하인들에게 그 일에 관해 경고했다. 같은 짓을 또 하게 될 경우 내가 그들을 쫓아 버리겠다고 위협했다. 그들이 의무를 다하도록 만들려면 그 이상 다른 것이 필요 없었다. 그렇게 백작의 재산을 위해 하는 일을 아주 사소한 것까지 백작에게 내가 다 알려 주었기에, 그는 내게 칭찬을 퍼부었고, 날이 갈수록 나를 더 좋아했다. 내 쪽에서는 나를 그토록 잘 도와준 요리사 조수에게 보상을 해주기 위해 그를 조리사로 승격시켰다.

주방장은 내가 사방팔방 뒤지고 다니는 것에 대해 분통을 터뜨렸다. 그러는 것이 그를 잔인하게 괴롭혔던 것이다. 그는 내게 보고할 때마다 항변했다. 왜냐하면 그를 꼼짝 못 하게 만들기 위해, 내가 식료품 가격을 알아보러 수고스럽게 시장마다 직접 다녔기 때문이다. 그리고 나면 그가 시장에서 오는 것이 보였고, 그가 어김없이 속임수로 이득을 채우려 했기에 나는 다시 기운차게 그를 쫓아다녔다. 그가 하루에 백 번도 더 나를 저주할 것이 확실했지만, 그가 그러는 이유를 알기에 그의 저주대로 될까 봐 두려워하지는 않았다. 그가 내 박해에 어떻게 버틸 수 있었던 건지, 어떻게 시칠리아 백작의 집을 떠나지 않을 수 있었던 건지는 알지 못한다. 어쩌면 그 모든 조처에도 불구하고 여전히 이득이 있었기 때문일 거다.

파브리시오를 이따금씩 만나서 그때까지 듣도 보도 못 하던 집사로서 내가 해낸 그 모든 쾌거를 들려주면, 그는 내 처신을 찬성하기보다는 비난하는 쪽이었다. 그가 어느 날 말했다. "어쨌든 그 모든 일이 있고 나서 너의 무사무욕(無邪無慾)이 제대로 보상받기를 바란다! 그런데 우리끼리 얘기지만, 네가 주방장에게 그렇게 뻣뻣하게 굴지 않는다고 해도 네가 더 잘못하는 것은 아닐 거라고 생각하는데 … ." 그래서 내가 대답했다. "아니, 뭐라고! 그 도둑놈이 겨우 4피스톨라밖에 안 하는 생선을 10피스톨라라고 하면서 뻔뻔하게 낭비하고 있는데, 그런 일을 눈감아 주기 바라는 거야?" 그러자 그가 냉정하게 대꾸했다. "왜 안 돼? 그는 초과량의 반을 너한테 주기만 하면 되는 거고, 그러면 그는 규정대로 일한 게 될 거야." 그러더니 머리를 흔들며 말을 계속했다. "친구야, 맹세코 너는 그 집을 정말로 망치고 있는 거야. 일의 순서를 잘 모르는 것을 보니, 너는 오래도록 하인 일을 할 것 같구나. 행운이란 거칠게 다뤄 주지 않는 애인들은 벗어나 버리는 활발하고 가벼운 애교쟁이 여자들과 비슷하다는 것을 알아 둬."

나는 누네스의 말에 그저 웃기만 했다. 그 또한 웃었고, 그 말을 심각하게 여기지는 말라고 했다. 그는 쓸데없이 나쁜 충고를 해준 것을 계면쩍어했다. 한편, 나는 여전히 충성을 다해 열심히 일하겠다는 결심을 확고히 했다. 나는 그 결심을 번복하지 않았고, 넉 달 만에 나의 절약정책으로 주인에게 최소한 3천 두카도의 이익을 남겨 주었다고 감히 자부한다.

16

|

갈리아노 백작의 원숭이에게 일어난 사고와
이로 인한 백작의 슬픔

질 블라스는 어떻게 병에 걸렸으며,
그 질병의 여파는 무엇이었나

그런 시절이 지나고 나자 평화로웠던 저택에서 기이한 사건이
일어나 휴식을 흐트러뜨렸다. 독자에게는 그저 하찮은 일로밖에 보
이지 않을 테지만, 그럼에도 하인들이나 특히 나에게는 몹시 심각한
일이 되어 버린 사건이었다. 내가 이미 말했던 원숭이 큐피드, 주인
이 너무 소중히 여겼던 그 동물이 어느 날 한 창문에서 다른 창문으로
펄쩍 뛰다가 잘못 움직이는 바람에 마당으로 떨어져서 다리가 탈구되
었다. 백작은 그 불행을 알자마자 이웃에게까지 들릴 정도로 크게 고
함을 질렀고, 너무 괴로워서 모든 사람들을 빠짐없이 탓하여, 하마터
면 죄다 내쫓을 뻔했다. 그런데 그는 격분하면서도 우리의 소홀함을
저주하는 선에서 그치고, 아무 말이나 마구 하면서 호통을 치는 것으
로 그쳤다. 그는 마드리드에서 뼈의 골절과 탈구에 가장 유능한 외과
의들을 당장 찾아오라고 시켰다. 그들은 부상당한 원숭이의 다리를
살펴보고 나서 뼈를 제대로 맞춰 놓고 붕대를 감아 주었다. 그런데 그

들 모두가 원숭이의 상태가 아무렇지도 않다고 확언했음에도 불구하고, 내 주인은 원숭이가 완전히 나을 때까지 의사들 중 한 명을 곁에 붙들어 두려 했다.

그런 시간 내내 그 시칠리아 귀족이 겪었을 괴로움과 불안에 대해 내가 침묵하면 안 될 것이다. 그날 그가 자신의 소중한 큐피드 곁을 떠나지 않았다는 것을 사람들이 믿겠는가? 의사들이 큐피드에게 붕대를 감아 줄 때도 거기 있었고, 밤에도 두세 차례 일어나서 그 동물을 보러 갔다. 더 힘들었던 것은, 특히 나를 포함하여 모든 하인들이 언제든 달려갈 수 있도록 항상 대기 상태로 있어야 했다는 점이다. 원숭이에게 도움이 필요할 경우 우리가 즉각 이에 대처하도록 말이다. 한마디로, 우리는 그 빌어먹을 짐승이 낙상의 고통을 더 이상 느끼지 않고 평소처럼 다시 펄쩍펄쩍 뛰어다니고 재주넘기를 할 때까지 전혀 쉬지 못했다. 그런 일을 겪고 났으니, 칼리굴라가 자신의 말을 너무 좋아한 나머지 말을 돌볼 하인들은 물론이고 가구까지 화려하게 갖춘 집을 그 말에게 주었고, 심지어 그 말을 집정관으로 만들고 싶어 했다고 전하는 수에토니우스의 이야기를 우리가 믿지 않을 수 있었을까? 내 주인도 그 못지않게 자기 원숭이에 푹 빠져서 어쩌면 시장 자리라도 기꺼이 주려 했을 것이다.

나에게 불행했던 일은, 내가 모든 하인들 중에서 그 누구보다 주인에게 헌신했다는 점이고, 그의 큐피드를 위해 너무 헌신적으로 움직이다 보니 그로 인해 병에 걸려 버린 것이다. 나는 열이 극심하게 났고, 정신을 잃을 정도로 아팠다. 내가 사경을 헤매던 보름 동안 나에게 어떤 처치를 했는지 나는 모른다. 그저 내가 젊기에 열에 맞서서,

아니 어쩌면 내게 해준 치료들에 잘 맞서서 이겨 내는 바람에 마침내 의식을 되찾았다는 것만 알 뿐이다. 의식을 되찾으면서 맨 처음 느낀 것은, 내가 내 방이 아닌 다른 방에 있다는 사실을 깨달은 거였다. 도대체 왜 그런 건지 알고 싶었다. 그래서 나를 돌보고 있던 노파에게 물었다. 하지만 그녀는 내게 아직 말을 하면 안 된다면서, 의사가 그것을 단호히 금지시켰다고만 대답했다. 건강할 때는 보통 그런 의사들을 비웃기 마련이다. 그런데 몸이 아프면 의사들의 처방에 고분고분 따르게 된다.

그러므로 나는 나를 지키고 있는 노파와 대화하고 싶기는 했어도 입을 다물기로 했다. 내가 그 점에 관해 곰곰이 생각해 보고 있는데, 멋을 한껏 부린 청년 둘이 들어왔다. 그들은 레이스가 달린 매우 아름다운 셔츠와 벨벳 천으로 된 옷을 입고 있었다. 나는 그들이 내 주인의 친구들로서 그를 생각해서 나를 보러 온 거라고 상상했다. 그런 생각이 들어서 일어나 앉으려 애썼고, 존중의 뜻으로 모자를 벗었다. 그러나 노파가 나를 다시 눕히면서 그 귀족들은 내 의사와 약제사라고 말했다.

의사는 내게 다가와서 맥박을 짚어 보고, 얼굴도 관찰하더니 이제는 나을 것 같은 온갖 징후를 간파했다. 그는 마치 자기가 엄청나게 애를 써서 그리 된 것처럼 의기양양하더니, 완전히 회복되기 위해서는 이제 내복약만 있으면 된다고 말했다. 그러고 나면 아주 잘 치료했다고 자부할 수도 있을 거라고 말했다. 그러더니 약제사에게 처방전을 불러 주어 받아 적게 하는 동시에 거울 속의 자기 모습을 들여다보고 머리를 매만지며 멋을 부리고 있기에, 나는 아픈데도 불구하고 웃음이 터져 나왔다. 그런 다음 그 의사는 내게 고갯짓으로 매우 쾌활하게 인사하고 나서 처방한 약물보다는 자기 얼굴에 더 정신이 팔린 기색으로 나갔다.

그가 떠나고 나자, 약제사는 우리 집에 괜히 온 게 아니었으므로 자기 일을 할 채비를 했다. 뭘 하려는지 짐작이 갔다. 그는 노파가 능란하게 일 처리를 못 할까 봐 불안해서 그랬거나, 아니면 약의 효능을 더 잘 부각시키기 위해 그랬거나 간에 그 자신이 직접 처치하고 싶어 했다. 그러나 어떻게 그리되었는지 모르지만 처치가 막 끝났을 때 나는 그가 내게 준 것을 다시 돌려주고 말았다. 그래서 그의 벨벳 옷이 오물로 가관이었다. 그는 그 사고를 약제사의 숙명으로 여겼다. 그는 수건을 집더니 한마디 말도 없이 닦았다. 그리고 그 옷을 세탁소에 맡겨야 할 게 분명하므로 그 비용을 내게 청구하겠다고 단단히 벼르며 가버렸다.

그는 다음 날 아침, 그날은 위험을 무릅쓸 일이 전혀 없음에도 불구하고 전날보다 조촐한 차림으로 왔다. 전날 의사가 처방했던 약을 가져오느라 또 온 거였다. 나는 점점 더 나아지는 것을 느꼈을 뿐만 아니라, 그 전날부터 의사들과 약제사들에 대한 반감이 너무 컸으므로, 그런 자들이 아무 탈 없이 사람들을 죽일 수 있도록 권한을 수여하는 대학들까지 저주했다. 그런 기분이어서 나는 더 이상 치료를 원하지 않는다고 단언하고, 약제사와 그 일당은 악마에게나 줘버리라고 말해 버렸다. 약제사는 약값만 받으면 자기가 제조한 약으로 내가 뭘 하건 말건 전혀 신경 쓰지 않았으므로, 그 약을 탁자 위에 놓고는 아무 소리 없이 물러갔다.

나는 당장 그 빌어먹을 약을 창밖으로 던져 버리게 했다. 그런 약에 대한 반감이 너무 컸기에 그것을 삼키면 독살당할 거라고 믿었다. 이 불순종에 다른 불순종까지 더해졌다. 나는 침묵을 깨고 노파에게 결연한 어조로 내 주인의 소식을 알려 달라고 강력히 주장했다. 노파는 내게 소식을 전해 주다가 나를 너무 흥분시켜서 위험하게 만들까 봐 두려웠거나, 혹은 어쩌면 그저 내 병을 악화시킬 목적으로 내 화를 돋우기 위해 그랬거나, 어쨌든 망설였다. 하지만 내가 하도 맹렬하게 재촉하자 마침내 대답했다. "기사 나리, 나리께서는 이제 주인이라고는 나리 자신밖에 없습니다. 갈리아노 백작은 시칠리아로 돌아가셨습니다."

나는 방금 들은 말을 믿을 수가 없었다. 하지만 그 얘기는 그 무엇보다 사실이었다. 백작은 참으로 친절하게도 내가 아프기 시작한 바로 다음 날, 내가 자기 집에서 죽을까 봐 염려되어 내 조촐한 옷가지들과 함께 나를 가구 딸린 방으로 옮기게 한 뒤 무례하게도 나를 간호 보조원과 하늘의 뜻에 맡기고 가버린 것이다. 그러는 사이에 그는 궁정의 지시로 시칠리아로 다시 가야 해서, 나를 더 이상 신경 쓰지 않고 급히 떠나 버렸다고 한다. 나를 이미 죽은 사람으로 여겼거나, 아니면 귀족들은 그토록 건망증이 심하거나….

노파는 그렇게 자세히 얘기해 주고 나서, 의사와 약제사를 데려온 사람은 바로 자기라고 말했다. 내가 그들의 도움도 없이 죽게 될까 봐 그랬다고 했다. 나는 그 대단한 소식들을 듣고 나서 깊은 생각에 빠졌다. 시칠리아에서 유리하게 자리 잡을 희망은 이제 물 건너갔다! 그리고 나의 가장 달콤한 기대들도! 어느 교황이 말했다. "큰 불행이 닥

치면, 당신 자신을 잘 점검해 보시오, 그러면 늘 당신에게도 잘못이 좀 있다는 것을 알게 될 거요."그 성부(聖父)에게는 실례가 되겠지만, 이 경우 내가 뭘 했기에 그런 불운을 당한 건지 통 모르겠다.

내 머리를 가득 채웠던 그 망상들이 이제는 사라졌다는 것을 알았을 때, 첫 번째로 떠오르는 근심거리는 내 가방이었다. 나는 그 가방을 살펴보기 위해 침대 위에 올려놓아 달라고 했다. 그런데 그 가방이 열려 있는 것을 보자 한숨이 나왔다. 그래서 소리쳤다. "아아! 내 소중한 가방, 내 유일한 위로가! 내 보기에 낯선 손길들이 닿았었구나." 그러자 노파가 내게 말했다. "아닙니다, 아니에요, 질 블라스 씨, 안심하세요. 아무것도 도난당하지 않으셨습니다. 제가 나리의 가방을 제 명예처럼 지켰습니다."

백작의 일을 시작할 때 입었던 옷이 가방 속에서 보였다. 하지만 메시나 출신 집사가 나를 위해 주문했던 옷은 찾아보았자 헛수고였다. 백작이 그것을 내게 남겨 두는 것이 적절치 못하다고 판단했거나, 누군가가 그것을 가로채 갔거나 했을 것이다. 다른 옷들은 다 있었고, 심지어 내 돈이 든 커다란 가죽지갑까지 그대로 있었다. 나는 지갑 속 돈을 두 번이나 세어 보았다. 처음에 세어 보니 내가 아프기 전에 거기에 260피스톨라가 있었는데, 겨우 50피스톨라밖에 남아 있지 않았기 때문이다. 그래서 노파에게 물었다. "이게 무슨 의미일까요? 내 돈이 많이 줄어들었네요."그러자 노파가 대답했다. "하지만 저 말고는 아무도 그 가방을 만지지 않았는데요. 제가 최대한 절약했어요. 그런데 병에 걸리면 돈이 많이 들죠. 수중에 돈이 늘 있어야 해요."그러더니 그 훌륭한 주부는 자기 호주머니에서 종이뭉치를 꺼내며 덧붙였다. "자, 이것이 금덩이만큼 비싸게 치른 지출 내역이에요. 제가 한 푼도 부적절하게 쓰지 않았다는 것을 보시게 될 겁니다."

나는 그 계산서를 눈으로 훑어보았다. 족히 열다섯 내지 스무 장은 되었다. 맙소사! 내가 의식도 없는 동안 웬 가금류는 그렇게나 많이 샀는지! 수프만으로도 최소한 12피스톨라는 썼을 것이다. 다른 품목들도 마찬가지였다. 목재, 양초, 물, 빗자루 등으로 얼마나 많은 돈을 썼는지 모른다. 그런데, 그 계산서가 아무리 부풀려졌다 해도 그 모든 합계는 30피스톨라 정도 될 것이다. 그러므로 아직 180피스톨라가 남아 있어야 했다. 나는 바로 그 점을 지적했다. 하지만 노파는 백작의 집사가 자기에게 그 가방을 맡겼을 때 돈주머니에는 80피스톨라밖에 없었다고 모든 성인들을 증인으로 내세워 순진한 표정으로 말하기 시작했다. 그래서 내가 급히 말을 가로막고 말했다. "뭐라고요? 집사가 아주머니에게 내 옷가지들을 직접 전해 주었다고요?" 그러자 그녀가 대답했다. "분명히 바로 그 사람이에요. 그걸 내게 주면서 '자, 아주머니, 질 블라스 씨가 죽게 되면 반드시 장례식을 잘 치러 주시오. 이 가방 속에는 그렇게 할 만한 비용이 들어 있으니까'라고 말하면서 말이죠."

"아! 빌어먹을 나폴리 놈!" 나는 소리쳤다. "모자라는 돈이 어떻게 됐는지 알려고 더 이상 수고할 필요도 없겠네. 당신이 그 돈을 훔쳐 갔군 그래. 내가 당신에게 도둑질을 하지 못하게 막았더니 그 일부를 보상받으려고…." 나는 그 집사에 대해 이렇게 폭언을 한 후 그래도 그 사기꾼이 다 가져가지 않은 것에 대해 하늘에 감사했다. 그런데 내 돈을 훔쳤다고 집사를 비난할 만한 이유가 분명히 있음에도 불구하고, 노파 또한 충분히 그러고도 남았겠다는 생각이 들지 않을 수 없었다. 그래서 노파를 의심하기도 했다가, 다시 어떤 때는 집사를 의심하기도 했다. 하지만 누가 그랬건 결국 나에게는 마찬가지였다. 나는 그녀의 그 잘난 계산서에 적힌 품목들에 대해 시비를 걸었다. 그래 봤자 아무 소용없는 짓일 텐데···. 각자 자기 일을 하는 거니까. 원한풀이는 사흘 후 그녀에게 돈을 지불하고 쫓아 버리는 것으로 그쳤다.

나는 그녀가 내 집에서 나가는 길에 약제사에게 갔을 거라고 생각한다. 그에게 자기가 방금 내 곁을 떠났으며, 나는 약제사 없이도 도망가 버릴 수 있을 만큼 충분히 건강하다고 알려 줬을 것이다. 왜냐하면 잠시 후 약제사가 숨을 헐떡거리며 달려왔으니까. 그는 자신의 계산서를 내놓았는데, 거기에는 의사 일을 한 적이 있는 나도 알지 못하는 이름들이 있었다. 내가 의식이 없을 때 처방했다는 이른바 치료제들이었다. 계산서에는 약제사의 선반 몇 개는 채울 만큼 과도한 약값이 적혀 있었다. 그래서 우리는 지불 문제에 관해 얘기하면서 언쟁을 벌였다. 나는 그가 요구하는 금액의 반으로 깎자고 주장했고, 그는 단 한 푼도 깎아 줄 수 없다고 딱 잘라 말했다. 그래도 어쨌든 그는 당장 그날로 마드리드를 떠날 수도 있는 젊은이를 상대하고 있다는 생각이 들었는지, 약값을 다 못 받을 위험을 감수하느니 내가 주겠다고 하는 돈, 즉 그의 약제의 가치보다 세 배는 더 많은 돈으로 만족하는 편을 택했다. 나는 몹시 애석해하면서 그에게 돈을 주었다. 그리고 그는 관장하던 날 내가 그에게 끼친 작은 피해에 대해 제대로 복수하고서 물러갔다.

의사도 거의 즉각 나타났다. 왜냐하면 그 짐승 같은 작자들은 늘

줄지어 서 있으니까. 나는 잦았던 그의 왕진들에 대해 진료비를 계산해 주었고, 만족스러워하며 돌아가게 해주었다. 그런데 그는 떠나기 전에, 자기가 응당 받아야 할 돈을 받았다는 것을 증명하기 위해 내 질병에서 자기가 예방한 치명적인 위험들이 무엇이었는지 상세히 늘어놓았다. 아주 그럴듯하게 얘기했지만 나는 전혀 이해하지 못했다. 마침내 그를 쫓아 버리게 되었을 때, 나는 죽음의 사신들을 죄다 치워 버렸다고 믿었다. 그러나 착각이었다. 평생 본 적 없는 외과의사가 들어온 것이다. 그는 내게 매우 정중히 인사하더니 내가 위험한 상태를 벗어나서 기쁘다고 했다. 그는 말하기를, 자기가 내 피를 잔뜩 빼내고, 흡각(吸角)을 붙여 준 덕분이라고 했다. 또 나를 강탈하려 나타난 자였다. 나는 그 외과의사에게도 마지못해 돈을 주어야 했다. 그렇게 많이 빼내고 나니 내 돈주머니는 너무 형편없어져서 마치 쇠약해진 몸 같았다. 그 정도로 근원적인 습기가 별로 남아 있지 않았던 것이다.

나는 다시 나락으로 떨어진 내 처지를 생각하며 낙담하기 시작했다. 최근에 섬겼던 주인들 집에서 생활의 편리함에 너무 집착하게 되었기에, 이제는 더 이상 예전처럼 견유파 철학자같이 궁핍하게 사는 것은 엄두를 낼 수가 없었다. 그렇다고 서글픔에 빠지는 것은 잘못이었다는 점을 고백하련다. 운이라는 것은 나를 뒤엎어놓자마자 다시 일으켜 세운다는 것을 그토록 숱하게 겪고 난 후였으므로, 그때 처해 있던 유감스런 상태를 그저 향후 번영하게 될 기회로 여겨야 했을 것이다.

제 8 부

1

질 블라스가 좋은 사람을 만나서 일자리를 얻어
갈리아노 백작의 배은망덕에 대한 위로를 얻다

돈 발레리오 데 루나의 이야기

그러는 동안 누녜스의 소식을 전혀 듣지 못한 것이 나로서는 너무 놀라워서 그가 시골에 있는 것 같다고 생각했다. 그래서 걸을 수 있게 되자마자 그의 집으로 가보려고 외출했다. 그리고 실제로 그가 3주 전부터 메디나 시도니아 공작과 함께 안달루시아에 있다는 것을 알게 되었다.

어느 날 아침 나는 잠에서 깨자 멜초르 데 라 론다가 갑자기 생각났다. 그리고 내가 혹시라도 마드리드에 돌아오면 그의 조카를 보러 가겠다고 그라나다에서 약속했던 일이 다시 생각났다. 그래서 바로 그날 그 약속을 지키기로 마음먹었다. 나는 발타사르 데 수니가의 저택이 어딘지 알아본 다음 그리로 갔다. 그 집에 가서 호세 나바로 씨를 보고 싶다고 했더니 잠시 후 그가 나타났다. 나는 그에게 인사를 했다. 그는 내가 이름을 말했는데도 정중하긴 하지만 차갑게 맞았다. 사람들이 그 주방장에 대해 하던 얘기와 그 냉랭한 접대가 일치하지 않는 것 같았다. 나는 다시는 그를 방문하지 않기로 마음먹고 물러나려던 참에 갑자기 그가 매우 개방적이고 웃음 띤 표정으로 아주 쾌활하게 말했다. "아! 질 블라스 데 산티아나 씨, 제가 방금 보였던 태도를 부디 용서하십시오. 기억력이 모자라서 그런 겁니다. 당신의 이름을 듣고도 누군지 얼른 생각나지 않았어요. 넉 달 전에 그라나다로부터 받은 편지에서 언급된 기사님을 까맣게 잊고 있었던 겁니다."

그러더니 나를 열렬히 껴안으며 덧붙였다. "제가 기사님을 포옹하게 해주십시오! 제가 친아버지처럼 사랑하고 공경하는 멜초르 삼촌께서 제게 당부하셨습니다. 혹시라도 기사님을 보게 되면 삼촌의 아들처럼 잘 대해 드리라고요. 그리고 필요하다면 제 신용뿐만 아니라 제 친구들의 신용까지도 이용하게 해드리라고 부탁하셨습니다. 삼촌께서 기사님의 마음과 정신을 하도 칭찬하셔서, 설사 그런 당부를 하시지 않았더라도 기사님을 돕고 싶어졌습니다. 그러니 제발, 삼촌이 기사님에 대해 갖고 계신 감정을 저 또한 고스란히 전해 받았다고 여기십시오."

나는 호세의 예우에 감사로 답례했다. 우리는 둘 다 활발하고 진실한 사람들이었으므로 금세 친밀한 관계가 되었다. 나는 그에게 내 재정상태를 서슴없이 다 알려 주었다. 그러자 그가 말했다. "내가 당신의 일자리를 알아볼게요. 그러는 동안 매일 반드시 여기로 식사하러 오십시오. 여인숙에서보다는 더 나은 식사를 하게 될 겁니다." 돈은 없는데 맛있는 음식에는 익숙해져 버린 회복기 환자에게는 너무 솔깃한 제안이어서 나는 거절할 수가 없었다. 그래서 그 제안대로 했고, 그 집에서 건강이 너무 잘 회복되어 보름쯤 지났을 때는 이미 성 베르나르도 수도회 신부 같은 얼굴을 하게 되었다. 멜초르의 조카는 보리 요리를 훌륭하게 해내는 것 같았다. 그런데 어떻게 한 것일까? 그의 활에는 활시위가 세 개 있었다. 그는 소믈리에이자 주방장이자 집사 였으니까. 게다가 나와의 우애관계 외에 관리인과도 아주 잘 지냈다.

내가 완벽히 회복되었을 때, 그 친구 호세는 어느 날 내가 평소처 럼 수니가의 저택에 점심 식사를 하러 오는 모습을 보고는 나를 마중 나와서 유쾌하게 말했다. "질 블라스 씨, 당신에게 제안할 꽤 좋은 일 자리가 있어요. 스페인 국왕의 총리대신인 레르마 공작께서 국가 업 무에 혼신을 다하기 위해 본인의 일을 두 사람에게 맡겨 놓았다는 것 을 당신도 잘 알 겁니다. 자신의 수입 관리는 돈 디에고 데 몬테세르 에게 맡겼고, 집안의 지출은 돈 로드리고 데 칼데론에게 일임했지요. 공작의 심복들인 그 두 사람은 각자의 일에 있어서 서로 의존하지 않 고 각자 절대적인 권리를 갖고 직무를 수행합니다. 돈 디에고는 보통 자기 밑에 징수 담당 관리인을 두 명 두고 있는데, 그중 한 명을 내쫓 았다는 것을 오늘 아침에 내가 알게 되었어요. 그래서 내가 당신을 그 자리에 채용해 달라고 부탁하러 갔었어요. 나를 알고 나를 좋아한다 고 내가 자부할 수 있는 몬테세르 나리는 힘들이지 않고 그 부탁을 들 어주셨지요. 내가 당신의 품행과 능력에 대해 한 말을 믿고 말입니 다. 그래서 우리는 오늘 오후에 그 집으로 가야 해요."

우리는 그렇게 했다. 나는 아주 고마운 대접을 받았고, 그 몬테세 르가 쫓아 버린 관리인의 일을 맡아서 하게 되었다. 그 일은 농가들을 방문해 수리를 하게 만들고, 농부들의 돈을 만지는 등 한마디로 농부 들의 재산에 개입하는 일이었다. 나는 매달 돈 디에고에게 보고를 하였고, 그러면 그는 매우 주의 깊게 낱낱이 살펴보았다. 내가 바라던 것도 바로 그런 거였다. 지난번 주인집에서 나의 정직함이 제대로 보상받지 못했을지라도, 나는 정직함을 간직하기로 작정했으니까.

어느 날 레르마성에 화재가 나서 절반 이상이 잿더미가 되었다는 것을 알게 되었다. 나는 즉각 피해를 점검하러 그곳으로 갔다. 거기서 화재의 정황을 정확히 파악하고 나서 상세한 보고서를 작성했고, 몬테세르는 그 보고서를 레르마 공작에게 보여 주었다. 총리대신은 그렇게 나쁜 소식을 접하여 상심이 큰데도 불구하고, 그 보고서에 대해 깊은 인상을 받아서 그것을 누가 작성했는지 물어보지 않을 수 없었다. 돈 디에고는 그게 누군지 말하는 것에 그치지 않고 나에 관해 너무 좋게 얘기하여, 총리대신은 그 얘기를 6개월 후 다시 떠올렸다. 어떤 계기에 그랬는지는 이제 얘기하겠다. 그 일이 없었다면 나는 아마도 결코 궁정에 채용되지 못했을 것이다. 이야기는 다음과 같다.

인판테스가(街)에 이네시야 데 칸타리야라는 노부인이 살고 있었다. 출신이 어떠한지는 사람들이 확실히 알지 못했다. 어떤 사람들은 류트 제작자의 딸이라고 말했고, 또 어떤 사람들은 산티아고 기사단에 속한 기사의 딸이라고 말하기도 했다. 어찌됐건 굉장한 사람이었다. 평생토록 남자들을 매료시키는 특별한 재능을 타고났는데, 15년간의 전성기를 거친 후에도 그 재능은 유지되었다. 그녀는 예전 궁정 귀족들의 우상이었으며, 새로운 궁정 귀족들로부터도 몹시 사랑받았다. 미모라고 봐주지는 않는 세월도 그녀의 미모에는 당하지 못했다. 세월이 그 미모를 시들게 하기는 했으나, 남자들을 끄는 매력은 걸어

가지 못했다. 고상한 분위기, 매혹적인 재기(才氣), 자연스런 세련미 덕분에 그녀는 노년이 될 때까지 열렬한 사랑을 하곤 했다.

레르마 공작의 비서 중 한 명인 돈 발레리오 데 루나라는 스물다섯 살짜리 기사가 이네시아와 만나곤 하더니 이윽고 그녀를 사랑하게 되었다. 그는 자기 마음을 고백하고 열정적으로 사랑했으며, 사랑과 젊음이 불러일으킨 온 격정을 다해 자신의 목표물을 쫓아다녔다. 욕망에 끌리는 대로 하면 안 될 이유가 있던 이네시아는 그의 열정을 자제시키려면 어찌해야 할지 몰랐다. 하지만 그녀는 어느 날 방법을 찾아냈다. 그래서 그 젊은이를 자기 서재에 들르게 한 다음, 탁자 위에 있는 추시계를 보여 주며 말했다. "지금이 몇 시인지 보세요. 내가 이 비슷한 시간에 태어난 지 오늘로 65년이 되었어요. 진심으로, 내 나이에 연애를 한다는 것이 가당키나 하겠어요? 정신 차려요, 젊은이. 당신에게나 나에게나 적절치 못한 감정을 억누르세요." 이 분별 있는 말에 대해 기사는 이성(理性)의 권위를 더 이상 인정하지 않고, 복받치는 감정에 따라 움직이는 사람처럼 아주 맹렬히 부인에게 대답했다. "잔인한 이네시아, 그런 경박스런 술책을 쓰시는 겁니까? 그런다고 내가 부인을 달리 볼 수 있을 거라고 생각하십니까? 그토록 잘못된 기대는 갖지 마세요. 내 눈에 보이는 당신이 어떠하건, 또는 어떤 매력이 내 눈을 속이건 간에, 나는 당신을 계속 사랑할 겁니다." 그러자 그녀가 말했다. "그렇다면! 당신이 꽤 끈질겨서 그런 정성으로 나를 피곤하게 만들려는 생각을 버리지 않으니, 이제 당신에게는 내 집의 문을 열어 주지 않으렵니다. 내 집에 오는 것을 당신에게 금지하겠어요. 그리고 내 앞에도 절대로 나타나지 마세요."

그러고 났으니 당신들은 아마도 돈 발레리오가 방금 들은 말에 당황하여 점잖게 물러났을 거라고 믿을 테지만, 그 반대로 그는 더할 수 없이 성가시게 굴었다. 사랑은 포도주가 술꾼들에게 초래하는 것과 같은 효과를 낸다. 그 기사는 간청하고 흐느꼈으며, 갑자기 열렬히 애원하더니, 다른 방식으로는 얻을 수 없을 것을 강압적으로 얻으려 했다. 하지만 이네시야는 용감히 그를 밀치며 성난 태도로 말했다. "그만해요! 무모한 사람 같으니라고. 당신의 미친 열정에 내가 제동을 걸어야겠어. 당신은 내 아들이니까."

돈 발레리오는 그 말에 어안이 벙벙해졌다. 그는 난폭하던 동작을 멈추었다. 그러나 이네시야가 그렇게 말한 것은 오로지 그의 독촉을 면하기 위해서일 뿐이라고 생각하며 그녀에게 대답했다. "부인은 지금 내 욕망을 피하기 위해 이야기를 지어내시는 겁니다." 그러자 그녀가 그의 말을 가로막았다. "아니, 아니라오. 당신이 나로 하여금 이런 말을 하도록 밀어붙이지 않았다면, 내가 여전히 감춰야 했을 비밀이라오. 이제 그 비밀을 밝혀 주겠소. 26년 전 나는 당신의 아버지인 돈 페드로 데 루나를 사랑했다오. 그분은 당시 세고비아의 총독이었지. 우리 사랑의 결실로 당신이 태어났다오. 그분은 당신을 아들로 인정하고, 정성껏 키우게 했소. 그분에게는 다른 자식이 없었던 데다가 당신의 훌륭한 자질들 때문에 그는 당신에게 재산을 남겨주기로 결정했다오. 내 쪽에서는 당신을 그냥 내버려 둘 수가 없어서, 당신이 사교계에 들어오자마자 내 집으로 끌어들인 거라오. 신사가 되는 데 필요하고, 혼자 사는 여인들이 젊은 기사에게 가르쳐 줄 수 있는 예법을 깨우치게 해주려고 그런 거라오. 마침내 어머니가 아들의 눈길을 끄는 것이 당연하듯, 나는 당신의 관심을 사게 되었지. 이러하니, 이제 결정을 내리시오. 당신이 감정을 정화하고 나를 오로지 어머니로만 볼 수 있다면, 당신이 내 앞에 나타나는 것을 금하지 않고, 내가 여태까지 당신에 대해 가졌던 애정을 온전히 갖게 될 거요. 하지만 당신이 자연과 이성이 요구하는 그런 노력을 할 수 없다면, 지금 이 순간부터 도망쳐서, 그런 당신을 보는 끔찍함으로부터 나를 해방시켜 주시오."

이네시야가 그렇게 말하는 동안, 돈 발레리오는 음울한 침묵을 지키고 있었다. 마치 온 정신력을 동원하여 이제 곧 자신을 이겨 낼 것처럼 보였다. 그는 다른 계획을 생각했고, 어머니에게 아주 다른 광경을 보일 준비를 했다. 그의 행복을 가로막는 그 뛰어넘을 수 없는 장벽 때문에 마음을 달랠 길이 없자, 비겁하게 절망에 빠져서 자신의 검을 빼내어 자기 가슴을 찔렀던 것이다. 그는 또 다른 오이디푸스처럼 자신을 처벌했다. 테베 사람 오이디푸스가 죄를 저지른 것에 대한 회한으로 눈이 멀어 버린 반면, 이 카스티야 젊은이는 죄를 저지를 수 없는 괴로움 때문에 자신을 찌른 것이다.

불행한 돈 발레리오가 자신을 검으로 찌른 것 때문에 당장 죽지는 않았다. 정신을 차려서 스스로 자신의 생명을 없애려 한 일에 대해 하늘에 용서를 구할 시간은 있었다. 이렇게 그가 죽음으로써, 레르마 공작의 집에 비서 자리가 하나 남게 되었고, 화재 때 내가 올린 보고서와 나에 대한 칭찬을 잊지 않고 있던 레르마 총리대신이 돈 발레리오를 대체할 사람으로 나를 선택한 것이다.

2

|

질 블라스가 레르마 공작에게 소개되어
공작의 비서들 중 하나로 채용되고,
업무를 통해 공작을 만족시키다

그 기분 좋은 소식을 내게 전해 준 사람은 몬테세르였다. 그는
내게 말했다. "이보게, 친구, 내가 자네를 잃게 되어 아쉽긴 하지만
자네를 너무 좋아하므로, 자네가 돈 발레리오의 자리를 이어받게 된
것이 너무나 좋네그려. 자네는 필시 운이 좋을 거야. 내가 자네에게
줘야 할 충고 두 가지를 따르기만 한다면 말일세. 그 첫 번째는 총리
대신에게 아주 충성을 다하는 모습을 보여서 자네가 그에게 전적으로
헌신한다는 것을 의심하지 않게 해야 한다는 것이고, 두 번째는 돈 로
드리게스 데 칼데론에게도 잘해야 한다는 것일세. 왜냐하면 칼데론
이 주인의 마음을 물렁한 양초처럼 주무르고 있으니 말이야. 총리대
신이 총애하는 그 비서의 호의를 자네가 다행히 얻게 된다면, 자네는
얼마 안 되어 승승장구하게 될 걸세."

나는 그의 좋은 의견에 대해 감사하고 나서 말했다. "나리, 돈 로드
리게스가 어떤 성격인지 알려 주십시오. 제가 바깥에서 그에 관한 애

기를 몇 번 들었는데, 꽤 나쁜 인물인 것처럼 말들 하던데요. 하지만 저는 서민들이 궁정 사람들에 대해 하는 말들을 불신하는 편입니다. 그들이 때로는 건전하게 말한다 해도 말입니다. 그러니 제발 나리께서 그 칼데론 씨에 대해 생각하시는 바를 말해 주세요." 그러자 집사장은 짓궂은 미소를 지으며 대답했다. "자네는 지금 민감한 사안을 말해 달라고 하는 거라네. 자네가 아닌 다른 사람에게라면 칼데론에 관해 아주 점잖은 신사이며 더 이상 좋게 말할 수 없는 사람이라고 얘기했을 걸세. 하지만 자네에게는 솔직해지고 싶네. 자네를 몹시 조심성 있는 청년이라고 믿을 뿐만 아니라, 자네에게는 돈 로드리게스에 관해 마음을 터놓고 얘기해야 할 것 같구먼. 내가 자네에게 그를 잘 관리하라고 충고했으니 말일세. 그러지 않으면 자네에게 절반만 친절한 것이 될 테니까."

그러더니 말을 계속했다. "총리대신이 아직 돈 프란시스코 데 산도발이라는 이름만 지니고 있을 시절에 칼데론은 단순히 그의 하인이었다가, 점차적으로 수석비서 자리에 도달했다는 것을 자네는 알게 될 걸세. 그는 더할 수 없이 자부심에 차 있었지. 그는 자신을 레르마 공작의 동료쯤이라도 되는 듯 여겼고, 사실상 총리대신의 권위를 함께 나눠 가지는 것만 같았지. 자기 마음대로 공직이나 총독 자리를 주게 했으니 말일세. 그 점에 대해 대중은 자주 투덜대지만 정작 그는 거의 염려하지 않는다네. 어느 사안에서든 그저 뇌물만 받아내고 나면 흠을 잡는 사람들에 대해서는 별로 신경 쓰지 않거든." 그러더니 돈 디에고는 덧붙였다. "내가 방금 한 얘기를 통해 자네도 그토록 교만한 인간에게 어떤 태도를 취해야 할지 감이 잡힐 걸세." 그래서 내가 말했다. "오! 물론이죠. 두고 보세요. 제가 어떻게 하는지. 제가 그의 호감을 얻지 못하면 큰 화가 미치겠죠. 잘 보여야 할 상대의 결점을 알고 있는데도, 성공하지 못한다면 아주 서투른 인간일 수밖에 없어요." 그러자 몬테세르가 대꾸했다. "그렇다면 자네를 레르마 공작에게 당장 소개해 주겠네."

우리는 즉각 총리대신의 집으로 갔다. 총리대신은 큰 방에서 사람들을 접견하고 있었다. 왕을 접견하는 사람들보다 더 많이 있었다. 산티아고와 칼라트라바의 기사들도 눈에 띄었는데, 그들은 총독 자리나 부왕 자리를 청원하고 있었다. 자기 교구에서 잘 지내지 못하는 주교들은 그저 환경을 바꾸기 위해 대주교가 되고 싶다고 했고, 성 도미니크 수도회나 성 프란시스코 수도회의 선량한 신부님들은 겸손히 주교직을 요청했다. 친칠라 대장이 앞서 그랬던 것처럼 연금을 목이 빠져라 하염없이 기다리는 퇴역 장교들도 보였다. 공작은 그들이 원하는 바를 만족시켜 주지 못할지라도 최소한 그들의 청원서를 상냥하게 받아 주기는 했으며, 대화 상대자에게 매우 예의 바르게 대답한다는 것을 나는 느꼈다.

우리는 공작이 그 모든 탄원자들을 돌려보낼 때까지 참을성 있게 기다렸다. 다 돌아가자 돈 디에고가 그에게 말했다. "여기 이 청년이 바로 질 블라스입니다. 총리대신님께서 돈 발레리오의 자리에 대체시키시려고 선택하신 바로 그 젊은이입니다." 이 말에 공작은 내게 눈길을 던지더니 내가 그에게 해주었던 일을 통해 이미 그 자리를 얻을 자격이 있노라고 친절하게 말했다. 그런 다음 나하고 단둘이 얘기하기 위해, 아니 그보다는 대화를 통해 내 지적 능력을 판단해 보기 위해 나를 자기 서재로 데리고 갔다. 그는 우선 내가 누구인지, 그때까지 어떤 생활을 이끌었는지 알고 싶어 했다. 심지어 진실하게 얘기하라는 요구까지 했다. 세상에, 내가 겪은 그 일들을 얘기하라니! 스페인 총리대신 앞에서 거짓말을 할 수는 없어 보였다. 다른 한편, 내가 겪은 일들을 얘기하다 보면, 자존심이 상할 것 같아서 전부 다 고백하겠다는 결심은 할 수가 없었다. 그 당혹스러움에서 어떻게 빠져나와야 한단 말인가? 있는 그대로 말하면 질겁하게 만들 것 같은 부분에서는 진실을 미화하기로 했다. 하지만 나의 온갖 기교에도 불구하고 그는 진실을 꿰뚫어 보았다. 내가 얘기를 마치자 그가 미소 지으며 말했다. "산티아나 씨, 내 보기에 당신은 다소간 '피카로'(악당) 였던 것 같은데 …" 그래서 내가 얼굴을 붉히며 대답했다. "각하, 각하께서 제게 진실하라고 지시하셨고, 저는 그저 따랐을 뿐입니다." 그러자 그가 대꾸했다. "그래서 너에게 고맙구나. 자, 애야, 너는 헐값에 면제받은 거다. 나쁜 표본이 너를 완전히 망가뜨리지 않았다는 것이 놀랍구나. 운세가 그런 시련들에 놓이면 점잖았던 사람들도 얼마나 많이 굉장한 사기꾼이 될지 모르는 터에 …."

그러더니 말을 계속했다. "이 친구야, 과거는 더 이상 떠올리지 말거라. 산티아나, 너는 이제 왕을 섬기는 사람이고, 지금부터는 왕을 위해 바빠질 거라는 점을 유념해라. 너는 나만 따라오면 된다. 너의 업무가 어떤 건지 가르쳐 주마." 그는 자신의 집무실과 연결되어 있는 작은 집무실로 나를 데려갔다. 그 방의 선반들에는 스무여 권의 몹시 두꺼운 2절판 문집들이 있었다. 그가 말했다. "바로 여기가 네가 일할 곳이다. 네가 보고 있는 이 모든 문집들은 스페인 군주국의 왕국들과 공국들에 있는 모든 귀족 가문들을 총망라한 사전이다. 각 권마다 알파벳 순서로 왕국의 모든 귀족의 약사(略史)를 담고 있으며, 그 역사 속에는 그들과 그들의 조상들이 국가에 공헌한 공적과 그들에게 일어난 명예에 관한 문제들이 상세히 적혀 있다. 그들의 선행, 품행, 한마디로 모든 장단점들도 거기에 언급되어 있다. 그래서 그들이 궁정에 특사(特賜)를 요청하러 올 때면 그것을 받을 자격이 있는지 아닌지 한눈에 알 수 있단다. 그 모든 것들을 정확히 알기 위해, 나는 연금수령자들을 사방에 포진해 놓고 있다. 그들은 정보를 수집해서 보고서를 통해 내게 알려 주는 일을 맡고 있다. 하지만 그 보고서들은 산만하고 촌스러운 말버릇들로 가득 차 있어서, 제대로 작성하고 잘 다듬어야 한다. 왜냐하면 왕께서 가끔씩 그 문집들을 읽어 달라고 하시기 때문이다. 깔끔하고 간결한 문체를 요하는 그 일에 바로 당장 너를 채용하고 싶은 거다."

그는 그렇게 말하면서, 종이들이 잔뜩 들어 있는 커다란 서류철에서 보고서 하나를 꺼내더니 내 손에 쥐여 주었다. 그러고 나서는 내 집무실에서 나갔다. 내가 자유롭게 시도해 보도록 혼자 있게 놔둔 것이다. 그 보고서를 읽어 보았더니 내가 보기에도 엉망진창일 뿐만 아니라, 감정들이 너무 실린 용어들로 꽉꽉 채워져 있었다. 그런데 그 것을 작성한 사람은 솔소나시(市)의 수도사였다. 그 수도사는 보고서에서 카탈루냐의 한 훌륭한 가문을 무자비하게 헐뜯어 놓았다. 그가 진실을 말하는지 아닌지는 아무도 모른다! 나는 중상모략적인 비방문을 읽는 것만 같았다. 그래서 우선은 그런 일을 하는 것이 망설여졌다. 어떤 중상모략의 공범이 될까 봐 염려되어서였다. 하지만 나는 궁정에서 완전히 신참이었으므로, 그 성직자 영혼의 위험과 운수를 함께 무릅썼다. 공정치 못한 것이 있으면 그 모든 것은 그 성직자의 탓으로 돌리고, 어쩌면 점잖았을 두세 세대를 아름다운 카스티야 문장들로 모욕하기 시작했다.

너덧 페이지를 이미 해놓았을 때 공작은 내가 어떻게 하고 있는지 알고 싶어 안달이 나서 다시 와 말했다. "산티아나, 네가 한 일을 보여 주거라. 그걸 보고 싶구나." 그는 내가 한 일을 보면서 시작 부분을 매우 주의 깊게 읽었다. 그가 매우 만족스러워하는 것 같아서 나는 놀랐다. 그가 말했다. "내가 너에 대해 미리 호감을 갖고 있어서 그런지, 고백건대 너는 내 기대를 뛰어넘었다. 내가 원하던 대로 아주 깔끔하고 명확하게 썼을 뿐만 아니라, 문체가 가볍고 경쾌한 것 같구나. 필치 면에서 너를 선택한 것이 잘한 일이라는 것을 네가 잘 증명해 주었고, 네 전임자를 잃은 것에 대해서도 네가 위로를 준 셈이다." 그때 그의 조카인 레모스 백작이 그곳에 오는 바람에 그는 말을 중단하게 되었다. 그렇지 않았다면 하염없이 칭찬했을 것이다. 총리대신은 조카를 여러 차례 포옹하였다. 그가 조카를 맞이하는 태도로 보아 그 조카를 몹시 사랑한다는 것을 알 수 있었다. 그들은 가족 문제로 비밀리에 대화하기 위해 둘 다 틀어박혔다. 무슨 사안인지는 다음에 얘기하겠다. 총리대신은 그때 왕의 문제들보다 그 집안 문제에 더 몰두해 있었다.

그들이 함께 있는 동안 정오를 알리는 종소리가 들렸다. 비서들이나 서기들은 그 시간에 사무실을 나가 자기 마음에 드는 곳으로 점심식사를 하러 간다. 나는 그것을 알고 있었기에 거기에 내 걸작을 놔두고 몬테세르 댁이 아니라 궁궐 구역의 가장 유명한 음식점으로 갔다. 왜냐하면 몬테세르가 내 급료를 이미 지불했고, 작별인사도 벌써 다 했기 때문이었다. "이제 너는 왕에 속해 있다는 것을 유념하라." 공작이 내게 했던 이 말은 매 순간 내 정신 속에서 움트는 야망의 씨앗이었다.

3

질 블라스는 자기 직책에 불쾌한 점이 없지 않음을 알게 되다
이로 인한 염려와 처신

나는 음식점에 들어가면서 주인에게 내가 총리대신의 비서라는 것을 굳이 알려 주었다. 그리고 그 자격으로 내 점심 식사를 준비해 달라는 지시만 했다. 그리고 어떤 음식을 먹을지 지정해 주면 돈을 아끼는 것처럼 보일까 봐 그에게 알아서 내오라고 했다. 그는 내게 좋은 음식을 내주었고, 특별히 존중하는 티를 내며 대접했다. 나는 맛있는 음식보다 그런 특별한 대우가 훨씬 더 좋았다. 음식값을 지불할 때는 테이블에 1피스톨라를 던져 놓고 나서 내가 돌려받아야 할 거스름돈이 최소한 그 금액의 4분의 1은 되지만, 하인들을 위해 남겨 두었다. 그런 후 자기 자신에 대해 흡족해하는 젊은이처럼 가슴을 딱 벌리며 음식점에서 나왔다.

거기서부터 스무 걸음쯤 떨어진 곳에 가구 딸린 큰 호텔이 있었는데, 그곳에는 보통 외국 귀족들이 묵었다. 나는 거기에 가구가 잘 갖춰진 대여섯 개의 공간으로 구성된 아파트를 하나 빌렸다. 나한테 벌

써 2천 내지 3천 두카도의 정기적인 수입이 있는 것만 같았으니까. 그래서 심지어 첫째 달 월세를 선불하기까지 했다. 그런 후 일터로 돌아가서 아침에 시작했던 일에 오후 내내 매달렸다. 내 집무실 옆의 집무실에는 다른 비서들이 두 명 있었다. 하지만 그들은 공작이 베껴 쓰라고 직접 가져다 준 것을 정서할 뿐이었다. 나는 그날 저녁 집무실에서 나오다가 그들과 통성명을 하였고, 그들과 친해지려고 낮에 갔던 음식점에 그들을 데려가서, 최고의 제철 음식들과 최고로 좋은 포도주들을 주문했다.

우리는 식탁에 앉아서 지적인 대화보다는 유쾌한 대화를 나누기 시작했다. 왜냐하면 그들을 올바르게 판단해 보니, 사무실에서 그들이 차지하고 있는 자리들은 그들의 재능 덕분이 아니라는 것이 곧 드러났기 때문이다. 사실상 그들은 문학도 잡다하게 대충 알고 있었다. 하지만 대학들에서 가르치는 지식에 관해서는 아주 피상적인 것조차 아는 것이 전혀 없었다.

반면, 그들은 자잘한 이익에 관한 것은 대단히 잘 터득하고 있었다. 그리고 총리대신과 일하게 된 영예로움에 별로 취해 있는 것 같지 않았다. 자기네 처지에 대해 한탄했으니 말이다. 한 사람이 말했다. "큰 희생을 치르며 이 일을 하기 시작한 지 벌써 5개월이 되었다네. 우리는 한 푼도 손에 쥐지 못했고, 가장 나쁜 점은 우리 급료가 정해지지 않았다는 사실이지. 우리가 어떤 지위로 있는 것인지도 모르겠어." 그러자 다른 비서가 말했다. "나는 급료를 받을 수만 있다면 채찍으로 스무 대라도 맞고 다른 데로 갈 수 있게 해주면 좋겠어. 왜냐하면 그렇게 비밀스런 것들을 직접 쓰면서 접하게 되었으니 나 스스로 물러나겠다거나 그만두겠다는 말을 차마 못하겠는 거야. 세고비 아탑이나 알리칸테성에 갇히게 될지도 모르니까 … ."

그래서 내가 그들에게 말했다. "그럼 어떻게 먹고사시는 건가요? 재산이 있으신가 보네요?" 그들은 재산이라고는 아주 조금 있지만, 다행히 외상으로 살게 해주고 1년에 각자 1백 피스톨라만 내면 먹여 주기도 하는 정숙한 과부의 집에서 묵고 있다고 말했다. 내가 단 한 마디도 놓치지 않고 들은 그 모든 얘기는 내 교만한 허영을 즉각 꺾어 버렸다. 그리고 사람들이 나에 대해 특별히 더 관심을 기울이지는 않을 것이 분명하므로 애초에 생각했던 것보다 덜 안정된 그 일자리에 그리 현혹되지 말아야 하며, 갖고 있는 돈을 반드시 절약해야 한다는 생각이 들었다. 그런 생각들을 해봤자 그날 저지른 돈 낭비는 만회할 수 없었다. 나는 그 비서들을 거기 데려간 것을 후회했고, 식사가 얼른 끝나기만 바랐다. 계산을 해야 했을 때, 나는 음식점 주인과 머릿수대로 치러야 할 금액 때문에 말다툼을 했다.

내 동료들과 나는 자정에 헤어졌다. 내가 그들에게 한잔 더 하자고 조르지 않았기 때문이다. 그들은 그 과부댁으로 갔고, 나는 내 훌륭한 아파트로 갔다. 그 순간 그 아파트를 빌린 것에 대해 화가 치밀었고, 그달 말이 되면 거기를 떠나기로 작정했다. 훌륭한 침대에 누워봤자 아무 소용없었고, 불안해서 잠을 이룰 수가 없었다. 나머지 밤 동안은 왕을 위해 무상으로 일하지 않을 방법에 관해 꿈을 꾸며 보냈다. 아침이 되자 나는 돈 로드리게스 데 칼데론에게 인사하러 가려고 일어났다. 아주 오만한 남자를 만나러 가는 것 같은 그런 기분이었다. 나는 그가 필요하다고 느꼈다. 그러므로 그 비서의 집으로 갔다.

그의 집은 레르마 공작의 집과 통해 있었고, 웅장함 면에서도 동등했다. 가구들만 봐서는 주인과 하인을 구분하기 힘들 정도였다. 내가 돈 발레리오의 후임이라고 알린 덕분에 대기실에서 한 시간 이상 기다리지 않아도 되었다. 그러는 동안 나는 속으로 말했다. '새로 온 비서님, 인내하십시오. 당신이 다른 사람들을 오래 기다리게 할 수 있기 전에 바로 당신이 그렇게 기다리게 되는 거요.'

그때 방의 문이 열렸다. 나는 들어가서 돈 로드리게스에게 다가갔고, 그는 자신의 매력적인 시레나에게 방금 쓴 연애편지를 페드리요에게 주고 있던 터였다. 나는 그라나다 대주교 앞에서도, 갈리아노 백작 앞에서도, 심지어 총리대신 앞에서도 그렇게 공손한 적이 없었을 만큼 매우 공손히 칼데론 나리 앞에 나섰다. 고개가 땅에 닿을 정도로 숙여서 인사를 했고, 지금 생각하면 수치스러운 표현을 쓰면서 그에게 비호를 요청했다. 그 정도로 순종적으로 말했던 것이다. 상대가 만약 덜 오만한 사람이었다면, 나의 비굴함을 오히려 나쁘게 생각했을 것이다. 그런데 칼데론은 굽실거리는 내 태도와 아주 잘 맞아서, 심지어 꽤 교양 있는 태도로 말했다. 나를 기쁘게 해줄 기회를 결코 놓치지 않을 거라고 ….

그래서 나는 그의 호의 표시에 대해 매우 열렬히 감사를 표시하며 영원한 충성을 맹세했다. 그러고 나서 행여 그를 불편하게 할까 봐 염려되어, 내가 그의 중요한 일을 중단케 한 것은 아닌지 죄송하다고 말하면서 그 집을 나왔다. 그런 비열한 교섭을 하고 난 즉시 나는 내 집무실로 가서 맡겨진 일을 마쳤다. 공작은 어김없이 오전에 거기에 왔다. 그는 처음에 만족했던 것 못지않게 내 일의 마무리에 대해서도 만족했다. "잘했어. 이제는 카탈루냐 문집에 관한 약사를 최선을 다해 직접 써보게. 그런 후에는 서류철에서 다른 보고서를 꺼내어 같은 방식으로 작성해 보게." 나는 총리대신과 꽤 길게 대화를 나눴고, 그의 부드럽고 친근한 태도에 매료되었다. 칼데론과 어찌나 다른지! 정말로 대조적인 인물들이었다.

나는 그날 제대로 된 가격에 식사할 수 있는 여인숙으로 갔고, '익명으로' 매일 그곳으로 가기로 작정했다. 칼데론에 대한 나의 아첨과 융통성이 효력을 발휘하는 것이 보일 때까지는 그러기로 했다. 내게는 기껏해야 석 달 쓸 수 있는 돈밖에 없었다. 그래서 그 기간 동안만 일해 보기로 했다. 그 일과 연관된 사람에게는 안된 일이지만, (미친 짓은 짧을수록 좋으므로) 만약 급료를 전혀 받지 못한다면 그 후 궁정과 그 번지르르한 겉치레를 버리기로 작정했다. 그래서 계획을 세웠다. 나는 칼데론의 마음에 들기 위해 두 달 동안은 아무것도 아끼지 않았다. 하지만 내가 이루고자 하는 바를 위해 그에게 아무리 공을 들여봤자 정작 그는 신경도 안 썼다. 그래서 나는 바라는 바를 이룰 가망이 없을 것 같아 낙망했다. 이윽고 나는 그에 대한 태도를 바꾸었다. 그리고 그의 환심을 사려는 짓은 그만두고, 공작과 대화를 나누게 될 때마다 그 기회를 유리하게 이용하는 것에만 오로지 전념했다.

4

질 블라스는 레르마 공작의 총애를 얻고,
공작은 그에게 중요한 비밀을 털어놓다

말하자면, 총리대신이 매일 내 눈앞에서 나타났다가 사라져 버리기만 했는데도, 나는 어느새 그로 하여금 나를 아주 마음에 들도록 만들었기에 어느 오후에 그가 이렇게 말했다. "질 블라스, 나는 자네 같은 정신을 가진 성격이 좋네. 그래서 자네에게 호감이 가네. 자네는 열성적이고 충실하며, 아주 똑똑하고 신중하네. 내가 그런 인물을 신뢰하는 것이 잘못이라고 생각하지 않네." 이 말을 들었을 때 나는 그의 발아래 몸을 던지고, 그가 나를 일으키려고 뻗은 손에 공손히 입을 맞춘 뒤 그에게 대답했다. "각하께서 그렇게 큰 호의로 저를 영예롭게 해주시다니, 이런 일이 있을 수 있는 건가요? 각하의 친절은 저에게 비밀스런 적들이 생기게 할 겁니다! 하지만 저를 증오할까 봐 두려운 대상은 단 한 명뿐입니다. 바로 돈 로드리게스 데 칼데론입니다."

그러자 공작이 대꾸했다. "그 점에서는 아무것도 두려워할 필요가 없네. 나는 칼데론을 아네. 그는 어릴 적부터 내게 충성했어. 그의 감정이 내 감정과 아주 일치하여, 내가 좋아하는 것은 그가 뭐든지 소중히 여기고, 내 마음에 들지 않는 것은 다 증오한다네. 그가 너에 대해 반감을 가질까 봐 두려워할 게 아니라, 오히려 그의 우정에 기대어야 하네." 이로써 나는 돈 로드리게스가 영악하게 교활한 자이고, 총리대신의 마음을 장악하고 있으며, 나는 그에게 반드시 절도를 지켜야 한다는 것을 알게 되었다.

공작은 말을 계속했다. "이제부터 자네에게 내 비밀을 터놓겠네. 그러려면 내가 궁리하고 있는 계획부터 말해야 하네. 내가 자네에게 맡기려는 임무를 이행하려면 그게 무엇인지 자네가 알 필요가 있네. 이미 오래전부터 내 권위는 대체적으로 존중되어 내 결정들이 맹목적으로 집행되었네. 그래서 나는 직무, 채용, 관할, 총독직, 특전 등을 내 마음대로 결정했지. 감히 말하자면, 나는 스페인을 지배하고 있는 거라네. 그런데 이 행운을 더 이상 멀리 밀어붙일 수가 없어. 하지만 서서히 나를 위협하기 시작하는 폭풍들로부터 내 운세를 보호하고 싶네. 그러기 위해 내 조카인 레모스 백작을 내 후계자로 삼아 내각에 두고 싶네."

그 장관은 말을 하다가 이 지점에서 내가 극도로 놀라는 것을 보고는 말했다. "잘 아네, 산티아나, 자네가 왜 놀라는지 잘 알아. 내 친아들인 우세다 공작을 제쳐두고 조카를 선호하는 것이 몹시 이상할 테지. 하지만 내 아들은 내 자리를 차지하기에는 재능이 너무 부족하고, 게다가 나와 적대관계에 있네. 그는 왕의 마음에 드는 비결을 알아냈고, 왕은 그를 총애하는 신하로 만들고 싶어 하는데, 바로 그 점을 나는 참을 수가 없어. 군주의 총애는 열렬히 사랑하는 여인을 소유하는 것과 비슷하거든. 다른 사람들이 너무 질투하는 행복이라서, 피나 우정을 통해 하나로 묶여 있다 해도 경쟁자와 그 행복을 나누겠다고 작정할 수가 없다네."

그러더니 계속했다. "내가 여기서 자네에게 내 마음속을 보여 주겠네. 나는 우세다 공작을 왕의 마음속에서 쫓아내려는 시도를 이미 했다네. 그런데 그 일에 성공하지 못했으므로, 다른 작전을 세웠다네. 레모스 백작이 스페인 왕자의 환심을 사게 되기를 바라는 걸세. 그는 왕자의 시종이 되어 아무 때나 왕자와 말할 기회를 갖고 있다네. 그는 똑똑할 뿐만 아니라, 그가 그 계획을 성공시킬 확실한 방법을 내가 알고 있지. 이 책략을 통해 나는 내 아들과 조카를 대립시킬 걸세. 사촌간인 그들 사이에 분열이 생기게 할 거야. 그러면 그들은 둘 다 나의 지지를 얻으려 들겠지. 그들이 나를 필요로 하게 되면 둘 다 나에게 순종적이 될 걸세." 그러더니 덧붙였다. "자, 그것이 나의 계획이네. 자네의 중개가 소용없지 않을 걸세. 내가 레모스 백작에게 비밀리에 보내려는 사람이 바로 자네라네. 그리고 자네는 레모스 백작이 내게 전하려는 모든 전갈을 내게 와서 보고해야 하네."

그 비밀 얘기를 듣고 나자 나는 더 이상 불안하지 않았고, 그 비밀이 맞돈처럼 여겨졌다. 나는 생각했다. '드디어 나한테 주르륵 쏟아지겠구나. 황금이 비처럼 내릴 거야. 스페인 왕국을 지배하는 사람의 심복은 금세 재화로 가득해질 수밖에 없지.' 나는 그렇게 달콤한 기대에 부풀어서 거의 다 떨어져 가는 내 불쌍한 돈주머니를 무심한 눈길로 바라보았다.

5

질 블라스는 기쁨과 영광의 절정에 놓이다가,
비참함의 극치에 달하게 되다

총리대신이 나를 총애한다는 사실을 얼마 안 되어 다른 사람들
이 눈치챘다. 그는 회의를 하러 갈 때면, 그전에는 자신이 직접 들고
가던 서류철을 이제는 내게 맡김으로써 공개적으로 그런 티를 냈다.
그 새로운 현상은 다른 이들로 하여금 마치 그가 나를 총애하는 것처
럼 여기게 하여, 여러 사람의 질투를 자극했다. 그리고 이 때문에 나
는 인사치레를 받곤 했다. 나와 함께 일하는 비서들도 질세라 나의 향
후의 영광에 대해 찬사를 늘어놓았고, 자기네 과부 하숙집에 나를 초
대하기도 했다. 되갚아 주기 위해서라기보다는 나중에 도움을 얻기
바라는 기대에서 그랬다. 그리고 사방에서 나를 반겼다. 교만한 돈
로드리게스조차 나를 대하는 태도를 바꾸었다. 여태까지 그는 귀족
들을 대할 때 쓰는 용어를 나한테는 결코 사용하지 않고 그저 '당신'이
라고만 취급했는데, 이제는 늘 '데 산티아나 씨'라고 불렀다. 게다가
내게 온갖 예의를 다 차렸고, 특히 우리들의 주인이 눈에 띌 때면 더

그랬다. 하지만 여러분에게 확언하건대, 나는 멍청이가 아니다. 나는 그를 증오하는 만큼 그의 인사치레에 더더욱 예의 바르게 응대했다. 궁정에서 평생을 보낸 사람이라 하더라도 나보다 더 예의를 차릴 수 없을 만큼 그랬다.

게다가 나는 내 주인인 공작이 왕을 알현하러 갈 때 함께 가곤 했는데, 그 일은 보통 하루에 세 번씩 있었다. 아침에는 전하가 잠에서 깼을 때 전하의 방으로 들어갔다. 공작은 왕의 침대 머리맡에 무릎을 꿇고서 그날 왕이 해야 할 일에 대해 얘기를 나누고, 왕이 해야 할 말을 구술해 주었다. 그러고 나서 물러났다. 왕이 점심을 먹은 후에도 공작은 즉각 왕에게 갔다. 업무에 관해 얘기하려는 것이 아니었다. 그때는 그저 즐거운 얘기만 건넸다. 그는 마드리드에서 일어난 온갖 재미있는 사건들을 왕에게 들려주며 흥겹게 해주었기에, 왕은 그런 사건들을 늘 제일 먼저 알았다. 마지막으로 저녁에는 세 번째로 왕을 알현하여 자기 기분 내키는 대로 그날 자기가 한 일에 대해 보고하고, 다음 날을 위한 지시들을 사무적으로 물어보았다. 공작이 왕과 함께 있는 동안, 신임을 얻으려 애쓰는 귀족들도 그 곁에 있었는데, 그들은 나하고까지 대화하고 싶어 했다. 그들은 내가 그들의 대화에 끼어들려 하면 몹시 좋아했다. 그런 판국이니, 어찌 내가 나 자신을 중요한 사람으로 여기지 않을 수 있었겠는가? 그러지 않아도 자신을 그렇게 여기고 있는 사람들이 궁정에는 잔뜩 있는데 ….

어느 날 나는 더 큰 허영심을 가질 만했다. 공작이 왕에게 내 문체에 대해 매우 좋게 얘기해 주어서 왕이 그 샘플 하나를 보고 싶어 했다. 총리대신은 나더러 카탈루냐 문집을 챙기라고 한 뒤 나를 왕 앞에 데리고 가서 내가 작성한 첫 번째 보고문을 읽으라고 했다. 군주 앞이라 처음에는 당황하였으나, 총리대신이 함께 있어서 곧 안심이 되었고, 곧이어 내가 쓴 보고서를 낭독했다. 전하는 들으면서 즐거워했다. 그래서 나에 대해 만족스럽다고 표현했고, 심지어 총리대신에게 내 형편을 잘 돌봐 주라는 말까지 했다. 내가 이미 갖고 있던 자만심이 이 일로 인해 줄어들 리 없었고, 며칠 후 레모스 백작과 나눈 대화는 내 머릿속을 야심 찬 생각들로 꽉 채우게 하고야 말았다.

나는 레모스 백작 삼촌의 지시로 그 백작을 만나러 스페인 왕자의 집으로 가서, 백작에게 신임장을 내보였다. 공작은 그 신임장에서 내가 그들의 계획을 전부 다 알고 있으니 내게 터놓고 얘기할 수 있다고 백작에게 알렸던 거다. 그리고 내가 그들 사이에서 전령 노릇을 할 거라는 점도 알려 주었다. 백작은 그 편지를 읽고 나서 나를 어느 방으로 데려가더니 다른 사람들은 다 내보내고 나서 내게 다음과 같이 말했다. "당신이 레르마 공작의 신임을 받고 있으니 그럴 만한 자격이 있으리라 믿어 의심치 않소. 나 또한 어렵지 않게 당신을 신뢰할 것이오. 그러니 사태는 더할 나위 없이 잘 진행된다는 것을 당신은 알게 될 거요. 스페인 왕자는 그에게 충성하고 그의 마음에 들려고 애쓰는 모든 귀족 중에서 나를 특히 눈여겨보고 있소. 오늘 아침에는 그와 따로 대화를 나누기도 했소. 왕의 인색함 때문에 왕자는 자기가 너그러이 베풀고 싶을 때도 그럴 수가 없고, 심지어 왕자로서 해야 할 적절한 지출마저 하지 못해서 침울한 듯 보였소. 그래서 나는 그를 측은히 여기지 않을 수 없었고, 그때를 이용하여 그에게 다음 날 그가 기상하는 대로 우선 1천 피스톨라를 갖다주겠다고 약속하였소. 그리고 더 큰 금액을 곧 공급해 줄 수 있다고 호언장담하기도 했소. 왕자는 내 약속에 기뻐했다오. 그리고 내가 그 약속을 지킨다면 그의 호감을 살 것이 아주 분명하다오. 그러니 내 삼촌에게 가서 이 모든 정황을 말하고, 이에 관해 삼촌이 어떻게 생각하시는지 오늘 저녁에 다시 와서 알려 주시오."

나는 레모스 백작이 그 말을 마치자마자 곧바로 레르마 공작에게 갔다. 공작은 내 보고를 듣고는 칼데론에게 가서 1천 피스톨라를 요청하라고 나를 보냈다. 나는 그 돈을 저녁에 백작에게 갖다주면서 혼잣소리를 했다. '오, 오! 그 총리대신이 자기 계획을 성공시킬 수 있는 확실한 수단이 있다고 하더니 그것이 뭔지 이제야 잘 알겠군. 아무렴, 그의 말이 옳다. 그만한 돈을 퍼준다고 해서 그가 파산할 것으로 보이지도 않아. 그가 어느 금고들에서 그 돈을 빼낼지 쉽게 짐작이 가거든. 그래도 어쨌든 아버지가 조카보다는 아들을 돌봐줘야 하는 것이 온당치 않을까?' 레모스 백작은 나와 헤어질 때 아주 조그맣게 말했다. "안녕히 가시오, 우리의 친애하는 심복이여! 스페인 왕자는 여인들을 좀 좋아한다네. 자네와 내가 빠른 시일 내에 그 점에 관해 의논을 해봐야 할 걸세. 내가 자네의 협력을 곧 필요로 할 것으로 예상되네." 나는 이 말을 곰곰이 생각하며 돌아왔다. 그 말은 조금도 모호하지 않았고, 그래서 나는 몹시 기뻤다. 나는 생각했다. '맙소사, 내가 군주의 상속자의 전령이 되려나 보다!' 그것이 좋은 건지 나쁜 건지 점검해 보지도 않고, 그 바람둥이의 신분 때문에 도덕심이 흐트러진 것이다. 대공의 즐거움거리를 관리하게 되다니, 나로서는 대단한 영광이다! 사람들이 내게 "오! 대단히 잘생긴 질 블라스 씨, 이제 차관이 되는 일만 남았구려"라고 말할 테지. 나도 그 말에 동의한다. 하지만 사실상 장관이나 차관이나 둘 다 똑같이 영예로운 자리다. 거기서 얻는 이익만 다를 뿐이다.

나는 그 고귀한 임무들을 수행하면서, 그리고 날마다 총리대신의 환심을 더욱더 얻으면서, 더할 수 없이 아름다운 기대들과 함께, 야망이 나를 굶지 않게 해주었다면 얼마나 행복했을까! 내가 그 멋진 아파트를 처분하고 더없이 조촐한 작은 방에 살게 된 지도 두 달이 넘었다. 그로 인해 괴롭긴 했어도 아침에 일찍 나오고 밤이나 되어야 자러 들어가므로 그냥 참고 지냈다. 나는 온종일 나의 무대 위에 있으면서, 즉 공작의 집에 있으면서 귀족 역할을 했다. 하지만 나의 누추한 숙소로 물러났을 때 귀족은 사라져 버리고, 그저 돈도 없고, 게다가 돈을 벌기 위한 수단도 없는 불쌍한 질 블라스만 남을 뿐이었다. 누군가에게 내 궁핍을 드러내기에는 내 자존심이 너무 셌고, 게다가 나바로 말고는 나를 도와줄 만한 사람이 없었다. 그런데 나바로는 내가 궁정을 드나들기 시작한 이래 너무 소홀히 놔뒀기 때문에 차마 그에게 내 사정을 말할 수가 없었다. 나는 옷가지들을 하나씩 하나씩 팔아야 했다. 그래서 절대로 없어서는 안 될 옷들만 남았다. 평범한 식사도 할 돈이 없어서 식당에는 더 이상 가지 않았다. 그렇다면 어떻게 연명해 나갔을까? 매일 아침 우리 사무실들에는 아침 식사를 위해 작은 빵과 약간의 포도주가 제공되었다. 총리대신이 우리에게 주게 한 것은 그게 전부였다. 나는 낮 동안에는 그것만 먹었고, 저녁에는 식사도 않고 잠자리에 드는 일이 흔했다.

궁정에서 빛을 발한 자의 상황이 그러했던 거다. 그러니 부러움보다는 오히려 동정을 받아야 했을 것이다. 그럼에도 불구하고 나는 내 빈궁함을 버텨 냈고, 마침내 기회가 생기면 레르마 공작에게 그 사실을 넌지시 밝히기로 마음먹었다. 다행히, 스페인 왕과 왕자가 며칠 후 간 곳인 엘에스코리알에서 그런 기회가 주어졌다.

6

질 블라스는 레르마 공작에게
자신의 곤궁을 어떻게 알렸으며,
공작은 그에게 어떻게 대했나

왕이 엘에스코리알에 있었을 때 모두의 웃음거리가 되었다. 그
런데 나는 그 원인을 깨닫지 못했다. 나의 잠자리는 공작의 방 옆에
있는 드레스룸이었다. 어느 날 아침, 공작은 평소처럼 동이 틀 무렵
에 일어나서 내게 필기도구와 종이를 몇 장을 가져오게 하고는 그 궁
궐 정원으로 자기를 따라오라고 말했다. 우리는 나무 밑으로 가서 앉
았고, 나는 그의 지시대로 모자처럼 생긴 것 위에 뭔가 쓰는 자세를
취했고, 공작은 손에 서류를 들고 그것을 읽는 척했다. 멀리서 보면
우리가 몹시 심각한 일에 몰두해 있는 듯이 보였지만, 사실은 그저 하
찮은 얘기를 하고 있었을 뿐이다.

  나는 내 명랑한 기질대로 온갖 재치 있는 말로 총리대신을 즐겁게
해주었다. 그러고 있은 지 한 시간도 넘었을 때, 까치 두 마리가 와서
나무 위에 앉는 바람에 그들의 그림자가 우리를 가렸다. 그 새들은 너
무 시끄럽게 깍깍거리기 시작하여 우리는 그쪽으로 신경이 쏠렸다.

그러자 공작이 말했다. "새들이 다투는 것만 같군. 그들이 왜 다투는지 꽤 궁금한 걸." 그래서 내가 말했다. "공작님, 그렇게 궁금해하시니 제가 필페이 아니면 다른 우화작가의 글에서 읽은 인도 우화 하나가 생각나네요." 그러자 그 총리대신은 내게 어떤 우화냐고 물었고, 나는 다음과 같이 들려주었다.

예전에 어느 훌륭한 군주가 페르시아를 통치했는데, 그는 자신의 정부를 직접 통치하기에는 그리 폭넓은 지성을 소유한 자가 아니어서 그 일을 대재상(大宰相)에게 맡겼습니다. '아탈묵'이라는 이름의 그 대재상은 탁월한 재능을 소유한 자였지요. 그는 방대한 군주국의 무게에 짓눌리지 않고 그 무게를 잘 버텨 냈습니다. 그는 국가를 아주 평화롭게 유지했지요. 심지어 왕권을 존중하게 만듦으로써 백성들이 그 권위를 좋아하게 만들기까지 했어요. 군주에게 충성스런 그 대재상은 백성들에게는 다정한 아버지 같은 존재였습니다. 아탈묵의 비서들 가운데 카슈미르 출신의 젊은이 '제앙지르'가 있었는데, 대재상이 누구보다 좋아하는 비서였습니다. 대재상은 그 비서와 대화하기를 즐겼고, 사냥에도 데려갔으며, 심지어 자신의 깊은 속마음까지 보여 주었습니다. 그들이 숲에서 사냥을 하던 어느 날, 대재상은 나무에서 꽥꽥대는 까마귀 두 마리를 보고는 비서에게 말했습니다. "이 새들이 자기네 언어로 무슨 얘기를 나누고 있는지 정말 알고 싶구나." 그러자 카슈미르 젊은이가 대답했습니다. "대재상님의 바람이 이루어질 수 있습니다." 이에 아탈묵이 되물었습니다. "아니! 어떻게?" 그러자 제앙지르가 대답했습니다. "강신술을 하는 수도승이 제게 새들의 언어를 가르쳐 주었습니다. 대재상님이 원하신다면 제가 이 새들의 말을 들어 보고 나서 들은 대로 나리께 전부 전해 드리겠나이다."

대재상은 그러라고 했습니다. 카슈미르 젊은이는 까마귀들에게 다가가서 그들에게 귀를 기울이는 듯 보였습니다. 그러고 나서 자기 주인에게 돌아와 말했습니다. "대재상님, 믿으시럽니까? 그들이 바로 우리에 관한 얘기를 하고 있었습니다." 그러자 페르시아 대재상은 소리쳤습니다. "아니, 말도 안 돼! 도대체 그들이 우리에 관해 뭐라고 하였나?" 그러자 비서가 대답했습니다. "두 새 중 하나가 말했나이다. '바로 그 사람이야, 그 아탈묵 대재상. 페르시아를 자신의 둥지처럼 자기 날개로 보호하면서 잘 보전하려고 늘 지키고 있는 독수리. 그는 힘든 일을 쉬기 위해 자신의 충실한 제양지르와 함께 이 숲에서 사냥을 하고 있어. 이 비서는 자기에게 너무 친절한 주인을 섬기고 있어서 얼마나 행복해하는지 몰라!' 그러자 다른 까마귀가 말을 중단시켰나이다. '잠깐, 잠깐. 저 카슈미르 젊은이의 행복을 너무 떠벌리지 마! 그래, 아탈묵이 그와 친근하게 얘기를 나누고, 신뢰로 그를 영예롭게 하고, 그에게 꽤 좋은 일자리를 줄 생각이 있는 것은 분명하지만, 그러기 전에 제양지르는 굶어 죽을 거야. 그 불쌍한 녀석은 작은 하숙방에서 살고 있고, 가장 필수적인 것들조차 갖추고 있지 못하거든. 한마디로 비참한 생활을 하고 있는데, 궁정에서는 아무도 그걸 알지 못하고 있지. 대재상은 그의 형편이 좋은지 나쁜지 알아볼 생각조차 안 하고 있으면서, 그저 그를 좋게 여기는 것으로만 그치고, 가난에 시달리게 놔두고 있어'라고 그 까마귀가 말했나이다."

나는 이 지점에서 레르마 공작의 속셈이 어떤지 알아보려고 말을 멈추었다. 공작은 미소를 지으면서 그 우화가 아탈묵의 머릿속에 어떤 인상을 주었는지, 그리고 그 대재상이 비서의 당돌함에 기분이 상하지는 않았는지 물었다. 나는 그 질문에 좀 당황하며 대답했다. "아닙니다. 총리대신님. 반대로 이 우화로 인해 그 대재상은 비서에게 물질적인 혜택을 후하게 주었습니다." 그러자 공작이 심각한 태도로 대꾸했다. "그거 다행이구나. 자기한테 교훈을 주려는 것을 좋게 여기지 않는 대신들이 있거든." 그는 대화를 끊고 일어나며 덧붙였다. "그런데 왕께서 늦지 않게 일어나실 것 같구나. 내 의무가 나를 왕의 곁으로 부르는구나." 그는 이 말을 하고서 더 이상 아무 말 없이 성큼성큼 궁궐 쪽으로 걸어갔다. 내 인도 우화가 아주 나쁘게 작용한 것 같았다.

나는 그의 뒤를 따라 전하의 방까지 갔다. 그러고 나서 내가 종이를 집어 들었던 곳으로 그 종이를 도로 갖다 두러 갔다. 그리고 어느 집무실에 들어갔더니, 거기서 우리의 두 비서가 글을 베끼는 일을 하고 있었다. 왜냐하면 그들도 출장 중이었으니까. 그들이 나를 보며 말했다. "무슨 일입니까, 데 산티아나 씨? 아주 흥분해 있으시니! 뭔가 불쾌한 일이라도 생겼나요?"

나는 내 우화로 너무 나쁜 결과를 맞아 가슴이 미어질 것 같아서 그들에게 내 괴로움을 감출 수가 없었다. 그래서 내가 공작에게 했던 얘기를 그들에게도 해주었다. 그들은 내가 몹시 참담해 보여서 애처로워했다. 그 둘 중 한 명이 말했다. "상심하실 만하네요. 스피노사 추기경의 비서보다 더 잘 대접받으실 수 있었을 텐데! 그 비서는 추기경을 모신 지 15개월이 되도록 아무것도 받지 못하는 것에 지쳐서 어느 날 추기경에게 자신의 궁핍에 대해 피력하고는 생계를 위한 돈을 요청했어요. 그랬더니 추기경이 '당신이 지불받는 것이 온당하오'라고 말했어요. 그러고는 그의 손에 1천 두카도짜리 지불명령서를 쥐어 주면서 '자, 왕립국고로 가서 이 금액을 받으시오. 하지만 동시에 내가 당신이 그간 한 일에 대해 고마워한다는 것도 기억하시오'라고 덧붙였지요. 그 비서가 1천 두카도를 받고 다른 데 가서 일자리를 찾을 수 있게 되었다면 해고된 것에 대해 위안이 되었겠지요. 그러나 추기경과 헤어지고 나서 경관에게 체포되어 세고비아의 탑으로 끌려가서 오래도록 거기 감금되었답니다."

이 역사적인 이야기가 나의 공포를 가중시켰다. 나는 어찌할 바를 몰랐고, 마음을 달랠 길이 없어서 내 조급함을 자책했다. 마치 내가 참을성이 충분치 못해서 그리 된 것처럼 …. 나는 생각했다. '아아! 그 우화 얘기를 왜 군이 총리대신에게 해서 이런 불행을 자초한 걸까? 어쩌면 그가 나를 그 비참한 상태에서 막 끌어내리려던 참이었는지도 모르는데 …. 어쩌면 모두를 놀라게 하는 갑작스런 행운을 하사하려 했을지도 모르는데 …. 내 경솔함 때문에 큰 재물과 큰 영예를 놓치다니! 미리 경고하는 것을 좋아하지 않으며, 자기들이 어쩔 수 없이 주는 아주 사소한 것까지도 마치 특전이라도 되는 듯 받아 주기 바라는 귀족들이 있다는 생각을 진작 했어야 했다. 공작에게 아무런 내색도 하지 않으면서 계속 다이어트나 하고, 심지어 그의 잘못으로 내가 그냥 굶어 죽도록 가만있는 편이 나았을 것이다.'

설사 내가 아직 희망을 좀 간직했을지라도 오후에 주인을 보고는 그 희망이 완전히 달아나 버렸을 것이다. 그는 평소와 달리 내게 몹시 심각한 표정으로 대했고, 말도 걸지 않았다. 그래서 나는 그날 남은 시간 동안 죽을 것 같이 불안했다. 밤 또한 낮 못지않게 편치 못했다. 나의 기분 좋은 환상들이 사라져 버리는 데 대한 아쉬움과 국가의 죄수들 숫자에 내가 하나 더 보태지리라는 두려움 때문에 그저 한숨만 내쉬고, 탄식할 뿐이었다.

다음 날은 위기의 날이었다. 공작이 아침에 나를 불러들였다. 나는 판결을 받는 범죄자보다 더 부들부들 떨며 그의 방으로 들어갔다. 그가 자기 손에 있던 종이 한 장을 가리키며 내게 말했다. "산티아나, 이 명령서를 집어 들게나 … ." 나는 그 '명령서'라는 말에 부들부들 떨며 속으로 말했다. '오 맙소사! 스피노사 추기경처럼 하려나 보다. 세고비아행 마차가 준비되었어.' 그 순간 나를 사로잡는 공포가 너무 심해서 나는 총리대신의 말을 중단시키며 그의 발아래로 몸을 던졌다. 나는 울면서 말했다. "각하, 저의 당돌함을 용서해 주십사 아주 겸허히 간청합니다. 제가 사정이 너무 급하여 각하께 저의 곤궁을 알려 드릴 수밖에 없었습니다."

내가 너무 정신없이 말을 하자 공작은 나의 그런 모습을 보고 웃음을 참지 못했다. 그가 대꾸했다. "진정해라, 질 블라스, 그리고 내 말을 들어 봐라. 네가 궁핍을 알리면서 그런 너의 사정을 미리 배려하지 않은 데 대해 내게 불평하는 것이라 할지라도 너를 전혀 불만스럽게 여기지 않는다, 친구야. 네가 어떻게 사는지 물어보지 않은 것에 대해 오히려 나를 원망하고 있다. 하지만 이 관심 부족을 바로잡기 위해 네게 1천 5백 두카도의 지불명령서를 주마. 그게 다가 아니다. 해마다 그만큼 주겠노라고 약속하마. 게다가 어느 인심 후한 부자가 혹시 네가 손 써주기를 바라면, 그런 자의 부탁을 내게 해도 된다."

이 얘기를 듣자 나는 너무 황홀해져서 총리대신의 발에 입을 맞추었다. 그는 내게 일어서라고 명령하더니 계속 친근하게 얘기했다. 내 쪽에서도 기분을 풀고 싶었다. 하지만 괴로움에서 기쁨으로 그렇게 후딱 넘어가지는 못했다. 나는 사형 집행을 당하러 간다고 믿는 순간 살려 달라고 외치려 하는 불행한 자만큼이나 당황스러워하는 채로 있었다. 나의 주인은 그저 자기를 언짢게 한 것 때문에 그렇게 불안해하는 것으로 여겼다. 감옥에 영원히 갇히게 될까 봐 두려워서 그랬던 것도 그 못지않은 부분을 차지했는데…. 그는 내게 일부러 냉정한 체했노라고 털어놓았다. 그런 변화에 내가 예민한지 보기 위해서였고, 이를 통해 내가 그에게 매우 열렬히 충성한다고 판단했고, 그래서 더욱 좋아하게 되었다고 털어놓았다.

7

질 블라스가 1천 5백 두카도를 잘 이용하여
처음 끼어든 일에서 얻게 된 이익

초조해하는 나를 도와주고 싶기라도 한 듯 왕은 바로 다음 날 마드리드로 돌아왔다. 나는 우선 왕립국고로 날아가서 내 지불명령서에 적힌 금액을 즉시 만지게 되었다. 그때 나는 내 야심과 허영심에만 귀 기울였다. 그래서 내 비참한 하숙방을 아직도 새들의 언어를 알지 못하는 비서들에게 넘겨주고, 이번에도 또 좋은 아파트를 빌렸다. 다행히 그 아파트가 비어 있었다. 나는 거의 모든 멋쟁이 젊은이들의 옷을 만들어 준 유명한 재단사를 불러들였다. 그는 내 치수를 잰 다음 나를 피륙 상인에게 데려가서 의복 하나를 만드는 데 필요한 5온●의 옷감을 끊었다. 스페인식 의상 하나에 5온이라니! 맙소사 …! 하지만 그 점에 대해 따져 보기로 하자. 유명한 재단사들은 늘 다른 재단사들보다 천을 더 많이 끊는다. 이어서 나는 아주 많이 필요한 내의류와 비

──────

● 1837년까지 사용되었던 척도. 1온은 1. 188미터에 해당된다.

단 양말, 그리고 스페인의 한 지점이 수놓인 비버 모피를 구입했다.

그런 후, 하인 없이는 점잖게 지낼 수가 없어서 내가 묵는 숙소의 주인인 빈첸소 포레로에게 직접 한 명을 구해 달라고 부탁했다. 그의 집에 묵으러 오는 외국인들 대부분은 마드리드에 도착하면 시중들어 줄 스페인 하인을 두는 것이 관행이었다. 바로 그 때문에 그 호텔에는 일자리를 못 찾은 하인들이 죄다 모여 있었다. 처음 소개된 자는 아주 부드럽고 독실한 인상의 젊은이여서 내 맘에 안 들었다. 마치 암브로시오 데 라멜라를 보는 것만 같았다. 그래서 포레로에게 말했다. "나는 그렇게 덕성스러워 보이는 하인을 좋아하지 않아요. 그런 하인한테 속아 넘어간 적이 있거든요."

그 하인에게 퇴짜를 놓자마자 다른 하인이 도착했다. 이자는 궁정의 시동보다 더 명민하고 과감해 보였으며, 이 때문에 좀 사기꾼 같아 보였다. 그래서 내 마음에 들었다. 나는 그에게 질문을 해댔다. 그는 그 질문들에 똑똑하게 답변했다. 그에게 심지어 모사꾼 기질까지 있다는 것이 간파되었다. 나는 그가 적절하다는 생각이 들었다. 그래서 그를 붙들었다. 그리고 이 결정을 후회하게 되는 일은 없었다. 오히려 내가 훌륭한 선택을 했다는 것을 곧 알아차리게 되었다. 공작이 내게 도움을 주고 싶은 사람이 생기면 말해도 된다고 했고, 나는 그 허락을 무시하고 싶지 않았다. 그러므로 사냥감을 찾아낼 사냥개, 즉 솜씨가 좋고, 총리대신에게 청원할 것이 있을 만한 자들을 발굴하여 데려올 수 있는 건달이 하나 필요했던 것이다. 바로 그것이 에시피온의 강점이었다. 에시피온이 그의 이름이다. 그는 스페인 왕자의 유모인 도냐 안나 데 게바라의 집에서 그런 재능을 발휘하다가 나온 작자였다.

그에게 내가 총리대신의 신임을 받고 있고 그 신임을 이용하고 싶다는 말을 하자, 그는 곧바로 활동을 개시했고, 바로 그날 내게 말했다. "나리, 꽤 괜찮은 건을 발견했습니다. 마드리드에 그라나다 출신의 젊은 신사가 방금 도착했는데, 이름이 돈 로제 데 라다라고 합니다. 결투를 벌인 적이 있어서 레르마 공작의 보호를 부탁하려 하고, 사례를 두둑이 지불할 의사가 기꺼이 있답니다. 제가 그분에게 말을 걸었어요. 그분은 돈 로드리게스 데 칼데론에게 말하고 싶어 했지요. 사람들이 그에게 칼데론의 영향력을 떠벌렸거든요. 하지만 제가 중간에 끼어들어서 말했어요. 그 비서는 일해 준 대가를 어마어마하게 많이 받아먹는데, 질 블라스 나리께서는 그저 적당한 감사 표시만 받으면 만족하실 거라고 했어요. 그리고 나리께서는 너그럽고 사심 없는 성향이신데, 그 성향을 따라야 할 상황에 처하면 대가 없이도 그렇게 하실 분이라고 말했지요. 그렇게 해서 그 신사를 우리 쪽으로 빼돌렸어요. 마지막으로, 나리께서 내일 아침에 일어나시는 대로 나리를 어떻게 뵐 수 있는지도 알려 줬어요." 그래서 내가 말했다. "에시피온 씨, 아니, 당신은 어떻게 벌써부터 그리 일을 잘 하시는지! 이런 술책을 쓰는 것이 처음은 아닌 것 같구려. 그렇게 하여 더 부자가 되지 않은 것이 놀라운 걸." 그러자 그가 대답했다. "그렇게 놀라실 일이 아닙니다. 저는 화폐를 유통시키기 좋아합니다. 모아놓지 않아요."

돈 로제 데 라다가 정말로 내 집에 왔다. 나는 자부심이 섞인 예의를 갖추어 그를 맞아들였다. 내가 그에게 말했다. "기사님, 기사님을 도와드리려 하기 전에 이렇게 궁정까지 오시게 만든 그 결투 사건을 알고 싶습니다. 왜냐하면 제가 총리대신 각하에게 기사님을 위해 차마 말씀드리지 못할 일일 수도 있을 테니까요. 그러니 부디 사실대로 얘기해 주십시오. 어느 용감한 자가 기사님의 이익을 옹호할 수 있다면, 바로 제가 열렬히 그리 할 거라고 확신하십시오." 그러자 그 그라나다 청년이 대답했다. "아주 기꺼이 그러죠. 제 이야기를 진실하게 말씀드리겠습니다." 이 말과 아울러 그는 다음과 같이 이야기를 들려주었다.

8

돈 로제 데 라다의 이야기

그라나다의 신사 돈 아나스타시오 데 라다는 안테케라시(市)에서 아내인 도냐 에스테파니아와 함께 행복하고 살고 있었습니다. 도냐 에스테파니아는 꿋꿋한 덕성에 부드러운 마음과 굉장한 아름다움을 겸비한 여인이었습니다. 그녀는 남편을 애틋하게 사랑하였고, 남편은 그녀를 미치도록 사랑했습니다. 남편은 천성적으로 질투에 잘 사로잡혔고, 아내의 정절에 의심할 만한 여지가 전혀 없음에도 불구하고 불안을 떨쳐 버리지 못했습니다. 그는 자신의 평안을 방해할 만한 어떤 비밀스런 적이 그의 명예를 해칠까 봐 근심했습니다. 그는 자기 친구들 중 돈 우베르토 데 오르달레스만 빼고 모든 남자를 경계했습니다. 그런데 우베르토는 에스테파니아의 사촌 자격으로 그의 집에 자유로이 드나들었으므로, 사실 우베르토야말로 그가 의심해야 할 유일한 남자였습니다.

실제로 돈 우베르토는 사촌인 에스테파니아를 사랑하게 되었고, 그들을 잇는 혈연이나 돈 아나스타시오가 그에 대해 품는 특별한 우정에는 아랑곳하지 않고, 그녀에게 감히 사랑 고백을 했습니다. 신중했던 부인은 그런 애석한 일을 추문으로 만들지 않고 그 친척을 부드럽게 대하면서, 그렇게 그녀를 유혹하여 그녀의 남편을 불명예스럽게 만들려는 것이 어느 정도로 나쁜 짓인지 그에게 각성시켰고, 그런 일에서 성공을 기대하며 환상을 품어서는 안 된다고 아주 진지하게 말했습니다.

그러나 그녀가 그렇게 억제해 봤자 사촌을 오히려 더욱 불타오르게 할 뿐이었습니다. 그 기사는 그런 성격의 여인은 끝까지 밀어붙여야 한다고 생각하고는 그녀를 별로 존중하지 않는 태도로 대하면서 어느 날 대담하게도 그녀에게 그의 욕망을 만족시켜 달라고 압박했습니다. 그녀는 준엄하게 그를 밀쳐내고 나서 돈 아나스타시오로 하여금 그의 무모함을 처벌하게 만들겠다고 위협했습니다. 그러자 돈 우베르토는 겁에 질려서 다시는 사랑 운운하지 않겠다고 약속했고, 에스테파니아는 그 약속을 믿고 지나간 일을 용서해 주었습니다.

천성적으로 아주 못된 인간이었던 돈 우베르토는 자신의 열정이 제대로 보상받지 못하는 것을 그냥 놔둘 수가 없어서 복수를 해야겠다는 비겁한 의도를 품지 않을 수 없었습니다. 그는 돈 아나스타시오가 어떤 느낌을 받건 쉽게 질투한다는 것을 알고 있었습니다. 사악한 인간이나 할 수 있을 아주 흉악한 계획을 세우기 위해서는 그런 사실만 알면 되었습니다. 그는 그 나약한 남편과 둘이서 산책하던 어느 날 저녁, 세상에서 가장 슬픈 표정으로 말했습니다. "이보게, 친구, 자네의 명예가 평안보다 더 소중하지 않았다면, 나는 이 비밀을 밝히지 말아야 할 것이네. 하지만 나는 그 얘기를 자네에게 하지 않고는 더 이상 살 수가 없네. 모욕에 관한 문제에서 자네도 민감하고 나도 민감하니 자네 집에서 벌어지고 있는 일을 감출 수가 없네그려. 자네를 놀라게 하고 그만큼 괴롭게 할 소식을 이제 말할 테니 마음의 준비를 하게나. 자네의 가장 예민한 부분을 후려치게 될 걸세."

그러자 이미 완전히 혼란스러워진 돈 아나스타시오가 그의 말을 중단시키며 말했습니다. "알고 있네. 자네 사촌이 내게 지조를 지키지 않은 것 말일세." 그러자 오르달레스가 흥분하며 대꾸했습니다. "나는 그녀를 더 이상 내 사촌으로 여기지 않네. 그것을 인정 않겠네. 그녀는 자네를 남편으로 둘 자격이 없어." 그러자 돈 아나스타시오가 소리쳤습니다. "그래서 내가 너무 괴롭다네. 말해 보게. 에스테파니아가 무슨 짓을 했는가?" 이에 돈 우베르토가 대답했습니다. "그녀가 자네를 배신했네. 그녀가 어느 남자를 비밀리에 만나 얘기를 나눈다네. 하지만 나는 그자의 이름을 자네에게 말해 줄 수가 없다네. 왜냐하면 그 불륜은 깊은 밤을 이용해서 아무도 볼 수 없었거든. 내가 아는 거라고는 자네가 배신당했다는 사실뿐일세. 그게 내가 확신하는 것이라네. 이 일에 대해 나는 관심을 가져야 할 테고, 바로 그 관심이 내 말의 진실성을 자네에게 보증하네. 내가 에스테파니아에게 반기를 드는 것이니, 그녀의 배신에 대해 내가 우선 확신할 필요가 있네."

그는 그 말이 자기가 기대했던 효과를 내는 것을 보고 말을 계속했습니다. "소용없네, 자네에게 더 이상 말해 봤자 소용없어. 내 보기에 자네의 사랑을 감히 배은망덕으로 되갚는 것에 대해 자네가 분개하고 있고, 정당한 복수를 꾀하고 있는 것이 간파되네. 그 생각에 나도 반대하지 않으려네. 자네가 후려쳐야 할 희생자가 어떤 자인지 조사해 보지도 말게. 자네의 명예보다 더 소중한 것은 있을 수 없다는 것을 온 도시에 보여 주게나."

그 흉악한 자는 그렇게 해서 너무 쉽게 믿는 남편으로 하여금 아무 죄 없는 아내에 대한 분노를 불러일으켰습니다. 그리고 그 모욕을 처벌하지 않고 그냥 놔두면 그 치욕이 덮인 채로 있을 거라는 얘기를 너무 생생하게 묘사해서, 결국 돈 아나스타시오를 격분하게 만들어 놓았습니다. 그래서 돈 아나스타시오는 판단력을 잃어버렸고, 분노가 그를 뒤흔들어 놓는 것 같았습니다. 그는 그 불행한 아내를 칼로 찌르겠다고 작심하며 집으로 돌아갔습니다. 그가 도착했을 때, 아내는 잠자리에 들 준비가 돼 있었습니다. 그는 우선 분노를 참으면서 하인들이 물러가기를 기다렸습니다. 그러고는 하늘의 분노에 대한 두려움도, 점잖은 가문에 튀게 될 불명예도, 심지어 그녀의 뱃속에 있는 6개월짜리 아이에 대해 가져야 할 자연스런 동정심마저도 그를 붙들어 놓지 못한 상태에서, 희생자에게 다가가 격분한 어조로 말했습니다. "너는 죽어야 한다, 비참한 자야! 너는 이제 살아 있을 수 있는 시간이 잠깐밖에 없다. 네가 내게 준 모욕에 대해 하늘에 용서를 구하라고 내가 아량을 베푸느라 주는 시간이다. 네가 명예를 잃은 것처럼 영혼마저 잃는 것을 나는 원치 않는다."

그렇게 말하며 그는 단도를 꺼내 들었습니다. 그의 행동과 말이 에스테파니아를 공포에 빠뜨렸고, 그녀는 그의 무릎에 몸을 던지며 두 손을 모으고 완전히 정신 나간 여인처럼 말했습니다. "왜 그러시는 겁니까, 나리? 제가 어떤 이유로 나리를 불만족스럽게 했기에 이토록 극단적인 행동을 하시는 겁니까? 왜 아내의 목숨을 앗아가려 하시는 겁니까? 나리에게 정절을 지키지 않았다고 의심하신다면, 잘못 아신 겁니다."

그러자 그 질투에 눈먼 자는 난폭하게 대꾸했습니다. "아니오, 아냐, 나는 당신의 배반을 너무 확신할 뿐이오. 그 사실을 내게 알려준 사람은 믿을 만한 사람이오. 돈 우베르토이니까⋯." 그러자 그녀가 급히 말을 중단시키며 말했습니다. "아! 나리, 나리께서는 돈 우베르토를 의심하셔야 합니다. 그자는 나리께서 생각하시는 것처럼 나리의 친구가 아닙니다. 그가 나리에게 나의 정절에 대해 뭔가 나쁘게 얘기했다면 그 말을 믿지 마세요." 그러자 돈 아나스타시오가 대꾸했습니다. "입 다무시오, 파렴치한 인간! 오르달레스의 말을 믿지 말라고 하는 걸 보니 의혹이 사라지기보다는 오히려 사실임이 증명되고 있소. 나로 하여금 그 친척을 의심하게 만들려는 이유는, 당신의 나쁜 처신을 그가 알고 있기 때문이잖소. 당신은 그의 증언을 무효로 만들고 싶어 하오. 하지만 그런 술책은 소용없고, 당신을 처벌하고 싶은 욕구를 가중시키기만 하오." 그러자 아무 죄 없는 에스테파니아가 쓰라린 눈물을 흘리며 대꾸했습니다. "나의 소중한 남편이여, 당신의 맹목적인 분노를 두려워하십시오. 당신이 그 분노의 움직임을 따르다가 그 행동이 부당했음을 나중에 알게 되었을 때 결코 위안을 찾지 못하실 겁니다. 그러니 제발 흥분을 가라앉히세요! 최소한 그 의혹을 밝혀볼 시간을 가지세요. 자책할 만한 것이 전혀 없는 여인에게 보다 정당하게 대하시게 될 겁니다."

다른 남자 같으면 그 누구라 해도 그 말에 마음이 움직였을 테고,

그 말을 한 사람에 대해 비탄을 더욱 느꼈을 겁니다. 그러나 잔인한 돈 아나스타시오는 측은해하기는커녕 그 부인에게 또다시 얼른 신에게 기도하라고 말하고, 그녀를 때리려고 팔을 들기까지 했습니다. 그러자 그녀가 소리쳤습니다. "그만해, 야만스런 인간아! 나에 대한 사랑이 완전히 꺼졌다면, 내가 너에게 퍼부었던 애정의 표시들이 네 기억에서 사라졌다면, 내 눈물이 너의 그 끔찍한 계획으로부터 네 마음을 돌려놓지는 못한다 할지라도, 너 자신의 혈육은 존중해라! 아직 빛도 못 본 순진무구한 아이에게 너의 격분한 손을 들지는 말아라. 네가 그 아이의 형리가 된다면, 너는 하늘과 땅을 욕보이는 것이다. 나는 죽는다 해도 너를 용서하마. 하지만 아이의 죽음은 그 끔찍한 중죄에 대한 정당한 처벌을 요구할 것이다."

돈 아나스타시오는 아내가 무슨 말을 한다 해도 전혀 신경 쓰지 않겠다고 결단했었습니다. 하지만 아무리 단단히 결심했다 해도 그녀의 마지막 말로 인해 그의 머릿속에 떠오르는 끔찍한 장면들에 대해서는 마음이 흔들리지 않을 수 없었습니다. 그래서 그는 그 마음의 동요가 그의 여한(餘恨)을 드러낼까 봐 두렵기라도 한 듯, 아직 남아 있는 격분을 서둘러 이용하려 했습니다. 그래서 단도로 아내의 오른쪽 옆구리를 푹 찔렀습니다. 그러자 그녀가 즉시 넘어졌어요. 그는 그녀가 죽었다고 여겼습니다. 그래서 즉각 자기 집에서 나와 안테케라를 떠나버렸습니다.

그러는 동안 그 불운한 아내는 남편이 찌른 칼에 넋이 나가서 마치 목숨이 끊어진 사람처럼 잠시 바닥에 그대로 있었습니다. 그러고 나서 정신을 다시 차리고 탄식을 쏟아내며 통곡했습니다. 그 소리를 듣고 가까이 있던 늙은 하녀가 왔습니다. 그 선량한 하녀는 여주인이 너무 가련한 상태에 놓인 것을 보고 비명을 질러서 다른 하인들이 잠에서 깨어났고, 심지어 가까이 사는 이웃들까지 깨웠습니다. 곧이어 그 방에는 사람들로 가득 찼습니다. 그들은 외과의들을 불렀습니다. 외과의들이 와서 상처를 살펴보고는 치명적인 상태는 아니라고 했습니다. 그들의 짐작은 틀리지 않았습니다. 심지어 그들은 꽤 빠른 시간 내에 에스테파니아를 치료했습니다. 그녀는 그 잔인한 사건이 있은 지 3개월 후 매우 다행스럽게도 아들을 순산했습니다. 질 블라스 나리, 나리께서 지금 보고 계신 제가 바로 그 아들입니다. 저는 그 슬픈 출산의 결실입니다.

중상모략이 여인들의 덕성을 거의 봐주지 않는다 할지라도, 제 어머니의 덕성만큼은 존중해 주었습니다. 그 피비린내 나는 장면은 그 도시에서 그저 질투심에 눈먼 남편의 광란으로만 통했습니다. 사실, 제 아버지는 난폭하고 너무 쉽게 의혹을 품는 사람으로 알려져 있었습니다. 거짓 이야기를 지어내서 돈 아나스타시오의 정신을 흐트러뜨린 장본인인 오르달레스는 그 사실을 에스테파니아가 알아챈 것 같다는 판단하에, 적어도 반쯤은 복수를 했다고 만족해하며 그녀를 더 이상 보지 않았습니다. 나리를 지루하게 할까 봐 제가 받은 교육에 대해서는 늘어놓지 않겠습니다. 그저 제 어머니가 저로 하여금 특히 검술을 반드시 배우게 하셨다는 것과, 그래서 그라나다와 세비야의 가장 유명한 검술도장에서 검술을 오랫동안 익혔다는 것만 말씀드리렵니다. 어머니는 제가 돈 우베르토의 칼에 대적할 만한 나이가 되기를 애타게 기다리셨습니다. 그를 왜 탓하는지 그 이유를 제게 알려 주시려고 그랬던 겁니다. 제가 마침내 열여덟 살이 되었을 때 어머니께서 그 얘기를 털어놓으시면서 눈물을 철철 흘리셨습니다. 그리고 아직도 생생한 괴로움에 사로잡히신 듯 보였습니다. 용기도 있고 감정도 풍부한 아들에게, 그런 상태에 놓이신 어머니의 모습이 어떤 인상을 주었겠습니까! 저는 당장 오르달레스를 찾으러 갔습니다. 그를 외딴 곳으로 끌어들여서 검으로 세 차례 찌르고 그 검을 바닥에 던져 버렸습니다.

돈 우베르토는 자신의 부상이 치명적이라는 것을 느끼면서 제게 마지막 시선을 던지더니, 제 어머니의 명예를 해치는 일을 저지른 죄에 대한 정당한 처벌로서 그 죽음을 받아들이겠다고 말했습니다. 그는 제 어머니가 너무 혹독하게 굴어서 그것에 대한 복수로 그녀를 망치기로 작정했던 거라고 고백했습니다. 그러고 나서 하늘, 돈 아나스타시오, 에스테파니아, 그리고 저에게 용서를 구하며 숨을 거두었습니다. 저는 그 일을 어머니에게 알리기 위해 집으로 돌아가는 것은 적절치 못하다고 판단했습니다. 그 일을 전하는 것은 소문에 맡겼습니다. 저는 이 산 저 산을 넘어서 말라가시(市)로 갔습니다. 거기서 이제 막 출항하려던 선주와 함께 배를 탔습니다. 그에게 저는 심약해 보이지 않았나 봅니다. 그는 제가 선상에 있던 의지가 굳은 아이들과 합류하는 것을 기꺼이 승낙했습니다.

우리는 솜씨를 발휘할 기회를 거의 금세 찾아냈습니다. 알보란섬 근처에서 멜리야의 해적선을 하나 만났거든요. 그 해적선은 카르타헤나 고지에서 나포한 스페인 선박과 함께 노략질한 물건들을 잔뜩 싣고 아프리카 해안으로 돌아가던 중이었습니다. 우리는 해적선을 맹렬히 공격하여 그 두 선박의 주인이 되었습니다. 그 배들에는 스물네 명의 기독교인들이 있었는데, 해적선이 바르바리●로 데려가서 노예로 삼으려던 사람들이었습니다. 그때 그라나다 해안으로 가기에 유리한 바람이 불어서 이를 이용하여 얼마 안 되어 푸엔테 데 엘레나에 도착했습니다.

우리가 노예들에게 어떤 장소에 풀어 주면 좋겠냐고 물어야 했기에, 제가 아주 안색이 좋고 쉰 살은 되어 보이는 남자에게 그 질문을 했습니다. 그 남자는 한숨을 쉬면서 자기는 안테케라 출신이라고 대답했습니다. 그 대답에 저는 왜인지 알 수 없으나 마음이 흔들렸고, 제 동요를 알아챈 그 남자는 더욱 흥분했습니다. 그래서 제가 말했습니다. "저도 그 지방 사람입니다. 당신 집안의 성(姓)을 여쭤봐도 될까요?" 그러자 그가 대답했습니다. "아아! 당신이 호기심 때문에 나에 대해 물어서 또 괴로워지는군요. 내가 안테케라의 거주지를 떠난 지 18년이 되었답니다. 거기 사람들은 나를 떠올리면 아주 끔찍해할 겁니다. 당신도 어쩌면 나에 관한 얘기를 너무 많이 들었을 겁니다. 내 이름은 돈 아나스타시오 데 라다입니다." 그래서 제가 소리쳤죠. "맙소사! 제가 지금 들은 얘기를 믿어야 하나요? 뭐라고요! 당신이 돈 아나스타시오라고요! 제가 이렇게 보고 있는 사람이 제 아버지라고요?" 그러자 이번에는 그 남자가 소리치면서 놀라는 눈길로 저를 찬찬히

● 아프리카 북부 해안지역을 가리킨다. 이집트의 서쪽으로 모로코와 트리폴리타니아 사이에 위치한다. 북아프리카의 마그레브 연안 지역에 해당한다. '베르베르족의 지방'이라는 의미로서 라틴어 '바르바리아'에서 유래되었다.

뜯어보았습니다. "아니, 뭐라고 하였소, 젊은이? 자네가 정녕 내가 격분해서 아내를 희생시켰을 때 그녀의 뱃속에 있던 그 불행한 아이란 말인 거요?" 그래서 제가 말했습니다. "네, 아버지, 바로 제가 당신이 피로 물들게 한 흉흉한 밤이 지나고 3개월 후 그 덕성스런 에스테파니아가 세상에 내놓은 아이랍니다."

돈 아나스타시오는 제가 그 말을 채 마치기도 전에 제 목에 매달렸습니다. 그는 자기 품에 저를 꼭 껴안았고, 15분 동안 그저 한숨과 눈물을 뒤섞고 있었습니다. 그런 만남이 우리 안에서 기필코 자극하고야 마는 부드러운 마음의 움직임에 몸을 내맡긴 후, 제 아버지는 눈을 하늘로 치켜뜨더니 에스테파니아를 구해 준 것에 대해 감사를 하였습니다. 그러나 잠시 후, 마치 하늘에 감사하는 것이 잘못된 것인 양 어머니의 결백을 어떻게 알았느냐고 물었습니다. 그래서 제가 대답했습니다. "나리, 그 점에 대해 의심하는 사람은 나리밖에 없었습니다. 나리의 아내의 행실은 언제나 나무랄 데가 없었습니다. 제가 나리의 잘못을 깨닫게 해드려야겠군요. 바로 돈 우베르토가 나리를 속인 겁니다." 이와 아울러 저는 그 친척의 온갖 배반, 제가 그에게 한 복수, 그가 죽으면서 제게 했던 말 등을 얘기해 주었습니다.

제 아버지는 자유를 되찾은 것보다 제가 알려 주는 소식을 더 좋아했습니다. 그는 기쁨이 넘쳐서 저를 다시 다정히 포용하기 시작했습니다. 그는 저를 보게 되어 얼마나 좋은지 하염없이 표현했습니다. 그는 제게 말했습니다. "자, 아들아, 얼른 안테케라로 가자꾸나. 그토록 부당하게 대했던 아내의 발에 몸을 던지고 싶어 조급해 죽겠구나. 네가 내 부당함을 알게 해준 이래 나는 후회로 마음이 찢어지는구나."

저는 너무도 소중한 그 두 사람을 만나게 해주고 싶은 마음이 너무 커서 그 달콤한 순간을 지체할 수가 없었습니다. 그래서 배에서 내렸습니다. 그리고 우리의 공략에서 제 몫으로 받은 돈을 가지고 아드라에서 노새 두 마리를 구입하였습니다. 제 아버지가 더 이상 바다의 위험을 무릅쓰고 싶어 하지 않았기 때문입니다. 가는 도중에 아버지는 자신이 겪은 일을 이야기할 여유가 있었고, 저는 이타카의 왕자 텔레마코스가 자기 아버지 오디세우스 왕의 얘기를 들을 때처럼 온 주의를 기울여 아버지의 얘기를 들었습니다. 마침내 며칠 후 우리는 안테케라에서 가장 가까운 산의 기슭에 도달했고, 그곳에서 휴식을 취했습니다. 우리는 비밀리에 집에 도착하고 싶어서 한밤중에 도시로 들어갔습니다.

제 어머니가 영원히 잃어버린 줄만 알았던 남편을 다시 보았을 때얼마나 놀라셨는지는 나리의 상상에 맡기겠습니다. 그리고 그렇게 돌아오게 된 이른바 그 '기적적인 방법' 또한 어머니로서는 굉장한 놀라움거리였다는 것도요. 아버지는 어머니에게 자신의 만행에 대한 후회를 너무 통렬히 표명하여 어머니는 감동하지 않을 수 없었습니다. 이제는 더 이상 그를 살인자로 여기시지 않고, 그저 하늘이 내려 준 사람으로만 보십니다. 덕성스러운 여인에게는 남편이라는 이름이 그 정도로 신성한 것입니다. 어머니는 저 때문에 너무 괴로움을 겪으셨기에 제가 돌아와서 아주 기뻐하셨습니다. 하지만 마냥 기쁘기만 한 것은 아니었습니다. 오르달레스의 누이가 오라비의 살해자에 대해 형사소송 절차를 밟고 있었기 때문입니다. 그 누이는 도처에서 저를 찾게 만들었고, 그래서 어머니는 제가 우리 집에 있는 것이 안전하지 않다고 여기셨기에 불안해하시지 않을 수 없었습니다. 그래서 저는 바로 그 날 밤 궁정을 향해 출발하여 바로 여기에 특사를 기대하는 청원을 하려고 온 겁니다. 나리께서 총리대신에게 저를 위해 말씀해 주시려 하고, 나리의 신용으로 저를 지지해 주고 싶어 하시니 말입니다.

돈 아나스타시오의 용맹한 아들은 그렇게 이야기를 마쳤다. 나는 그에게 거드름을 피우며 말했다. "그걸로 됐습니다, 돈 로제 씨. 당신의 사안은 사면을 받을 만해 보입니다. 당신의 사안을 총리대신님께 상세히 알려 드리겠습니다. 그분의 보호를 제가 감히 약속드리죠." 그러자 그 그라나다 청년은 감사의 말을 한없이 퍼부으면서, 내가 그 일을 해결해 주면 곧바로 보답을 해주겠다고 확언했다. 그런 확언이 없었더라면 나는 아마도 그의 감사를 한쪽 귀로 듣고 다른 쪽 귀로 흘려버렸을 것이다. 그런데 그가 먼저 그 민감한 얘기를 꺼냈으므로 나는 행동을 개시했다. 내가 공작에게 그 얘기를 한 바로 그날로 공작은 그를 데려와도 좋다고 허락했다. 공작이 그에게 말했다. "돈 로제, 당신을 궁정까지 오게 만든 그 결투 사건에 대해 들었소. 산티아나가 그 정황을 다 얘기해 주었소. 이제 마음을 편히 가지시오. 당신은 용서받지 못할 일을 한 것이 아니라오. 전하께서는 특히 명예가 모욕당한 신사들에게 사면을 기꺼이 허락해 주신다오. 우선, 절차에 맞게 당신을 감옥에 넣어야 하오. 하지만 거기에 오래 있게 되지는 않을 테니 안심하시오. 산티아나가 나머지 일을 맡아 줄 좋은 친구가 되어 줄 거요. 그가 당신의 석방을 서두를 거요."

돈 로제는 자기가 죄수가 될 거라는 말에 총리대신에게 정중히 인

사했다. 그의 사면장은 내가 손을 써서 곧이어 송달되었다. 열흘도
안 되어 나는 이 새로운 텔레마코스가 자신의 오디세우스와 페넬로페
를 만나도록 보내 주었다. 그가 후견인이 없었다면 아마도 1년 감옥
살이를 면치 못했을 것이다. 이 일로 나는 1백 피스톨라를 벌었다.
아주 큰 수확은 아니었다. 하지만 나는 잔챙이들을 업신여기는 칼데
론 같은 인간은 아직 아니었던 것이다.

9

질 블라스는 어떤 수단으로
금세 상당한 재산을 형성하고, 풍채도 좋아졌나

이를 계기로 나는 그런 일에 취미를 갖게 되었다. 그리고 내가
에시피온에게 중개료로 준 금화 10두카도는 그런 일을 또 찾아내는
데 박차를 가하게 했다. 그에게 그런 재능이 있다는 얘기를 내가 이미
늘어놓은 적이 있다. 그를 '대단한 에시피온'이라고 불러도 온당했을
것이다. 그는 두 번째 고객으로 기사도 관련 서적들을 펴내는 출판업
자를 데려왔다. 양식(良識)을 갖추었는데도 부유해진 자였다. 그 출
판업자는 다른 출판업자의 책을 모방하여 제작했다가 그 판본이 압류
당했다. 나는 3백 두카도를 대가로 그 책의 인쇄본 압류를 철회하게
해주었고, 막대한 벌금도 면하게 해줬다. 그 일이 총리대신과는 전혀
상관없다 할지라도, 내가 간청하여 그 장관이 자신의 직권을 이용하
여 개입해 주었다. 출판업자 다음으로는 어느 상인을 맡게 되었다.
무슨 일인가 하면, 한 포르투갈 선박이 바르바리의 해적에게 나포되
었다가 이어서 카디스의 선주에게 넘어간 사건이었다. 그 배가 싣고

있던 상품들의 3분의 2는 리스본의 어느 상인 것이었다. 이 상인은 자신의 상품들을 요구했지만 소용없었다. 그러자 그것들을 돌려받게 해줄 만큼 영향력 있는 후원자를 찾으러 스페인 궁정으로 왔다. 나는 그를 도와서 그가 후원의 대가로 선물해 준 4백 피스톨라를 이용하여 그의 재산을 되찾아 주었다.

이쯤에서 독자가 내게 외쳐대는 소리가 들리는 것만 같다. '자, 힘 내시오, 데 산티아나 씨! 돈을 많이 모으시오. 당신은 운 좋은 길로 들어섰소. 당신의 행운을 밀어붙이시오.' 오! 나는 그걸 놓치지 않을 것이다. 내가 착각한 게 아니라면, 내 시종 에시피온이 이제 막 걸려 든 새로운 고객을 데리고 오는 게 보인다. 에시피온의 얘기를 들어 보자. "나리, 나리께 이 유명한 약장수를 소개하게 해주십시오. 이자가 다른 왕국들은 제외하고 스페인 왕국의 모든 도시에서 10년 동안 자기 약제에 대한 판매특권을 요청한답니다. 즉, 자기가 있게 될 곳에 서는 동종업계 사람들이 개업하지 못하게 해달라는 겁니다. 그런 특전을 신속히 건네줄 사람에게 답례로 2백 피스톨라를 드릴 생각이랍니다." 시종이 그렇게 말하자 나는 후원자인 척하면서, 그 약장수에게 말했다. "자, 친구여. 내가 당신 일을 맡겠소." 정말로 나는 며칠 안 되어 온 스페인 왕국에서 독점적으로 사람들을 속여먹을 수 있게 해주는 특허면허증을 그에게 쥐어 주어 보냈다.

나는 점점 부유해질수록 점점 더 탐욕스러워지는 것을 느꼈다. 그 뿐만 아니라, 방금 얘기한 그 네 가지 특전을 총리대신으로부터 너무 쉽게 얻어냈기에, 전혀 거리낌 없이 다섯 번째 특전도 요청했다. 그 것은 그라나다 해안의 베라라는 도시의 통치권에 관한 것으로서, 칼라트라바 기사단의 어느 기사가 이 통치권을 얻게 해주면 1천 피스톨라를 주겠다고 한 일이었다. 총리대신은 내가 그렇게 돈에 연연하는 것을 보고 웃기 시작했다. "세상에! 맙소사!" 그는 말했다. "자네는 이웃을 돌보는 일을 굉장히 좋아하는구먼. 이보게나, 사소한 사안일 뿐이라면 내가 대충 넘어가겠지만, 통치권이라든가 다른 중대한 것을 원할 때는 자네가 받는 수수료의 절반으로 만족하게나. 나머지 반은 내게 돌리게. 내가 치러야 할 비용, 내 직위의 위엄을 지키기 위해 필요한 재원이 얼마나 되는지 자넨 상상도 못 할 걸세. 다른 사람들에게는 내가 욕심이 없는 것처럼 치장하고 있긴 해도, 가사(家事)를 흔들리게 할 만큼 그리 무분별하지는 않다네. 그 점에 관해 조정하게."

나의 주인은 이 말을 통해 내가 혹시 그를 귀찮게 하는 건 아닐까 했던 염려를 내게서 덜어 주고, 그보다는 앞으로도 종종 요청해야겠다는 생각으로 들뜨게 만들었다. 그리고 나는 이전보다 더 부(富)를 갈망하게 되었다. 그래서 궁정의 특전을 얻기 바라는 사람이라면 모두 나한테 말하기만 하면 된다고 떠들어대도 기꺼워했을 것이다. 내가 이쪽으로 가면, 에시피온은 저쪽으로 갔다. 돈을 벌기 위해 나는 그저 어떻게든 누구나 만족시키려 들었다. 칼라트라바 기사는 내 덕분에 1천 피스톨라를 대가로 베라 통치권을 얻었고, 곧이어 나는 같은 가격에 산티아고 기사단의 어느 기사에게 다른 통치권을 얻게 해주었다. 나는 그런 것들로만 그치지 않고, 기사 작위까지 얻어다 줬으며, 훌륭한 귀족작위 수여증을 통해 몇몇 괜찮은 평민을 나쁜 귀족으로 바꾸어 놓기도 했다. 또한 성직자들에게도 내 은혜를 느끼게 하고 싶었다. 나는 조촐한 성직록, 참사원직, 몇몇 고위성직 등을 수여해 주었다. 주교직과 대주교직은 돈 로드리게스 데 칼데론이 수여했다. 그는 행정관직, 기사관직, 부왕직을 임명하기도 했다. 이는 큰 자리들이라고 해서 작은 자리들보다 더 올바르게 채워지는 것은 아니라는 얘기다. 왜냐하면 우리가 그토록 '정직한' 밀매로 이런저런 자리에 앉혀 놓은 신하들이 늘 가장 능력 있는 자들, 가장 견실한 자들인 것도 아니었으니 말이다. 이에 관해 마드리드 익살꾼들이 우리를 조롱하며 웃음거리로 삼는다는 것을 우리도 잘 알고 있었다. 하지만 우리는 야유를 받으면서도 자신의 금화들을 다시 들여다보며 위로로 삼는 수전노들 같았다.

무절제와 미친 짓은 부자들의 헤어질 수 없는 동반자라고 했던 이 소크라테스가 옳았다. 내가 3만 두카도의 주인이 되고, 어쩌면 그 열 배쯤 벌 수 있을 것으로 보이자, 총리대신의 심복에 어울릴 만한 인물로 보여야 한다는 생각이 들었다. 그래서 저택 하나를 통째로 임대하여 가구를 품위 있게 갖춰 놓았다. 그리고 어느 재판소 서기의 호화로운 사륜마차를 샀다. 그 서기가 뻐기려고 샀다가 단골 빵집 주인의 충고로 처분하려던 마차였다. 나는 마부 한 명, 하인 세 명을 고용했다. 그리고 오래된 하인은 승진시키는 것이 온당하므로, 에시피온을 내 시종이자 비서이자 집사라는 삼중의 영예로움으로 높여 놓았다. 하지만 내 자부심을 절정에 달하게 한 것은, 총리대신이 자신의 시종들이 입는 제복을 내 하인들에게도 입히는 게 좋겠다고 한 것이다. 이로 인해 나는 그나마 남아 있던 판단력을 잃어버렸다. 커민을 마셔 댄 탓에 자기네 스승처럼 창백해지자 그 스승만큼 자기들도 박식하다고 생각했던 포르키우스 라트로의 제자들 못지않게 나도 미쳐 있었다. 하마터면 나 자신을 레르마 공작의 친척이라고 믿을 뻔했다. 적어도 속으로는 내가 레르마 공작의 친척이나 어쩌면 그의 서출 중 하나로 통할 거라고 확신했으며, 이로써 엄청나게 우쭐해졌다.

여기에 덧붙이자면, 식탁에 아무나 환영하는 총리대신 나리를 본받아서 나도 먹을 것을 제공하기로 결정했다. 이를 위해 에시피온에게 솜씨 좋은 요리사 한 명을 발굴해 오라고 시켰다. 그랬더니 어쩌면 크레센티우스 2세의 요리사에게 비견될 만큼 맛으로 평판이 자자한 요리사를 구해 왔다. 나는 내 지하창고를 감미로운 포도주들로 가득 채웠다. 그리고 다른 식품들도 구비한 후 함께 식사할 사람들을 맞아들이기 시작했다. 장관 집무실에서 정무비서의 지위를 자랑스레 여기는 주요 관리들 중 몇몇이 내 집으로 매일 저녁 식사를 하러 왔다. 나는 그들에게 진수성찬을 대접하고, 언제나 거나하게 마시게 한 뒤 돌려보냈다. 에시피온 또한 (왜냐하면 그 주인에 그 하인이니까) 찬방에 자신의 식탁이 있었다. 거기서 그는 내 돈으로 자기 지인들에게 맛있는 음식을 대접했다. 그런데 내가 그 녀석을 좋아할 뿐만 아니라, 내가 재산을 모으는 데 그가 공헌했으므로, 내가 재산을 소비하는 것을 그가 도울 권리가 있어 보였다. 게다가 나는 그런 탕진을 젊은이다운 것으로 여겼기에, 그로 인해 내게 초래될 잘못이 보이지 않았다. 나로 하여금 조심하지 못하게 하는 이유가 또 있었다. 녹봉과 일자리가 끊임없이 자금을 대주었기 때문이다. 내 재정이 나날이 늘어나는 것이 보였다. 이번에야말로 행운의 바퀴에 못을 박았다고 생각했다.

이제 파브리시오를 내 호화스런 생활의 증인으로 만들기만 하면 내 허영심은 완벽히 채워지는 거였다. 나는 그가 안달루시아에서 반드

시 돌아올 거라고 확신했다. 그리고 그를 놀라게 해주는 즐거움을 맛
보기 위해 익명의 짤막한 편지를 그가 받도록 조치해 놓고, 그 편지에
그의 친구들 중 한 시칠리아 귀족이 저녁 식사에서 그를 기다린다고
알렸다. 나는 그가 며칠날 몇 시에 어느 장소로 가야 하는지 적어 놓
았다. 그 만남은 내 집에서였다. 그리하여 파브리시오가 내 집으로
왔다. 그는 자기를 저녁 식사에 초대한 그 외국인 귀족이 바로 나였다
는 것을 알고 굉장히 놀랐다. 내가 그에게 말했다. "그래, 친구야, 내
가 이 저택의 주인이야. 내겐 마차도 있고, 맛있는 식사도 있고, 게
다가 금고도 있어." 그러자 그가 "아니, 이렇게 풍요로워진 너를 보게
되다니!"라고 격렬히 소리쳤다. "내가 너를 갈리아노 백작 곁에 두기
를 정말 잘했구나! 너그러운 귀족이어서 얼마 안 있으면 너를 편하게
해줄 거라고 내가 말했잖아." 그러고는 덧붙였다. "저택의 관리총책
을 너무 닦달하지 말라고 한 나의 현명한 충고를 아마 따랐을 테지.
축하해. 관리인이 대저택에서 윤기가 자르르 흐르려면 그런 신중한
처신을 유지해야 해."

나는 파브리시오가 나를 갈리아노 백작 집에 데려다 놓은 것에 대
해 마음껏 자화자찬하도록 내버려 두었다. 그런 후, 그가 내게 그토
록 좋은 자리를 얻어 준 것에 대해 즐거워하는 것을 자제시키기 위해,
내가 해준 일의 대가로 백작이 어떻게 했는지 상세히 얘기해 주었다.
그런데 내가 그 자세한 이야기를 하는 동안, 시인 파브리시오의 태도
가 급변하는 것이 보였다. 그래서 나는 말했다. "나는 시칠리아인의
배은망덕을 용서해. 우리끼리 얘기지만, 그 점에 대해 한탄하기보다
는 자랑스러워할 만한 이유가 있으니까. 그 백작이 내게 그렇게 잘못

하지 않았다면, 나는 그를 따라 시칠리아로 갔을 거야. 앞으로 어떤 자리로 가게 될지 불확실한 채 거기서 여전히 그를 섬기고 있겠지. 한마디로, 레르마 공작의 심복은 되지 않았을 테지."

누녜스는 이 마지막 말에 너무 심한 충격을 받아서 한마디도 못 한 채 잠시 가만히 있었다. 그러더니 불쑥 침묵을 깼다. "내가 제대로 들은 건가? 뭐라고! 네가 총리대신의 신뢰를 받고 있다고?" 그래서 내가 대답했다. "나는 로드리게스 데 칼데론과 각하의 신뢰를 함께 받고 있어. 나는 분명히 출세할 거야." 그러자 그가 대꾸했다. "데 산티아나 나리, 저는 정말로 나리를 존경합니다. 나리는 온갖 종류의 일을 해내실 수 있습니다. 나리에게는 얼마나 많은 재능이 모여 있는지! 아니 그보다는, 우리 노름방의 표현을 쓰자면, 나리는 '보편적 도구'를 갖고 계시는군요. 즉, 팔방미인이십니다. 게다가 나리, 저는 나리의 봉토가 번영하여 몹시 기쁩니다." "아, 빌어먹을!" 내가 말을 막았다. "누녜스 씨, 나리니 봉토니 하는 것은 그만! 그런 용어들은 추방합시다. 그리고 언제나 친하게 함께 지냅시다." 그러자 그가 응수했다. "네 말이 맞아. 네가 부자가 됐다 해도 너를 평소와 다른 눈으로 봐서는 안 되지. 나의 약함을 인정할게. 너의 행복한 처지를 알게 되어 정말 감탄스럽구나. 하지만 나의 경탄은 지나가면 그뿐이야. 나는 너를 그저 내 친구 질 블라스로만 본단다."

우리의 대화는 너덧 명의 관리들이 오는 바람에 방해받았다. 나는 그들에게 누녜스를 가리키며 말했다. "여러분, 여러분은 오늘 저녁 돈 파브리시오 씨와 함께 식사를 하시게 될 겁니다. 누마 왕에 어울리는 운문을 지었고, 전대미문의 산문도 쓰신 분입니다." 불행히도 나는 시 따위는 아랑곳하지 않는 사람들에게 말했기에, 이로 인해 시인은 창백해졌다. 그들은 파브리시오에게 힐끗 눈길만 던졌을 뿐이다. 파브리시오는 그들의 관심을 끌려고 아주 재치 있는 말들을 했지만, 그래봤자 그들은 그 재치를 느끼지도 못했다. 그래서 파브리시오는 너무 분하여 외설적인 말을 시처럼 말하였다. 그러고는 슬그머니 그들을 벗어나 사라져 버렸다. 관리들은 그가 물러간 것을 알아채지 못한 채 식탁에 앉았고, 파브리시오가 어찌 됐는지 물어보지도 않았다.

다음 날 아침에 내가 옷 입는 일을 마치고 나갈 준비가 되었을 때 아스투리아스의 시인이 내 방으로 들어왔다. "미안해, 친구." 그가 말했다. "엊저녁에 내가 그 관리들을 심하게 비판했다면 말이야. 하지만 솔직히 나는 그들 사이에 너무 잘못 끼어 있어서 견디고 있을 수가 없었어. 거들먹거리고 뻣뻣한 그 지겨운 인물들! 섬세한 정신을 가진 네가 어떻게 그토록 아둔한 자들과 식사를 함께할 수 있는 건지 난 이해가 안 돼." 그러더니 덧붙였다. "오늘부터 내가 너에게 더 유쾌한 손님들을 데려오고 싶은데 … ." 그래서 내가 대답했다. "그러면 아주 기쁘지. 그 점에 대해서는 너의 취향을 믿을게." 그러자 그가 대꾸했다. "네 말이 맞아. 탁월한 재능을 가진 자들과 아주 재미있는 자들을 데려올게. 곧 그들이 모여들 음료 가게로 내가 지금 당장 갈 거야. 내가 그들을 붙잡아 둘게. 다른 데로 약속을 잡아 놓을지 모르니까. 점심 식사나 저녁 식사에 그들을 초대하는 자는 그만큼 즐거울 테니까."

이 말을 하고 나서 그는 가버렸다. 저녁에 식사시간이 되자 그는 작가들만 여섯 명을 데리고 와서는 그들에 대한 찬사와 함께 내게 한 명씩 소개했다. 그는 이 재사들은 그리스와 이탈리아의 재사들을 능가한다며 말했다. "이분들의 작품들은 황금 활자로 인쇄되어야 마땅하네." 나는 그 신사들을 아주 정중히 맞아들였고, 친절을 다해 만족시키려는 체하기까지 했다. 왜냐하면 작가라는 종족은 허영심이 좀 많고 빼기기 때문이다. 내가 에시피온에게 아주 풍성한 식사를 준비하도록 신경 쓰라고 권하지 않았는데도, 그는 그날 어떤 부류의 사람들을 대접해야 하는지 알고 있었으므로, 요리들을 보강했다.

마침내 우리는 아주 즐거이 식탁에 앉았다. 그 시인들은 대화를 나누며 서로 칭찬하기 시작했다. 어떤 자는 자신이 영감을 발휘하여 기쁨을 안겨준 고관대작과 귀족부인들을 언급했다. 그리고 어떤 자는 어느 문인학술회가 두 가지 주제에 대해 막 결정한 작가 선정을 비난하면서 그 학술회가 뽑아야 할 사람은 자기였을 거라고 '겸손히' 말했다. 다른 이들의 말 속에서도 자만심이 그 못지않게 들어 있었다. 저녁 식사가 한창인데 그들이 운문과 산문을 읊어 대니 나는 죽을 지경이었다. 그들은 돌아가며 한 사람씩 자기가 쓴 글의 한 부분을 낭송하기 시작했다. 어떤 자는 소네트를 낭송하고, 어떤 자는 비극의 한 장면을 읊어 댔고, 어떤 자는 어느 희극의 비평을 읽었다. 자기 차례가 된 네 번째 시인은 나쁜 운율로 번역된 아나크레온의 서정단시를 하나 읽었는데, 한 동료가 중지시키면서 적절치 못한 단어들을 사용했다고 지적했다. 그 번역의 저자는 이를 조금도 인정하지 않았다. 그로 인해 논쟁이 벌어졌고, 모든 재사들이 거기에 끼어들었다. 의견은 나뉘었고, 논쟁자들은 열을 올렸으며, 그러다가 욕설까지 하기에 이르렀다. 뭐 그건 그럴 수 있다고 치자. 하지만 너무 격분해서 급기야 식탁을 박차고 일어나 서로 주먹다짐을 하다니 …. 파브리시오, 에시피온, 내 마부, 내 하인들과 나는 그들의 싸움을 말리는 것이 여간 힘든 일이 아니었다. 그들은 헤어지게 되자 마치 술집에서 나가는 것처럼, 내 집을 나서면서 자신들의 무례함에 대해서는 내게 조금도 사과하지 않았다.

이 식사 모임이 아주 즐거울 거라고 장담했던 누녜스는 그 사건에 대해 망연자실해 있었다. "자, 이제 친구야, 너의 손님들을 여전히 칭찬할 거니? 정말로, 너는 추잡한 사람들을 데려온 거야. 나는 내 관리들로 만족하련다. 이제 작가들에 대해서는 더 이상 말을 하지 마." 그러자 그가 대답했다. "다른 작가들은 너한테 소개하지 말아야겠다. 네가 방금 본 사람들이 가장 이성적인 자들이니까."

10

질 블라스의 품행이 궁정에서 완전히 타락하다

레모스 백작이 그에게 맡긴 일과 그들이 가담한 음모

내가 '레르마 공작이 아끼는 사람'으로 알려지자 이윽고 나를 찾는 사람들이 생겼다. 아침마다 내 부속실에는 사람들로 가득 찼고, 나는 일어나자마자 접견을 했다. 내 집에는 두 부류의 사람들이 왔다. 한 부류는 대가를 치르면서 장관에게 사면을 요청해 달라는 자들이었고, 다른 부류는 자기네가 원하는 바를 공짜로 얻으려고 애원하며 나를 성가시게 하는 자들이었다. 첫째 부류의 얘기는 내가 잘 듣고서 그들이 원하는 바를 이루어 주었다. 두 번째 부류는 구실을 대서 당장 치워 버리거나 시간을 너무 오래 낭비하게 해서 결국 참을성을 잃게 만든다. 사람들이 그렇게 모여들기 전의 나는 천성적으로 동정도 잘하고 인정도 많았다. 하지만 그런 상황에서는 인간적인 약함은 잃게 마련이어서 나는 조약돌보다 더 딱딱해졌다. 그러다 보니 친구들에게 다정다감하던 습성에서도 벗어났다. 그들에 대한 애정을 온통 다 내던져 버린 것이다. 호세 나바로에게 보였던 태도가 이를 입증해 준다. 어떤 계제에 그랬는지 이제 얘기하겠다.

내가 그토록 신세를 많이 졌고, 한마디로 내 행운의 첫째 원인이던 그 나바로가 어느 날 내 집에 왔다. 나를 볼 때마다 습관적으로 그러듯 돈독한 우정을 표시하고 난 후 자기 친구를 위해 레르마 공작에게 일자리 하나를 요청해 달라고 부탁했다. 그가 도우려 하는 기사는 매우 상냥하고 자질이 많은 청년인데 생계를 위해 일자리가 필요하다고 했다. 그러고는 덧붙였다. "내가 알기로는 자네가 선량하고 배려심이 많으니 부유하지 못한 신사를 기쁘게 해주는 일을 기꺼이 하리라 의심치 않네. 선행을 좋아하는 자네 기질을 발휘할 기회를 갖게 되어 내게 고마워할 거라고 확신해." 이는 내가 그 일을 공짜로 해주기를 기대한다는 뜻이 분명했다. 그러는 것이 별로 내 취향이 아니었음에도 불구하고 나는 그가 원하는 바를 해줄 의향이 강한 듯 보이지 않을 수 없었다. 그래서 나바로에게 대답했다. "자네가 나를 위해 해준 그 모든 것들에 대해 열렬한 감사를 표시할 수 있게 되어 매우 기쁘네. 자네가 누군가에게 도움을 주고 싶다면 그저 내게 말만 하면 되네. 내가 그 일을 돕기로 결정하는 데 그 이상 필요한 건 없네. 자네 친구는 문제의 그 일자리를 얻게 될 걸세. 기대하게. 이제부터는 자네의 일이 아니라, 내 일일세."

이런 확약에 호세는 아주 만족스러워하며 돌아갔다. 그러나 그가 그토록 추천하던 사람은 문제의 자리를 얻지 못했다. 나는 바로 그 자리를 1천 두카도를 받고 다른 사람에게 돌아가게 했고, 그 1천 두카도는 내 금고에 넣었다. 일이 성사될 경우 그 주방장 친구가 내게 했을 감사 표시보다 그 돈이 나는 더 좋았다. 우리가 다시 만났을 때 나는 괴로워하는 표정으로 그에게 말했다. "아! 친애하는 나바로, 그 추천을 내게 너무 늦게 했네. 칼데론이 선수를 쳤어. 자네가 말한 그 자리를 칼데론이 다른 사람에게 주게 했거든. 자네에게 더 좋은 소식을 알리지 못해 절망스럽네."

호세는 내 말을 진심이라고 믿었으며, 우리는 그 어느 때보다 더 우애 있게 헤어졌다. 하지만 곧 그가 진실을 알게 되었나 보다. 그가 더 이상 내 집에 오지 않았으니 말이다. 그래서 나는 좋았다. 그가 내게 준 도움들이 내 마음을 무겁게 했을 뿐만 아니라, 당시 나는 사람들이 많이 찾던 상황이라서 집사들과 교제하는 것이 더 이상 바람직하지 않았다.

레르마 공작의 조카 레모스 백작에 대한 얘기를 하지 않은 지 한참 되었다. 이제 그 귀족에 관한 얘기로 돌아오자. 나는 그를 가끔씩 보곤 했다. 이전에 말한 바처럼, 내가 그에게 1천 피스톨라를 갖다 준 적이 있었고, 그의 삼촌인 공작의 지시에 따라 내가 갖고 있던 장관의 돈 중 1천 피스톨라를 또 갖다주었다. 레모스 백작은 그날 나와 오래 얘기하고 싶어 했다. 그는 마침내 자신의 목표에 도달했고, 스페인 왕자의 총애를 전적으로 받고 있으며, 그 왕자의 유일한 심복이라고 내게 알려 줬다. 그러고 나서 내게 아주 영예로운 심부름을 맡겼는데, 내가 이미 준비하고 있던 일이었다. 그는 말했다. "친구 산티아나, 이제 행동을 개시해야 하네. 그 바람둥이 왕자를 즐겁게 해줄 만한 젊은 미녀를 찾아내는 일에 매진하게. 아무것도 아끼지 말고 ….
자네는 똑똑하네. 그러니 더 이상 말하지 않겠네. 자, 어서 가서 찾아보게나. 적절한 여인을 발견하게 되거든 내게 와서 알려 주게." 나는 그 일을 성사시키기 위해 그 무엇도 소홀히 하지 않겠다고 백작에게 약속했다. 그토록 많은 사람들이 그 일에 끼어들 테니 수행하기 힘들지 않을 거라는 말도 했다.

나는 그런 종류의 탐색을 하는 습관이 별로 없었지만, 에시피온이 그런 일에서도 뛰어날 거라고 믿어 의심치 않았다. 집에 도착해서 그를 따로 불러 말했다. "애야, 네게 털어놓을 중요한 비밀이 있다. 내가 운 좋은 특혜들 가운데서 뭔가 결여되었다고 느끼는 걸 너 아니?" 그러자 내가 하려던 말을 마칠 겨를도 없이 그가 말했다. "저는 그게 뭔지 쉽게 짐작합니다. 나리에게는 기분도 좀 풀어 주고 흥겹게도 해 줄 사근사근한 님프가 필요합니다. 그리고 사실 인생의 봄을 맞은 나리에게 그런 여인이 없다는 것이 놀랍습니다. 근엄한 늙다리들도 여인 없이 지내지 못할 텐데 ···." 이 말에 나는 미소 지으며 대꾸했다. "너의 통찰력이 감탄스럽구나. 그래, 친구야, 연인이 필요하단다. 네 손으로 구해 주면 좋겠구나. 하지만 이런 일에서 나는 아주 까다롭다는 점을 미리 알려 두마. 품행이 나쁘지 않은 예쁜 여자를 데려와야 한다." 그러자 에시피온이 반박했다. "나리께서 원하시는 그런 여인은 좀 드뭅니다. 하지만 이 도시에는 없는 것이 없으므로, 나리가 원하시는 여자를 곧 찾아내게 될 겁니다."

정말로 사흘 뒤 그는 말했다. "제가 보물을 하나 발견했습니다. 좋은 집안 출신인 데다가 매혹적인 미모를 가진 카탈리나라는 이름의 귀족 아가씨인데요. 작은 집●에서 숙모의 후견하에 있고, 그 두 사람은 대단치 않은 재산으로 아주 정숙하게 살고 있다고 합니다. 제가 아는 하녀가 그들의 시중을 들고 있는데, 아무도 그 집에 들어가지 못하긴 하지만, 추문이 날까 봐 염려하는 부유하고 자유분방하고 대담한 남자가 전혀 물의를 일으키지 않고 밤에만 그 집에 들어오려 한다면 그 문이 열릴 수도 있다고 방금 그 하녀가 장담했습니다. 그래서 제가 그 집에 들여도 될 만한 기사로 나리를 내세웠고, 나리에 관해 두 여인에게 얘기해 보라고 하녀에게 간청했습니다. 그녀는 그러겠다고 약속했어요. 그리고 내일 아침에 약속된 장소에서 대답을 전해 주겠다고 했습니다."그래서 내가 응수했다. "잘했구나. 그런데 네가 말하는 그 하녀가 너를 속인 것은 아닌지 염려되는구나." 그러자 그가 반박했다. "아니, 아닙니다. 저를 감쪽같이 속이지는 못합니다. 제가 그 이웃들에게 이미 물어봤고, 그들의 말에서 결론을 끌어냈거든요. 세뇨라 카탈리나는 나리께서 얼마 안 되는 돈으로 주피터 노릇을 하러 갈 수 있을 만한 집의 다나에 같은 여인입니다!"

그런 종류의 여복에 대해 나는 아주 편견을 갖고 있었는데도 이번 일에는 끼어들었다. 다음 날 그 하녀가 와서 에시피온에게 당장 그날 저녁 자기 주인들의 집에 들어올지 말지는 내게 달렸다고 말했다. 그래서 나는 밤 11시와 자정 사이에 그 집으로 슬그머니 들어갔다. 하녀는 불도 안 켠 채 나를 맞아들이더니 내 손을 잡고서 꽤 세련된 방으로 데려갔다. 거기에는 우아하게 차려입고 네모진 실크 방석에 앉

● 원문의 'petite maison'은 글자 그대로 하면 '작은 집'이지만 맥락에 따라 '유곽'이라는 의미도 있다. 저자인 르사주는 이를 염두에 두고서 말장난을 하는 것으로 이해될 수 있다.

아 있는 두 여인이 있었다. 그녀들은 나를 알아보자마자 일어나서 너무 고상하게 절을 하여, 나는 그녀들이 귀족 여인들일 거라고 생각했다. 세뇨라 멘시아라고 불리는 숙모는 아직 아름다웠는데도 내 눈길을 끌지 못했다. 그저 조카만 바라보게 되었다. 그녀는 마치 여신 같았다. 그럼에도 자세히 잘 살펴보면 완벽한 미모는 아니라고 말할 수 있었을 것이다. 그런데 그녀는 남자들이 보기에 결점이라고는 거의 지적할 수 없게 하는 관능적이고 톡 쏘는 분위기와 더불어 매력이 있었다.

그녀를 보자 내 감각들이 혼란스러워지기도 했다. 나는 그저 대리인 역할을 하기 위해 왔을 뿐이라는 사실도 잊었다. 그래서 나 개인의 자격으로 직접 말했고, 열정에 빠진 남자가 할 만한 온갖 얘기를 했다. 나는 그 아가씨가 실제로 갖고 있는 재기보다 세 배는 불려서 보았다. 그 정도로 매력적으로 보였기 때문인데, 그녀는 대답들로 나를 홀리고야 말았다. 나는 더 이상 감정을 억제하지 못하기 시작했다. 그때 숙모가 내 흥분을 자제시키려고 말을 건넸다. "데 산티아나 나리, 제가 솔직히 설명드리겠습니다. 나리에 대해 전해 들은 찬사를 믿고 나리를 제 집에 들어오시게 한 겁니다. 그런 호의에 대해 생색을 내려 하지는 않겠습니다. 그렇다고 해서 더 진전이 된 거라고는 생각하지 마십시오. 저는 지금까지 제 조카를 은둔 상태에서 길러 왔습니다. 말하자면, 나리는 저 아이를 본 첫 번째 기사님이십니다. 나리께서 저 아이를 나리의 배우자로서 적격이라고 판단하신다면, 저 아이가 그런 영예를 갖게 된 것이 저는 기쁠 겁니다. 저 아이가 그럴 만한 가치가 있는지 보십시오. 더 싼 값에 저 아이를 얻게 되지는 못하실 겁니다."

총구를 바로 들이대고 쏘아 대는 것 같은 이 말은, 내게 이제 막 화살을 쏘려 했던 사랑의 요정을 질겁하게 만들었다. 에두르지 않고 단도직입적으로 말하느라 그토록 노골적으로 한 결혼 제안은 나로 하여금 정신이 번쩍 들게 만들었다. 불현듯 나는 레모스 백작의 충실한 중개인이 다시 되었다. 그래서 어조를 바꾸며 그 세뇨라 멘시아에게 대답했다. "부인, 그 솔직함이 제 마음에 들었고, 본받고 싶기도 하군요. 제가 사람들에게 어떻게 여겨지건 간에 저는 절세미녀 카탈리나에 못 미칩니다. 그녀를 위해 더 빛나는 혼처를 제가 쥐고 있습니다. 상대는 스페인 왕자입니다." 이렇게 말하자 카탈리나의 숙모는 "제 조카를 거절하실 거면 그냥 거절하시면 됩니다"라고 냉정하게 대꾸했다. "그 거절만으로도 충분히 무례한 것 같은데, 빈정거리는 독설까지 곁들이실 필요는 없습니다." 그래서 내가 소리쳤다. "빈정거리는 것이 아닙니다, 부인. 이보다 더 진지할 수가 없어요. 저는 스페인 왕자의 비밀스런 방문이라는 영예에 어울리는 여인을 찾아보라는 명령을 받았습니다. 그런 여인을 부인 댁에서 찾았기에 부인을 붙잡는 겁니다."

멘시아 부인은 이 말을 듣고 매우 놀랐으며, 그 말에 기분 상하지 않은 듯 보였다. 그럼에도 불구하고 그녀는 신중한 척해야 한다고 믿으면서 이렇게 대꾸했다. "나리가 제게 하시는 말을 곧이곧대로 믿을지라도 제 조카가 왕자의 정부(情婦)가 되는 꼴을 보는 가증스런 영예를 제가 기뻐할 성격은 아니라는 점을 알아 두세요. 저의 덕성이 분노합니다. 그런 생각에 …." 내가 그녀의 말을 가로막았다. "그런 덕성을 갖고 계시다니 부인께선 참으로 훌륭하십니다! 그런데 부인께서는 어리석은 부르주아 여인처럼 생각하시는군요. 그런 일을 도덕적 관점에서 고려하시다니 농담하십니까? 이는 그런 일이 가진 좋은 점들을 죄다 걷어 내버리는 것입니다. 좀 진정하고 생각해 보셔야 합니다. 행복한 카탈리나의 발치에서 왕국의 계승자가 놀고 있는 모습을 떠올려 보세요. 왕자가 그 아이를 애지중지하고 선물도 잔뜩 주는 모습을 상상해 보시라고요. 그리고 어쩌면 그녀에게서 영웅이 태어나 자기 이름과 더불어 어머니의 이름을 길이 남기게 될 것을 생각해 보세요."

그 숙모는 내가 제안한 것을 받아들이기만 하면 더 이상 바랄 것이 없었음에도 불구하고 어떻게 결심해야 할지 모르는 척했다. 그리고 카탈리나는 이미 스페인 왕자를 붙잡고 싶었을 텐데도 아주 무관심한 척했다. 이 때문에 나는 밀어붙이려는 노력을 더욱 기울였다. 그런 상태가 계속되다가, 마침내 내가 퇴짜 맞았다고 여기며 물러날 준비가 된 듯 보이자 드디어 세뇨라 멘시아가 항복할 의사를 보였다. 우리는 다음의 두 가지 조항을 담은 협약서를 작성했다. 첫째, 스페인 왕자가 카탈리나의 매력에 관해 전해 듣고서 불이 붙어 야간 방문을 하기로 작정한다면 내가 그녀들에게 미리 알리고 나서 어느 날 밤에 올 것인지에 대해서도 신경 쓸 것. 둘째, 왕자는 평범한 신사 차림으로 오로지 나와 우두머리 전령만 동반하고 와야 그 집에 들어갈 수 있을 것이라는 내용이었다.

이 협약을 맺은 후, 숙모와 조카는 내게 더할 수 없이 호의적으로 대했다. 그녀들은 내게 친근하게 굴었고, 나는 그 기회를 이용해 가벼운 포옹도 몇 번 감행했더니 그녀들은 그럭저럭 잘 받아 주었다. 헤어질 때는 그녀들 쪽에서 나를 포옹하며 온갖 애무를 다 해주었다. 연애 중매자와 그런 중매자가 필요한 여인들 사이의 관계가 그토록 쉽게 형성되다니 경이로운 일이다. 거기서 그렇게 특별대우를 받고 나오면서 나는 이전보다 더 행복해진 것만 같았다.

레모스 백작은 그가 마음에 들어 할 여자를 내가 찾아냈다고 알렸더니 굉장히 기뻐했다. 나는 그가 카탈리나를 보고 싶은 마음이 들게 할 표현들을 써가며 얘기했다. 그날 밤 나는 그를 그녀의 집으로 데려갔고, 그는 내가 아주 잘 찾아냈다고 인정해 주었다. 레모스 백작이 그녀에게 말했다. 내가 골라 준 '정부'를 스페인 왕자가 대단히 흡족해할 것이 틀림없고, 그녀 쪽에서도 그런 애인에 만족할 만하며, 그 젊은 왕자는 너그럽고 아주 부드러우며 선량하다고 …. 마지막으로, 수일 내에 그녀들이 원하는 방식으로, 즉 수행원 없이 조용히 그를 데려오겠다고 장담했다. 그러고 나서 레모스 백작은 그녀들에게 작별 인사를 했고, 이어서 그 집에서 나왔다. 우리는 둘이 함께 타고 온 그의 마차로 갔다. 그 마차는 우리가 그녀들의 집에 들어가 있는 동안 길 끝에서 기다리고 있었다. 이어서 그는 나를 내 저택에 데려다주면서, 내가 다음 날 그의 삼촌에게 전해야 할 말을 지시했다. 대강 구상된 그 일에 관해 우선 알려 주고 나서 그 일을 마무리하기 위한 1천 피스톨라를 자기에게 보내 달라는 부탁을 하라는 거였다.

다음 날 나는 잊지 않고 레르마 공작에게 가서 그간 일어난 일을 정확히 알렸다. 단, 한 가지만 숨겼다. 에시피온에 관한 얘기는 안 하고, 카탈리나를 발견한 주역이 바로 나인 것처럼 말한 것이다. 고관대작들과 말할 때는 누구나 모든 것을 자기 공으로 돌리게 마련이다.

그렇게 해서 나는 칭찬을 받았다. 장관은 놀리는 기색으로 말했다. "질 블라스 씨, 당신의 모든 재능을 동원하여 이번에도 상냥한 미녀들을 발굴해 내서 기쁘오. 내가 미녀를 하나 원하게 될 때면 당신에게 청할 테니 받아들여 주시오." 그래서 내가 같은 어조로 대답했다. "각하, 그 특혜에 감사드립니다. 그런데 그런 종류의 즐거움을 각하께 마련해 드리기가 조심스럽다고 아뢰나이다. 돈 로드리게스 나리께서 그 임무를 수행하고 계신 지 너무 오래되어 그분에게서 그 일을 빼앗는다면 부당할 것이옵니다." 공작은 내 대답에 미소 짓더니 말길을 돌려 자기 조카가 그 나들이를 위해 돈이 필요하지는 않은지 물었다. 그래서 내가 대답했다. "죄송하지만, 1천 피스톨라를 보내 주시기를 부탁드린답니다." 그러자 장관이 응수했다. "아, 그렇다면, 자네가 갖다주면 되겠네. 그에게 전하게. 그 돈을 조금도 아끼지 말고, 왕자가 지출하고 싶어 할 때마다 그 비용을 다 대주라고 말일세."

11

스페인 왕자가 카탈리나에게 한 비밀방문과 선물

나는 레모스 백작에게 1천 피스톨라를 때맞춰 갖다주러 갔다. "마침 딱 맞춰 잘 왔네." 그 귀족이 내게 말했다. "내가 왕자님께 말씀 드렸네. 왕자님께서는 지금 마음이 급하시네. 카탈리나를 보고 싶어 안달이셔. 밤이 되는 즉시 왕궁을 몰래 빠져나가서 그녀의 집으로 가 시려 하네. 그렇게 하기로 결정되었네. 이를 위해 우리가 이미 조처 를 취해 놓았어. 그 여인들에게 알리고 자네가 가져온 돈을 그들에게 주어서 그들이 맞아들일 사람이 평범한 애인이 아니라는 점을 알게 해주게. 게다가 왕족은 그런 만남이 있기 전에 우선 호의부터 베푸는 법일세. 자네가 나와 함께 전하를 수행할 걸세. 오늘 저녁 전하의 취 침시간에 반드시 와 있게. 그리고 자네의 사륜마차가(왜냐하면 내 판 단에는 그걸 사용하는 것이 적절하니까) 자정에 왕궁 근처에서 우리를 기다려야 하네."

나는 즉각 그 여인들의 집으로 갔다. 카탈리나는 통 보이지 않았다. 쉬고 있다는 말만 들었다. 그래서 나는 세뇨라 멘시아에게만 말했다. "부인, 제가 부인 댁에 낮에 들이닥친 것을 용서해 주십시오. 하지만 달리 어쩔 수가 없습니다. 스페인 왕자께서 오늘 밤에 오실 거라고 알려 드려야 하니까요." 그러고는 금화가 든 가방을 그녀의 손에 쥐여 주며 덧붙였다. "자, 여기 키티라섬 여신들의 호의를 얻기 위해 보내는 봉헌물입니다. 보시다시피 저는 두 분을 나쁜 일에 끌어들인 게 아닙니다." 그러자 그녀가 대답했다. "제가 나리께 신세를 졌군요. 그런데 데 산티아나 나리, 왕자님께서 혹시 음악을 좋아하시는지 알려 주십시오." 그래서 내가 대답했다. "굉장히 좋아하십니다. 섬세하게 연주하는 류트의 반주에 실린 아름다운 목소리만큼 왕자님을 즐겁게 하는 것은 없습니다." 그러자 그녀가 기쁨에 들떠서 소리쳤다. "참 잘됐네요! 그렇게 말씀해 주시니 기쁘기 그지없습니다. 왜냐하면 제 조카는 꾀꼬리 같은 목소리를 갖고 있고, 류트를 황홀할 정도로 잘 연주하거든요. 심지어 춤도 완벽하답니다." 그래서 이번에는 내가 소리쳤다. "저런! 완벽하네요, 숙모님! 아가씨가 출세하는 데 그 정도나 필요하지는 않은데 말입니다. 그 재능들 중 단 하나만 있어도 충분한데 …."

그렇게 이런저런 준비를 한 후 나는 왕자의 취침시간을 기다렸다. 그 시간이 되자 마부에게 지시를 하고 나서 레모스 백작과 만났다. 백작이 내게 말하기를, 왕자가 모든 사람들을 평소보다 일찍 쫓아 보내기 위해 몸이 약간 불편한 척하고, 심지어 일찍 잠자리에 들어서 그가 아픈 줄 믿게 할 거라고 했다. 그러다가 한 시간 후 일어나서 비밀 문을 통해 마당으로 통하는 숨겨진 계단으로 나오게 될 거라고 했다.

그는 왕자와 합의한 사항을 내게 알려 주고 나서, 그들이 지나가게 될 장소에 나를 배치했다. 그래서 내가 거기서 기다리고 있는데 시간이 너무 한참 지나다 보니, 우리의 바람둥이가 다른 길로 갔거나 카탈리나를 보고 싶은 마음이 없어진 거라는 생각이 들기 시작했다. 왕족들은 종종 그런 종류의 욕망을 만족시키기도 전에 잃어버리곤 하니까! 마침내 나는 그들이 내가 기다리는 것을 잊어버린 거라고 생각하게 되었다. 그러던 차에 두 남자가 나타나 내게 다가왔다. 나는 그들이 내가 기다리던 사람들이라는 것을 확인하고 내 마차로 데려가서 태웠다. 그리고 나는 길 안내를 위해 마부 곁에 자리했다. 나는 그녀들의 집으로부터 50여 발자국쯤 떨어진 데서 마차를 멈추게 했다. 스페인 왕자와 그의 수행원이 마차에서 내릴 때 나는 그들을 돕기 위해 손을 내주었다. 우리는 그녀들의 집을 향해 걸어갔다. 우리가 다가가자 문이 열리더니 들어서자마자 닫혔다.

내가 그 집에 처음 갔을 때처럼 우선은 컴컴한 상태에 놓이게 되었다. 벽에 작은 램프가 특별히 달려 있었음에도 그랬다. 그 램프는 뿜어내는 빛이 너무 희미해서 우리가 그 램프를 알아볼 뿐이지 우리를 비추지는 못했다. 그 모든 것이 우리 주인공에게는 그 모험을 더 흥미진진하게 해줄 뿐이었다. 여인들이 그를 방에서 맞아들였을 때, 그는 그녀들을 보고 심히 놀랐다. 그 방에는 수많은 촛불이 켜져 있어서 마당에 깔린 어둠을 상쇄시켜 주었다. 숙모와 조카는 영리한 교태가 서린 우아한 실내복을 입고 있어서 그냥 바라만 보고 있을 수 없게 할 만했다. 우리의 왕자는 둘 중 하나만 선택해야 하는 것이 아니었다면 세뇨라 멘시아에 대해서도 흡족해했을 것이다. 하지만 젊은 카탈리나의 매력을 당연히 더 좋아했다.

"그런데 저하, 저희가 이들보다 더 예쁜 여인들을 보는 즐거움을 드릴 수 있었을까요?" 레모스 백작이 왕자에게 말했다. 그러자 왕자가 대답했다. "둘 다 아주 매력적이로구나. 여기서 내 마음을 도로 가져가지는 못할 것 같구나. 내 마음을 조카가 놓친다 하더라도 숙모가 기어코 붙들어 놓을 테니까."

왕자는 숙모에게 그토록 후한 칭찬을 한 후 카탈리나에게 듣기 좋은 말을 무수히 했다. 이에 카탈리나는 아주 재치 있게 응수했다. 그 자리에서 나는 점잖은 신사 역할을 하는 거였는데, 점잖은 신사들에게도 연인들의 대화에 끼어드는 것은 허락되므로, 나는 불을 지피기 위해 바람둥이에게 그의 님프가 노래와 류트 연주를 놀랍도록 잘한다고 말했다. 그는 그녀에게 그런 재능이 있다는 것을 알고 좋아했다. 그리고 그녀에게 조금만 보여 달라고 재촉했다. 그의 간청에 그녀는 기꺼이 굴복했다. 그녀는 완벽히 조율된 류트를 집어 들더니 부드러운 노랫가락을 몇 곡 연주했고 너무 감동적으로 노래를 불러서, 왕자는 사랑과 쾌락에 들떠 무릎 꿇으며 쓰러졌다. 하지만 장면 묘사는 여기서 끝내자. 그저, 스페인 왕국의 계승자가 달콤한 취기에 빠져서 몇 시간이 몇 순간처럼 흘렀고, 동틀 때가 다가오기에 그 위험한 집에서 그를 끌어내야 했다는 것만 얘기하고 넘어가도록 하자. 그 일의 기획자들은 재빨리 그를 궁궐로 데려가서 처소에 있게 해놓았다. 그러고 나서 두 사람은 각자 자기네 집으로 돌아갔는데, 왕자를 그런 바람둥이 여자와 짝지어 놓고는 마치 어느 공주와 결혼시키기라도 한 양 만족스러워했다.

나는 다음 날 아침에 레르마 공작에게 사건 전말에 대해 얘기해 주었다. 그가 전부 알고 싶어 했기 때문이다. 이야기를 마치고 있을 때 레모스 백작이 도착하여 우리에게 말했다. "왕자님이 카탈리나에게 푹 빠지셔서 그녀를 몹시 좋아하게 되셨고, 그녀를 자주 보고 관계를 이어 가기로 작정하셨습니다. 오늘 그녀에게 2천 두카도 가치의 보석들을 보내고 싶어 하시는데 돈이 없으셔요. 그래서 제게 말씀하셨습니다. '친애하는 레모스, 자네가 나한테 그만한 돈을 당장 마련해 줘야겠네. 내가 자네를 괴롭히고 거덜나게 하는 것을 잘 아네. 그래서 내 마음이 자네를 특별히 생각하고 있네. 자네가 내게 해준 그 모든 것에 대해 내 마음으로만이 아니라 혹시라도 다른 방식으로 고마움을 표할 수 있게 되면, 자네는 내게 베푼 일에 대해 조금도 후회하지 않게 될 걸세.' 그래서 제가 '왕자님, 제게는 친구들도 있고 신용도 있습니다. 왕자님께서 원하시는 것을 구하러 가겠습니다'라고 대답하며 얼른 그 자리를 떴습니다."

그러자 공작이 "그를 만족시키는 일은 어렵지 않아"라고 조카에게 말했다. "산티아나가 너에게 그 돈을 가져다줄 거다. 또는 네가 원한다면 산티아나가 직접 그 보석들을 살 수도 있어. 그 분야를 완벽히 알거든, 특히 루비를…. 그렇지 않은가, 질 블라스?"라고 그는 짓궂은 표정으로 나를 보며 덧붙였다. 그래서 내가 "참 심술궂으십니다, 각하!"라고 응수했다. "저를 희생시키면서 백작님을 재미있게 해주시고 싶으시군요." 백작은 웃고야 말았다. 그 조카는 거기에 무슨 비밀이 있는지 물었다. 그러자 삼촌이 웃으며 대꾸했다. "별거 아냐. 언젠가 산티아나가 다이아몬드를 루비로 맞바꾸려 했는데, 그렇게 해

봤자 명예도 이익도 얻지 못했거든."

총리대신이 그 일에 관해 더 이상 말하지 않으면 참 좋았을 텐데. 그러나 그는 카미야와 돈 라파엘이 호텔 셋방에서 간계를 써서 특히 내가 아주 불쾌한 상황에 빠졌던 이야기를 수고스럽게도 했다. 그러고는 몹시 즐거워하더니 내게 레모스 백작과 함께 가라고 지시했고, 백작은 스페인 왕자에게 보여 줄 보석들을 고르기 위해 나를 데리고 보석상으로 갔다. 그런 후 그 보석들을 카탈리나에게 전하라고 내게 지시했다. 이어서 나는 보석상에게 값을 치르기 위해 공작의 돈 2천 두카도를 가지러 내 집으로 갔다.

그날 밤 내가 심부름 맡았던 그 선물을 내놓았을 때, 그녀들이 내게 상냥했는지 어땠는지는 말할 필요도 없을 것이다. 조카를 위한 선물은 장식이 늘어뜨려진 아름다운 귀걸이였다. 왕자의 사랑과 배포를 표시하는 그 선물에 두 여인은 신이 나서 수다스런 아낙네들처럼 재잘거리기 시작했고, 그렇게 좋은 만남을 주선해 준 것에 대해 내게 감사했다. 그녀들은 기쁨에 겨워 정신이 없었다. 그래서 내가 우리의 위대한 군주의 아들에게 한낱 사기꾼들을 소개해 준 것은 아닌지 의심케 하는 몇 마디가 그녀들의 입에서 본의 아니게 새어 나오고야 말았다. 내가 혹시 엄청난 짓을 저지른 것은 아닌지 정확히 알기 위해 나는 에시피온과 그 문제를 분명히 따져 볼 작정을 하며 물러났다.

12

|

카탈리나는 누구였나

질 블라스의 당혹스러움, 염려

그는 마음이 편해지기 위해 어떤 대비를 해야 했나

집으로 돌아왔더니 왁자지껄하는 소리가 들렸다. 내가 그 이유를 물었더니 그날 저녁 에시피온이 자기 친구 대여섯 명에게 식사 대접을 하느라 그렇다고 한다. 그들은 고래고래 노래를 불러 댔고, 늘어지게 폭소를 터뜨리곤 했다. 그 식사는 그리스의 일곱 현인들의 연회와는 확실히 달랐다.

연회 주최자는 내가 온 것을 알고는 자기 손님들에게 말했다. "여러분, 아무것도 아닙니다. 주인님이 돌아오신 것일 뿐이에요. 괘념치 말아요. 계속 즐기세요. 내가 주인님에게 몇 마디만 드리러 가겠습니다. 잠시 후 다시 돌아올게요." 그러고 나서 나를 보러 왔다. "웬 소란인가! 자네는 도대체 어떤 부류의 사람들과 잔치를 벌이는 건가? 시인들인가?" 내가 그렇게 말했더니 그가 대답했다. "아닙니다. 저 사람들에게 주인님의 포도주를 마시라고 주는 것은 유감스런 일일 테지요. 하지만 그 포도주를 제가 아주 잘 이용하고 있는 겁니다. 제 손님들 중에는 자기 돈과 주인님의 신용으로 직위를 하나 얻고 싶어 하는 아주 부유한 젊은이가 있어요. 바로 그를 위해 잔치를 벌이는 겁니다. 그가 마실 때마다 향후 주인님에게 돌아오게 될 소득이 10피스톨라씩 늘어납니다. 저는 그 사람을 해 뜰 때까지 마시게 할 겁니다." 그래서 내가 대꾸했다. "식탁으로 얼른 다시 가거라. 그리고 내 지하 창고의 포도주를 조금도 아끼지 마라."

　나는 그런 상황에서 카탈리나 얘기를 하는 것이 적절치 못하다는 생각이 들었다. 하지만 다음 날 일어나자마자 에시피온에게 말했다. "친구 에시피온아, 우리가 어떤 방식으로 함께 사는지 너는 알고 있다. 나는 너를 하인이라기보다 동무로 대하고 있다. 나를 주인으로 착각한다면 그건 잘못일 게다. 그러니 우리 서로 비밀을 갖지는 말자. 내가 너를 놀라게 할 일을 한 가지 알려 줄 테니, 네 쪽에서도 네가 소개해 준 두 여인에 대해 어떻게 생각하는지 죄다 말해 주라. 우리끼리 얘긴데, 그녀들이 순박한 척할수록 술수에 능한 교활한 여자들 같다는 의심이 더더욱 드는구나. 내가 그녀들을 제대로 평가해 보면, 스페인 왕자가 나를 칭찬할 이유가 별로 없어. 네게 고백건대, 바로 그 왕자를 위해서 여자를 하나 구해 달라고 했던 거란다. 내가 왕자를 카탈리나의 집에 데려갔고, 왕자는 그녀를 사랑하게 되었어." 그러자 에시피온이 "맙소사, 주인님이 제게 너무 잘해 주시니 제가 솔직해지지 않을 수가 없네요. 사실 제가 어제 그 두 왕녀들의 아랫사람과 단둘이 대화를 했어요. 그래서 그녀들에 관한 얘기를 들었는데, 굉장히 재미있는 것 같았어요. 주인님에게 그 얘기를 간략히 해드릴게요."

에시피온은 말을 계속했다. "카탈리나는 아라곤의 보잘것없는 귀족의 딸이랍니다. 겨우 열다섯 나이에 예쁜 만큼 가난하기도 한 고아가 되었는데, 어느 늙은 기사의 말을 잘 따랐다는군요. 그 기사는 그녀를 톨레도로 데려와서 아버지라기보다는 남편 노릇을 한 후 6개월 만에 죽었대요. 그녀는 그 기사로부터 상속을 받았는데, 헌 옷가지 몇 벌과 현금 3백 피스톨라였어요. 그래서 그녀는 세뇨라 멘시아와 합쳤어요. 세뇨라 멘시아는 이미 초로에 들어서긴 했지만 그래도 아직 인기가 있었대요. 친구가 된 두 여인은 함께 살았고, 사법기관의 눈길을 끌 만한 짓들을 하기 시작했어요. 그녀들은 사법기관이 그녀들에 대해 자꾸 캐내려 하는 것이 마음에 들지 않아서 홧김에 급작스레 톨레도를 떠나 마드리드로 정착하러 왔어요. 여기서 약 2년 전부터 이웃들 중 그 어느 여자와도 왕래하지 않으며 살고 있어요. 그런데 가장 중요한 소식을 들어 보세요. 그녀들이 오로지 벽 하나로 구분돼 있는 두 채의 집을 빌렸다는 겁니다. 두 집 각각의 지하창고에서 서로 이어지는 계단을 통해 두 집을 왕래할 수가 있어요. 세뇨라 멘시아는 두 집 중 하나에서 어린 하녀와 거주하고 있고, 늙은 기사의 상속녀는 자기 할머니로 통하게 한 늙은 샤프롱과 다른 집에 사는 겁니다. 그 아라곤 여인이 어떤 때는 숙모에 의해 길러진 조카가 되고, 어떤 때는 조모의 보호하에 있는 고아가 되도록 말입니다. 그녀가 조카 행세를 할 때는 카탈리나로 불리고, 손녀 노릇을 할 때는 시레나라는 이름으로 불린답니다."

시레나라는 이름에 나는 창백해지면서 에시피온의 말을 가로막으며 말했다. "무슨 얘기를 하는 거니? 아아! 그 빌어먹을 아라곤 여인이 칼데론의 애인일까 봐 정말 두렵구나." 그러자 에시피온이 대답했다. "바로 그 여자인 걸요. 주인님께 이 소식을 알리면 좋아하실 줄 알았어요." 그래서 내가 대꾸했다. "그렇게 생각하지 마라. 그 여자는 내게 기쁨보다는 괴로움을 초래하니까. 그 결과를 지금 잘 보고 있지 않느냐?" 그러자 에시피온이 대꾸했다. "아니오, 맹세코. 그로 인해 무슨 불행이 생겨날 수 있는 건가요? 지금 벌어지고 있는 일을 돈 로드리게스가 알아내리라는 것은 확실치 않아요. 그리고 그가 알게 될까 봐 걱정되신다면 총리대신에게 미리 알리면 되잖아요. 그 일에 관해 아주 자연스럽게 얘기하세요. 그러면 주인님의 선의를 아시게 될 겁니다. 그런 후 만약 칼데론이 총리대신님에게 주인님에 대해 나쁘게 말한다면 각하께서는 칼데론이 오로지 복수심 때문에 주인님에게 피해를 주려는 거라고 보실 겁니다."

에시피온은 그렇게 말하여 내 두려움을 불식시켜 주었다. 나는 그의 충고를 따랐다. 그런 유감스런 사실을 알게 된 것에 대해 레르마 공작에게 알린 것이다. 심지어 그 일에 대해 처량한 척하며 상세히 말했다. 내가 아무것도 모른 채 왕자에게 돈 로드리게스의 정부를 넘기게 되어 괴로워 죽을 지경이라고 믿게 하려는 거였다. 그런데 총리대신은 총애하는 나를 불쌍히 여기기는커녕 놀려 댔다. 그리고 나서는 내게 늘 하던 대로 지내라고 말했다. 어찌됐든 칼데론으로서는 스페인 왕자와 같은 여인을 사랑하고, 왕자보다 더 나쁜 대접을 받지는 않으니 그로서는 영광스런 일이라는 말까지 했다. 나는 레모스 백작에게도 그 사실을 알렸다. 백작은 칼데론 수석비서가 그 음모를 발견하여 공작으로 하여금 나를 버리게 만든다면, 자기가 나를 보호해 주겠노라고 확언했다.

　이 조처를 통해 내 행운의 배가 좌초에서 벗어났다고 믿은 나는 더 이상 아무것도 두려워하지 않았다. 나는 카탈리나, 달리 말하자면 아름다운 요부 세이렌의 집으로 왕자를 다시 데려다주었고, 그 요부는 수완이 좋아서 칼데론을 떼어 버릴 구실을 찾아내서 그에게 주었어야 할 밤들을 재주 좋게 그의 혁혁한 경쟁자에게 주었다.

13

질 블라스는 계속 귀족처럼 굴다

가족 소식을 알고 난 후의 반응

파브리시오와 사이가 틀어지다

아침이면 보통 내 부속실이 청탁을 하러 오는 사람들로 바글거린다고 이미 말한 바 있다. 그런데 나는 그들이 구두로 청탁하는 것을 원치 않았다. 궁정의 관례에 따라, 아니 그보다는 거들먹거리기 위해 청원자를 볼 때마다 말하곤 했다. "진정서를 주시오." 그것이 너무 습관이 되어 어느 날엔가는 내 저택의 주인에게 그렇게 대답했다. 그런데 그는 내가 1년 치 집세를 밀렸다는 사실을 상기시키러 온 거였다. 정육점 주인과 빵집 주인은 내가 그들에게 계산서를 요청하는 수고를 면케 해주었다. 매달 그들이 꼬박꼬박 갖다주었으니까. 에시피온은 내가 하는 그대로 본떠서 하므로, 복제본이 원본과 매우 가깝다고 할 수도 있을 것이다. 내가 손써주기를 간절히 바라며 에시피온에게 호소하는 사람들한테 나와 별반 다르지 않게 행동했으니 말이다.

나는 다른 우스꽝스런 짓도 했는데, 지금도 영 용서가 안 된다. 고관대작들에 관해 말할 때 마치 나도 그런 신분이라도 되는 양 굴 정도로 멍청했다는 점이다. 예를 들어 알바레스 공작이나 오수나 공작 또는 메디나 시도니아 공작을 언급할 때면, 격식도 안 차리고 그저 '알바레스', '오수나', '메디나 시도니아'라고 말하곤 했다. 한마디로 너무 오만방자하고 허영에 가득 차서 더 이상 내 아버지 어머니의 아들이 아니었다. 아아! 가난한 샤프롱과 가난한 시종이여, 나는 그 두 분이 아스투리아스에서 행복하게 사는지 비참하게 사는지 알아보지도 않았다! 나는 부모님만 생각 안 한 것이 아니다! 궁정은 레테강 같은 효력을 갖고 있어서, 우리 부모와 친구들이 나쁜 상황에 있을 때마저도 그들을 잊게 한다.

그러므로 나는 가족을 더 이상 생각 않고 있었는데, 어느 날 아침 내 집에 어느 청년이 들어와서 나와 잠깐 따로 말하고 싶다고 했다. 나는 그를 서재로 들르게 하였다. 그가 들어오자 의자도 권하지 않고, 왜냐하면 내 보기에 서민층 같았으니까, 내게 원하는 것이 뭐냐고 물었다. 그러자 그가 말했다. "질 블라스 씨, 나를 전혀 기억하지 못하십니까?" 그래서 그를 주의 깊게 뜯어보았다. 그런데 아무 소용없어서 그의 용모가 내게는 완전히 생소하다고 대답할 수밖에 없었다. 그러자 그가 말했다. "나는 당신과 같은 고향 사람입니다. 바로 오비에도에서 태어났고, 참사원이신 당신 외삼촌의 이웃인 식료품상 베르트란 무스카다의 아들입니다. 나는 당신을 잘 알아보겠는데요. 우리가 함께 술래잡기를 엄청 많이 했거든요."

그래서 내가 대답했다. "나는 어린 시절 놀이들에 대해서는 아주 어렴풋한 기억밖에 없습니다. 그 이후에 전념했던 일들이 나로 하여금 그 시절의 기억을 잃어버리게 했어요." 그러자 그가 말했다. "나는 내 아버지의 거래처와 정산을 하기 위해 마드리드로 왔습니다. 그러다가 당신에 관한 얘기를 들었지요. 당신이 궁정에서 높은 지위에 있고, 이미 유대인처럼 부유하다고 사람들이 말하더군요. 축하합니다. 그리고 내가 고향에 돌아가서 당신의 가족들에게 이토록 기분 좋은 소식을 알려드리겠습니다. 그분들이 아주 기뻐하실 겁니다."

나는 그에게 내 아버지, 어머니, 외삼촌을 마지막으로 뵈었을 때 어떤 상태였는지 예의상 묻지 않을 수 없었다. 하지만 그 의무를 너무 냉랭하게 이행하여, 그 식료품상에게 혈연의 힘을 찬양할 구실을 주지 않았다. 나한테 매우 소중해야 할 사람들에 대해 내가 그토록 무심히 말하니까 그는 충격을 받은 것 같았다. 그는 솔직하고 투박한 청년이어서 노골적으로 말했다. "나는 당신이 친지들에 대해 더 다정다감할 거라고 생각했습니다. 그들에 관해 어찌 그리 냉랭한 기색으로 물을 수가 있나요? 당신의 아버지와 어머니는 여전히 일을 하고 계시고, 선량하신 참사원 힐 페레스는 연로한 데다가 지병에 짓눌리셔서 돌아가실 날이 멀지 않다는 것을 알아 두십시오. 사람은 도리를 따라야 하는 법이죠. 당신은 이제 부모님에게 좋은 일을 해드릴 수 있는 형편이니, 친구로서 충고하건대 그분들에게 해마다 2백 피스톨라쯤 보내 주십시오. 그 정도의 도움이면 당신이 불편해지지 않으면서도 그분들에게 달콤하고 행복한 생활을 마련해 드리게 될 겁니다."

그가 내 가족에 대해 그렇게 묘사해 봤자 내 마음이 흔들리기는커녕, 내가 부탁하지도 않는데 함부로 충고하는 그가 너무 제멋대로라고 느껴질 뿐이었다. 그가 더 꾀발랐더라면 어쩌면 내가 설득되었을지도 모르는데…. 하지만 그는 너무 솔직해서 나를 격분케 할 뿐이었다. 내가 불만스러워서 침묵을 지키자, 그가 눈치챘다. 그런데 그는 자비심보다 심술이 더 많아서 권고를 계속했다. 그래서 나는 짜증이 났다. "오! 너무하는군요." 그리고 흥분하며 말했다. "자, 무스카다 씨, 당신과 상관있는 일에만 끼어드시오. 내게 의무를 강요하다니 당신에게 잘도 어울리네요! 이런 경우 뭘 해야 할지는 내가 더 잘 알고 있소." 이 말을 마치며 그 식료품상을 서재 밖으로 밀쳐 버렸다. 그리고 그에게 오비에도로 돌아가서 후추와 정황이나 많이 팔라고 말했다.

그런데 그가 방금 한 말이 내 머릿속에서 맴돌지 않을 수 없었다. 나는 나 자신을 패륜아라고 나무라면서 서글퍼했다. 내가 어린 시절을 어떻게 보냈는지, 내 부모가 내 교육에 들인 정성은 어땠는지 떠올려 보았다. 그리고 그들에게 빚진 것이 무엇인지 떠올려 보았다. 그랬더니 격한 감사의 마음이 몇 차례 들긴 했지만, 그렇다고 어떤 결론에 이르지는 않았다. 내 배은망덕이 곧 그 감사들을 억눌러 버리고, 이어서 깊은 망각이 뒤따르게 했다. 그런 자식들을 둔 아버지들이 꽤 많다.

나를 사로잡고 있던 탐욕과 야심이 내 기질을 완전히 바꿔 놓았던 것이다. 나는 쾌활함을 완전히 잃어버렸다. 멍하고 주의가 산만해졌다. 한마디로 멍청한 짐승이 된 것이다. 파브리시오는 내가 재산을 추종하는 일에 완전히 몰두해서 자기와 매우 소원해진 것을 보고는 내 집에 오는 일이 드물어졌다. 심지어 언젠가는 이렇게 말하기까지 했다. "질 블라스, 정말로 너를 더 이상 못 알아보겠어. 네가 궁정에 드나들기 전에는 여전히 편안했는데…. 하지만 지금은 끊임없이 흥분해 있는 것처럼 보여. 부자가 되려고 계획에 또 계획을 세우고, 재산을 모으면 모을수록 더 많이 모으고 싶어 하잖아. 게다가 앞으로도 내가 이런 말을 할 수 있을까? 너는 나한테 더 이상 마음을 털어놓지도 않고, 관계의 마력인 허심탄회한 태도도 보이지 않아. 정반대로 자신을 꽁꽁 싸매고, 내게 속마음을 감추고 있어. 네가 나한테까지 갖추는 예의 속에서 거리낌마저 눈에 띄곤 하지. 요컨대, 질 블라스는 이제 더 이상 내가 알던 질 블라스가 아냐." 그래서 내가 꽤 냉랭한 기색으로 대꾸했다. "나를 놀리고 있는 게 분명하구나. 나는 나 자신에게서 변화를 전혀 못 느끼는 걸." 그러자 그가 반박했다. "너 자신의 눈을 믿어서는 안 되지. 너의 눈은 홀려 있으니까. 내 말을 믿어, 네가 변한 것은 너무나 사실이니까. 진심으로, 친구야, 말해봐. 우리가 예전처럼 지내고 있는 거니? 내가 아침에 네 집의 문을 두드리러 가면 너는 직접 문을 열어 주곤 했어. 대체로 여전히 잠에 푹 젖어 있었어도 말이야. 그러면 나는 격식 차리지 않고 네 방으로 들어갔지. 그런데 오늘날에는 아주 달라! 너한테는 하인들이 있지. 그들이 나를 네 부속실에서 기다리게 하고는 내가 왔음을 알린 다음에야 너와 얘기를 나눌 수가 있어. 그리고 너는 나를 어떻게 맞이하니? 냉담한 예의를 갖추고 귀족인 척하며 맞이하지. 내 방문이 네게 짐스러워지기 시작하는 것 같아. 너를 동무로 여겼던 사람에게 그런 대접이 기분 좋을 거라고 생각하는 거야? 아니야, 산티아나, 아니야! 나한테는 전혀 맞지가 않아. 잘 지내라, 합의하에 헤어지자. 둘 다 서로 치워 버리기로 하자 ⋯ . 너는 네 행동의 검열자를 치워 버리는 거고, 나로서는 자기 처지를 망각한 졸부를 치워 버리는 거지."

나는 그의 질책에 마음이 움직이기보다는 기분이 상했다. 그래서 그를 붙잡아 보려는 노력은 조금도 하지 않고 그냥 멀어져 가게 내버려 두었다. 내 정신이 딴 데 팔려 있었으므로, 그런 상황에서 한 시인의 우정은 잃는다 해서 슬퍼해야 할 만큼 귀한 것은 아닌 것 같았다. 나는 왕의 몇몇 하급관료들과 교류하며 거기서 위안을 얻었다. 기질이 잘 맞아서 바로 얼마 전부터 가까워진 사이였다. 이 새로운 지인들의 대부분은 출신도 불분명하고, 그저 운이 좋아서 그 직위에 오른 사람들이었다. 그들은 모두 이미 제멋대로였다. 그 파렴치한 인간들은 왕의 호의로 잔뜩 얻은 혜택을 오로지 자신의 자질 덕분이라고 여기면서, 나처럼 자신을 망각하고 있었다. 우리는 각자 자신을 꽤 존경받을 만한 인물이라고 생각했다. 오, 행운이여! 그래, 너는 네 호의를 정말로 자주 나눠주는구나. 스토아주의자 에픽테토스는 행운을 하인들에게 자신을 내맡기는 지체 높은 아가씨에 비교했다. 그가 틀리지 않았다.

제 9 부

1

에시피온이 질 블라스를 결혼시키려고
부유하고 유명한 금은세공사의 딸을 소개하다

이에 따라 행해진 절차

어느 날 저녁, 내 집에 저녁 식사를 하러 왔던 사람들을 돌려보
내 놓고 나서 에시피온과 단둘이 있게 되자, 나는 그에게 그날 무엇을
했느냐고 물었다. 이에 그가 대답했다. "아주 대단한 일을 했지요.
나리에게 제가 알고 있는 어느 금은세공사의 무남독녀를 주선해 드리
려고요."

"금은세공사의 딸이라고!" 내가 멸시하는 투로 소리쳤다. "너 정신
나간 거냐? 내게 부르주아 여자를 제안할 수가 있는 거야? 나름대로
어떤 자질도 있고, 궁정에서 웬만한 입지도 있을 경우에는 더 높은 목
표를 가져야 할 것 같은데 말이다." 그러자 에시피온이 말했다. "아
니, 나리, 그런 어조로 말씀하지 마세요. 귀족으로 격을 높여 주는
쪽은 남자라는 것을 생각하십시오. 제가 나리에게 인용할 수 있을 숱
한 귀족들보다 더 까다롭게 굴지 마세요. 문제의 그 상속녀가 십만 두
카도를 가져올 혼처라는 것을 아십니까? 금은세공사의 한밑천 아니

겠어요?" 그토록 큰 금액에 관해 듣자 나는 아까보다는 물렁해졌다. 그래서 에시피온에게 말했다. "그래, 내가 항복하지, 그만한 지참금이라면 그러기로 하마. 내가 그 돈을 만질 수 있게 해주련?" 그러자 그가 대답했다. "나리, 천천히요. 좀 참을성을 가지세요. 우선 이 일을 그녀의 아버지에게 전하여 허락을 받아야 합니다." 그래서 내가 웃음을 터뜨리며 대꾸했다. "좋아! 너는 벌써 그 생각까지 하는 거냐? 혼인 준비가 꽤 진전되었네!" 그러자 그가 받아쳤다. "나리가 생각하시는 것보다 훨씬 더 그렇답니다. 그 금은세공사와 단 한 시간만 얘기하면 동의를 얻어 낼 수 있다고 장담하지요. 하지만 더 진전시키기 전에 타협을 하기로 해요. 제가 나리에게 십만 두카도를 얻게 해드린다고 가정하면, 제게 얼마를 주시렵니까?" 그래서 내가 대답했다. "2만 두카도." 그러자 그가 말했다. "오, 하늘에 영광을! 저는 나리의 보상을 1만 두카도로 그치려 했는데 … 저보다 두 배나 후하시군요. 내일 당장 협상을 시작하겠습니다. 성공을 믿으셔도 됩니다. 안 그러면, 저는 그저 멍청이일 뿐이지요."

실제로 이틀 후 그가 말했다. "제가 가브리엘 살레로 씨에게 말했습니다. 그게 그 금은세공사 이름입니다. 제가 주인님의 신용과 장점을 어찌나 자랑했던지, 주인님을 사위로 받아들이라는 제안에 솔깃해했습니다. 주인님께서는 총리대신이 총애하는 사람이라는 점을 그에게 분명히 보여 주시기만 하면, 그의 딸과 십만 두카도를 얻으시게 될 겁니다." 그래서 내가 에시피온에게 말했다. "그렇다면 나는 곧 결혼하는 거겠네. 그런데 그 딸을 보기는 한 거니? 예쁘냐?" 그러자 그가 대답했다. "지참금만큼 그리 예쁘지는 않습니다. 우리끼리 얘기지

232

만, 그 부유한 상속녀는 아주 예쁜 여인은 아닙니다. 다행히 나리께서는 그런 점에 거의 개의치 않으시잖아요." 그래서 내가 대꾸했다. "맹세코 아니다, 얘야. 우리 같은 궁정 사람들은 그저 혼인하기 위해 혼인하는 거다. 우리는 친구들의 아내들에게서만 미모를 찾아본다. 혹시라도 자기 아내가 미녀라 하더라도 그 미모에 너무 관심을 안 줘서 이 때문에 아내가 벌을 준다 해도 받아 마땅하다."

그러자 에시피온이 말했다. "그게 다가 아닙니다. 가브리엘 씨는 주인님에게 오늘 저녁 식사를 대접하시겠답니다. 단, 주인님께서 결혼 얘기는 전혀 하시지 않는다는 조건으로 말입니다. 그 식사에 그 금은세공사의 친구들 중 상인 열 명을 초대할 거라고 했어요. 그러니 주인님은 그저 회식을 함께하는 것으로 돼 있고, 내일 같은 방식으로 그분이 주인님 댁에 저녁 식사를 하러 오실 겁니다. 일을 진전시키기 전에 주인님을 잘 살펴보려는 것이겠죠. 그러니 그 사람 앞에서 언행을 조심하시는 게 좋을 겁니다." 그래서 내가 그의 말을 막으며 자신만만한 태도로 말했다. "오! 물론이지. 나를 마음껏 살펴보게 해야지. 그 점검에서 내가 손해 보는 일은 없을 걸."

그 일은 철저히 실행되었다. 나는 금은세공사의 집에 안내되었고, 그 금은세공사는 마치 우리가 이미 여러 번 만났던 듯 친근하게 나를 맞아들였다. 그는 말하자면 '피곤할 정도로' 예의 바른 반듯한 부르주아였다. 그는 내게 자기 아내 세뇨라 에우헤니아와 젊은 딸인 가브리엘라를 소개해 주었다. 나는 그녀들에게 찬사를 퍼부었지만, 협약을 위반하지는 않았다. 아주 듣기 좋은 말로 별것 아닌 것에 대해 궁정 사람들식 표현을 써서 말했다.

내 비서에게는 실례가 되겠지만, 내 보기에 가브리엘라는 그리 나쁘지 않았다. 그녀가 굉장히 치장했기 때문이거나, 아니면 내가 그녀를 그저 지참금을 통해서만 보았기 때문일 것이다. 가브리엘 씨의 집은 아주 훌륭했다! 내 생각에, 페루의 광산에 있는 은도 그 집에 있는 은보다는 적을 것 같았다. 은이 무수히 다양한 형태로 사방팔방에서 눈에 띄었다. 각 방마다 대단했고, 특히 우리가 식사했던 방은 하나의 보물이었다. 사위의 눈에는 대단한 광경이다! 장인은 그 식사를 더 영예롭게 하기 위해 자기 집에 대여섯 명의 상인을 모아 놓았다. 모두들 심각하고 지루한 인물들이었다. 그들은 그저 장사 얘기밖에 안 해서, 그들의 대화는 함께 저녁 식사를 하는 친구들끼리의 대화라기보다는 차라리 상인들의 회의 같았다.

나도 바로 다음 날 저녁에 그 금은세공사에게 진수성찬을 차려 주었다. 나는 은제품들로 그를 황홀케 할 수 없으므로, 다른 환상의 도움을 빌었다. 궁정에서 용모가 가장 훌륭한 친구들을 초대한 것이다. 내가 알기로는 한없는 욕구를 가진 야심가들이었다. 그 사람들은 자기네가 열망하는 찬란하고 돈 많이 들어오는 직위들과 권세에 관해서만 얘기를 나누었다. 그것이 효과를 냈다. 부르주아인 가브리엘은 그 대단한 생각들에 얼떨떨해져서, 자기가 가진 그 많은 재산에도 불구하고 그 신사들에 비해 자기는 그저 보잘것없는 인간일 뿐이라고 느꼈다. 나는 절도 있는 사람처럼 굴면서, 나라면 그저 2만 두카도 수익 정도의 조촐한 재산이면 만족할 거라고 말했다. 그러자 명예와 재화에 굶주린 그자들은 내게 틀렸다고 소리쳤고, 내가 총리대신의 총애를 그토록 받고 있으니 그렇게 약소한 것으로 그치면 안 된다고 말했다. 장인은 그 말들을 한마디도 놓치지 않고 듣고 있었다. 그는 물러갈 때 매우 흡족해하는 것 같았다.

에시피온은 바로 다음 날 오전에 그를 보러 가서 나에 대해 만족하느냐고 물었다. 그 부르주아는 에시피온에게 "푹 빠져 버렸다오. 그 청년이 내 마음에 쏙 들었단 말이오"라고 말했다. 그러고는 덧붙였다. "그런데 에시피온 씨, 우리의 오랜 친분을 생각하여 제발 솔직하게 말해 주시오. 당신도 알다시피, 우리는 모두 약점을 갖고 있소. 데 산티아나 씨의 약점이 무엇인지 내게 말해 주시오. 도박을 하나요? 혹시 바람둥이인가요? 그가 가진 나쁜 성향은 어떤 건가요? 제발 감추지 말고 말해 주시오." 그러자 중매쟁이 에시피온이 반박했다. "그런 질문을 하시다니 저를 모욕하시는 겁니다, 가브리엘 씨. 저는 제 주인의 이익보다는 당신의 이익을 더 생각하는데요. 혹시 따님을 불행하게 만들 만한 나쁜 습관이 제 주인에게 있다면, 제가 어떻게 그를 사윗감으로 제안했겠습니까? 아니오, 아무렴요! 저는 당신에게 너무 도움이 되고 싶어서 그런 겁니다. 우리끼리 얘긴데, 그분에게는 아무 결점이 없다는 것이 결점입니다. 젊은이치고는 너무 신중해요." 그러자 금은세공인이 대꾸했다. "거 참 잘됐네요. 그리고 기쁘네요. 자, 그럼 친구여, 내 딸을 주겠다는 말을 이제 그에게 가서 확실히 해도 됩니다. 설사 그가 총리대신의 총애를 받지 않게 되더라도 딸을 주겠다는 말을 전하세요."

에시피온이 내게 그 말을 전해주자마자 나는 살레로의 집으로 달려가서 나에 대해 그토록 호의적인 입장을 보여 준 것에 대해 감사했다. 그는 아내와 딸에게 자신의 뜻을 이미 공언했고, 그녀들이 나를 맞이

할 때의 태도로 보아 그녀들은 반감 없이 그의 말에 따르는 것 같았다. 나는 레르마 공작에게 예비 장인을 데려가서 소개했다. 전날 미리 예고를 하고서 간 거였다. 공작은 그를 아주 친절하게 맞아들였다. 자기가 각별히 좋아하므로 출세시켜 주려고 하는 사람을 사위로 선택했다니 아주 기쁘다고 표현했다. 이어서 나의 장점들에 대해 늘어놓았고, 나에 관해 너무 좋게 얘기하는 바람에 선량한 가브리엘은 딸을 위해 스페인에서 가장 좋은 혼처를 만났다고 믿었다. 그는 너무 기뻐서 눈물이 고일 정도였다. 우리가 헤어질 때 그는 나를 꼭 껴안으며 말했다. "내 아들, 나는 자네가 가브리엘의 남편이 되는 것을 어서 빨리 보고 싶으니 늦어도 일주일 후에는 그렇게 될 걸세."

2

질 블라스는 돈 알폰소 데 레이바에게
허영심 때문에 해준 일을
어떤 우연으로 다시 떠올리게 되었나

　내 결혼식 얘기는 잠시 치워 두자. 내 이야기를 순서대로 하자
면 그렇게 해야 하고, 나의 예전 주인인 돈 알폰소를 주인으로 섬긴
일부터 얘기해야 한다. 돈 알폰소를 완전히 잊었다가 어떤 계기로 다
시 떠올리게 되었는지는 다음과 같다.

　그 시절, 발렌시아시의 총독 자리가 공석이었다. 그 소식을 듣자
나는 돈 알폰소 데 레이바가 생각났다. 그 자리가 그에게 아주 잘 어
울릴 거라고 생각했고, 우정 때문이라기보다는 뻐기기 위해 그 자리
를 그에게 주자고 요청하기로 작정했다. 그 허락을 얻어 낸다면 내게
는 무한한 영광이 될 거라고 생각했다. 그래서 레르마 공작에게 말했
다. 내가 돈 세사르 데 레이바 부자(父子)의 집사였고, 나로서는 그
들을 고마워해야 할 이유가 잔뜩 있으므로, 그들 둘 중 한 명에게 발
렌시아의 총독 자리를 허락해 달라고 간청했다. 총리대신은 대답했
다. "아주 기꺼이 그러겠네, 질 블라스. 자네가 그렇게 고마움을 알

고 너그러운 모습을 보이니 좋네그려. 게다가 자네가 말하는 그 집안은 내가 존경하는 가문일세. 레이바 가문은 왕의 훌륭한 신하들이네. 그들은 그 자리를 받을 만한 자격이 있어. 그러니 그 자리는 자네 마음대로 하게나. 그 자리를 자네의 결혼 선물로 주지."

내 계획이 그렇게 성공한 것이 너무 기뻐서 나는 시간낭비 하지 않고 곧장 돈 알폰소를 위한 면허장을 작성하게 하려고 칼데론의 집으로 갔다. 거기에는 아주 많은 사람들이 돈 로드리게스를 접견하러 와서 공손히 침묵하며 기다리고 있었다. 내가 군중을 헤치고 서재 문 앞으로 가서 이름을 밝혔더니 문이 열렸다. 거기에는 얼마나 될지 알 수 없이 많은 기사들, 기사령을 소유한 기사들, 그리고 다른 중요한 사람들이 있었다. 칼데론은 그들의 얘기를 돌아가며 듣고 있었다. 그가 그들을 사람마다 다른 태도로 대하는 것이 눈에 띄었다. 어떤 사람들에게는 고개만 까딱하며 인사하는 것으로 그치는가 하면, 어떤 사람들에게는 정중히 인사하면서 서재의 문까지 배웅했다. 말하자면 그는 예의를 차리는 데 있어서도 존중의 정도를 달리했던 것이다. 그런가 하면 칼데론이 자기네에게 별로 신경 쓰지 않는 것에 화가 치민 어떤 기사들은 그 얼굴 앞에서 어쩔 수 없이 비굴해져야 하는 자신의 처지를 마음속으로 저주하고 있었다. 반대로, 그의 잘난 체하고 거드름 피우는 태도를 속으로 비웃는 자들도 보였다. 내가 그런 관찰을 해봤자 아무 소용없었고, 그 관찰을 이용할 수도 없었다. 나 또한 내 집에서 그와 같이 굴었고, 상대방이 내 태도를 존중하기만 하면 다른 사람들이 내 교만한 태도를 인정하건 비난하건 거의 개의치 않았으니까.

돈 로드리게스가 우연히 내게 눈길을 던졌다가 자기에게 말하고 있는 신사 곁을 불쑥 떠나 내게 와서 나를 포옹하며 우정 표시를 하여 나는 깜짝 놀랐다. 그가 소리쳤다. "아! 내 동료여, 자네를 여기서 보게 되다니 기쁘구먼. 어쩐 일로 온 건가? 내가 자네를 위해 해줄 일이 있는 건가?" 나는 그에게 거기 오게 된 연유를 알려 주었다. 그러자 그가 더없이 친절한 말로 다음 날 같은 시간에 내가 원하는 바가 신속히 처리되어 있을 거라고 확언했다. 그는 이루 말할 수 없이 예의 발랐고, 나를 부속실 문까지 배웅했다. 그동안 그런 배웅은 고관대작에게만 해왔는데 말이다. 그리고 거기서 나를 다시 포옹했다.

'이 예의 바른 태도는 뭘 의미하는 걸까?' 나는 그 집을 나서며 생각했다. '무슨 전조일까? 칼데론이 나를 망하게 할 작정을 하는 걸까? 아니면 내 우정을 얻고 싶어 하는 걸까? 아니면, 자신의 입지가 내리막길이라는 것을 예감하고 우리 주인에게 자기를 위해 중재해 달라고 청하기 위해 나를 배려하는 걸까?' 나는 그 추측들 중 어느 것이 맞는다고 생각해야 할지 몰랐다. 다음 날 그의 집에 다시 갔을 때도 그는 전날과 마찬가지로 대하면서 온갖 예의와 호의를 다 보였다. 자기에게 청원하러 오는 다른 사람들을 맞을 때는 예의를 훨씬 덜 차렸음은 물론이다. 어떤 사람들에게는 무례하게 굴었고, 어떤 사람들에게는 냉랭했다. 그렇게 하여 그는 거의 모든 사람을 불만스럽게 했다. 그런데 어떤 일이 그런 사람들을 위해 충분히 복수해 주었다. 그 일에 관해 나는 침묵을 지켜서는 안 될 것이다. 독자에게는 그 사건 기록을 읽을 부장들과 비서들을 위한 일종의 조언으로 여겨질 것이다.

어떤 사람인지 알 수 없는 아주 간소한 차림의 기사가 칼데론에게

다가와서 어떤 보고서에 관해 말했다. 그는 그 보고서를 레르마 공작에게 제출했다고 말했다. 돈 로드리게스는 그 남자를 쳐다보지도 않았을 뿐만 아니라, 거친 어조로 말했다. "이보시오, 이름이 뭐요?" 그러자 그 기사는 냉정하게 대답했다. "어렸을 적에는 사람들이 나를 프랑시요라고 불렀다가, 이후에는 돈 프란시스코 데 수니가라고 명명했습니다. 그리고 오늘날에는 페드로사 백작이라고 하지요." 칼데론은 그 말에 깜짝 놀랐다. 최고 서열의 귀족을 상대하고 있음을 깨닫고는 사과하려 했다. 그는 백작에게 말했다. "백작님, 용서하십시오. 백작님을 알아보지 못한 것은 … ." 그러자 프랑시요가 도도하게 말을 가로막았다. "너의 사과는 필요 없다. 나는 네 무례함만큼이나 그 사과도 무시하니까. 장관의 비서는 모든 부류의 사람들을 예의 바르게 맞아야 한다는 것을 알아 두어라. 너는 자신을 주인의 대리인으로 여길 만큼 꽤 허영심에 차 있구나. 하지만 너는 그저 그의 하인일 뿐이라는 사실을 잊지 마라."

거만한 돈 로드리게스는 그 일로 자존심이 몹시 상했다. 그렇다고 해서 더 이성적이 되지 않은 건 아니다. 나도 그 일을 잘 유념해 두었다. 그래서 내가 접견하게 될 사람들에게 조심스레 대하고, 아무 말 못 하는 자들에게만 건방지게 굴기로 작정했다. 돈 알폰소의 발령장을 송달받았으므로 나는 레르마 공작의 편지와 함께 그 발령장을 특별 파발꾼을 통해 돈 알폰소에게 보내 주었다. 그 편지에서 공작은 왕이 방금 돈 알폰소를 발렌시아의 총독직에 임명했다고 통지했다. 나는 그 일의 성사를 위해 내가 한 일은 밝히지 않았다. 돈 알폰소가 그 직책을 위해 궁정으로 선서하러 오게 될 때 내 입으로 직접 전하여 그

를 기분 좋게 놀라게 해주는 즐거움을 맛보고 싶어서 심지어 편지도
쓰려 하지 않았다.

3

질 블라스의 결혼을 위해 행해진 준비와
이를 쓸데없는 것으로 만들어버린 큰 사건

나의 아름다운 가브리엘라에 관한 애기로 돌아오자. 나는 바야
흐로 일주일 후에 결혼하기로 돼 있었다. 우리는 양쪽 다 그 예식을
준비하였다. 살레로는 신부를 위해 화려한 옷을 만들도록 주문했고,
나는 그녀를 위해 하녀 한 명, 하인 한 명, 늙은 시종 한 명을 고용했
다. 그 모든 일이 에시피온의 선택으로 정해졌다. 그는 내가 지참금
을 받게 될 날을 나보다 더 초조히 기다리고 있었다.

그토록 원하던 날이 되기 바로 전날, 나는 장인의 집에서 삼촌들,
숙모들, 사촌들과 함께 저녁 식사를 했다. 나는 위선적인 사위 역할
을 아주 완벽히 해냈다. 금은세공사와 그의 아내의 환심을 사는 말을
숱하게 했고, 가브리엘라 곁에서는 열정에 빠진 남자를 아주 잘 흉내
냈다. 그녀의 온 가족에게 아양을 떨었고, 그들의 매우 단조로운 애
기나 부르주아식 추론들을 짜증스러워하지 않고 들었다. 그래서 그
인내의 대가로 다행히 모든 친척들의 마음에 들게 되었다. 나와의 혼

인을 찬성하지 않는 듯싶은 사람은 하나도 없었다.

식사가 끝나자 모인 사람들은 큰 거실로 건너가서, 마드리드 최고의 음악가들은 아니어도 꽤 잘들 했던 목소리와 악기의 화합을 만끽했다. 우리의 귀를 기분 좋게 해준 즐거운 가락 여러 곡이 아주 흥겨워서 우리는 춤을 추기 시작했다. 도대체 무슨 춤인지 알 수 없게 마구 추어 댔다. 그들은 나를 테르프시코레●의 제자로 여길 정도였다. 춤의 원칙이라고는 차베스 후작부인 집에서 시동들에게 보여 주러 오던 춤 선생으로부터 받은 두세 번의 레슨을 통해 배운 것밖에 모르는 나를 말이다. 우리는 흥겹게 즐기고 난 뒤 각자 자기 집으로 돌아갈 생각을 해야 했다. 나는 인사와 포옹을 무수히 했다. 살레로는 나를 포옹하며 말했다. "잘 가게나, 내 사위, 내일 아침 아름다운 금화들로 된 지참금을 갖다주러 자네 집으로 갈 걸세." 그 말을 듣고 나서 나는 그 가족에게 인사를 했다. 그리고 문에서 기다리고 있던 내 마차를 타고 내 저택으로 향했다.

내가 가브리엘 씨의 집으로부터 겨우 2백 보쯤 떨어진 곳을 지날 때, 검과 소총으로 무장한 열다섯 내지 스무 명쯤 되는 남자들이 일부는 걸어서, 다른 일부는 말을 타고 내 마차를 둘러싸 멈추게 하더니 소리쳤다. "왕명이오!" 그들은 느닷없이 나를 호화로운 마차에서 내리게 하여 말 한 마리가 끄는 간소한 마차에 처박아 넣은 뒤 거기에 그들의 두목이 함께 올라타고는 마부에게 세고비아 쪽으로 가자고 말했다. 나는 내 옆에 있는 자가 정직한 경관일 거라고 생각했다. 그래

● 그리스 신화에 등장하는 아홉 뮤즈들 중 하나로서, 서정시가와 춤을 담당한다.

서 나를 끌고 가는 이유가 뭐냐고 묻고 싶었지만, 그는 나한테 해줄 말이 아무것도 없다고 퉁명스럽게 말했다. 그래서 나는 그에게 어쩌면 그가 혼동을 한 것 같다고 말했다. 그러자 그가 "아니오, 아냐, 나는 내 일이 뭔지 잘 알고 있소. 당신은 산티아나 씨요. 데려오라고 명령받은 상대는 바로 당신이오"라고 말했다. 그 말에 더 이상 대꾸할 말이 없어진 나는 그냥 입을 다물기로 했다. 우리는 밤새도록 깊은 침묵 속에서 만사나레스강을 따라 달렸다. 우리는 콜메나르에서 말을 바꾸고, 저녁 무렵 세고비아에 도착했다. 그들은 나를 탑에 가두었다.

4

질 블라스는 세고비아의 탑에서 어떻게 취급되었으며,
징역형의 원인을 어떤 방식으로 알게 되었나

거기서 나는 우선 지하 감방에 갇혔고, 사형을 받아 마땅한 범
죄자마냥 지푸라기 위에 내던져졌다. 밤을 지새우면서 나는 비탄에
빠지지 않았다. 왜냐하면 아직은 내 불행을 온전히 느끼지 못했고,
무엇 때문에 이런 불행을 맞게 되었는지 생각해 보려 애썼기 때문이
다. 칼데론의 짓인 게 분명해 보였다. 그런데 칼데론이 모든 사실을
폭로했을지 모른다고 추측해 봤자 소용없었고, 그가 레르마 공작에
게 뭐라고 했기에 내가 이토록 잔인한 취급을 당하게 되었는지도 영
알 수가 없었다. 어떤 때는 내가 이렇게 잡혀 온 사실을 총리대신이
모를 수도 있다는 상상도 해보았고, 어떤 때는 어떤 정치적 이유 때문
에 바로 총리대신이 나를 감옥에 가두게 했을 거라는 생각이 들기도
했다. 장관들이 자신의 심복들에게 때때로 그러듯이 말이다.

그렇게 이런저런 추측들로 심하게 흥분되어 있던 터에, 작은 쇠창
살을 통해 햇빛이 비치자 내가 있는 곳의 끔찍한 모습이 온통 다 드러

났다. 그때 나는 말할 수 없이 상심했다. 내 영화로웠던 날들의 추억이 떠오르자 마르지 않는 샘처럼 눈물이 하염없이 흘렀다. 내가 그렇게 괴로움에서 허우적대고 있는데, 간수가 내 감방으로 그날 먹을 빵하나와 물 호리병 하나를 가져왔다. 그는 나를 쳐다보더니 눈물에 흠뻑 젖은 얼굴을 보고는 비록 간수이긴 해도 동정심이 느껴졌는지 내게 말했다. "죄수 나리, 절망하지 마시오. 인생의 난관들에 대해 그렇게 민감해서는 안 되오. 당신은 젊소. 이때가 지나면 다른 때를 보게 될 거요. 그렇게 되기를 기다리는 동안 왕의 빵을 기꺼이 드시오."

그 위로자는 그 말을 마치고 나갔다. 나는 그 말에 한탄과 흐느낌으로밖에 응답하지 못했다. 그리고 하루 종일 내 운세를 저주하기만 하고, 내 식량을 소비할 생각은 하지 않았다. 그런 처지에 놓이고 보니 그것이 왕의 선처에서 비롯된 선물이라기보다는 그의 분노의 결과로 보였다. 왜냐하면 그 식량은 불행한 자들의 고통을 진정시키기보다는 오히려 연장시킬 뿐이니까.

그러는 동안 밤이 찾아왔고, 곧이어 열쇠들의 요란한 소리가 내 주의를 끌었다. 감방 문이 열리더니 잠시 후 촛불 하나를 든 남자가 들어왔다. 그가 내게 다가와 말했다. "질 블라스 씨, 나는 당신의 옛 친구들 중 하나입니다. 그라나다에서 당신과 함께 거주했었지요. 당신이 대주교의 호의를 받던 시절, 그 대주교의 시종이었던 안드레스 데 토르데시야스입니다. 기억하실지 모르겠지만, 당신이 나를 위해 대주교에게 도와주십사 부탁드렸고, 그렇게 해서 대주교가 멕시코에 나를 위한 일자리 하나를 마련케 해주었습니다. 그러나 나는 서인도제도로 가는 배에 올라타지 않고, 알리칸테시에 머물렀습니다. 그리

246

고 알리칸테성 집사의 딸과 결혼했고, 일련의 사건들에 이어 세고비아탑의 성주가 되었어요. 그 사건들에 관해서는 조금 후 얘기해 주겠습니다. 내가 받은 특별 지시는, 당신을 아무하고도 말하지 못하게 하고, 지푸라기 위에서 자게 하고, 먹을 거라고는 오로지 빵과 물만 주라는 것이었습니다. 하지만 나는 인정 때문에 당신의 불행을 동정하지 않을 수가 없군요. 그뿐만 아니라, 당신의 도움을 받은 적이 있으니, 고마운 마음이 상부에서 내린 지시보다 우세합니다. 그래서 당신에 대해 잔혹함의 도구가 되기보다는, 당신의 징역 생활의 혹독함을 덜어 주고 싶습니다. 일어나서 나와 함께 가시죠."

나는 그 성주에게 아주 고마워해야 함에도 불구하고 정신이 너무 혼란스러워서 그에게 단 한 마디도 할 수가 없었다. 하지만 그를 따라나섰다. 우리는 마당을 지나 아주 좁은 계단을 통해 탑의 맨 꼭대기에 있는 작은 방으로 올라갔다. 그 방에 들어서자 적지 않게 놀랐다. 탁자 위에는 구리 촛대에서 타오르는 양초 두 개와 꽤 세련된 식기가 차려져 있었다. 토르데시야스가 말했다. "잠시 후 우리에게 먹을 것을 가져다줄 겁니다. 우리는 여기서 저녁 식사를 할 거예요. 내가 당신에게 마련해 놓은 숙소가 이 누추한 방입니다. 지하 감방보다는 여기가 나을 겁니다. 창문을 통해 꽃이 만발한 에레마 강변과 그윽한 계곡을 볼 수 있을 겁니다. 그 계곡은 구 카스티야와 신 카스티야를 가르는 산들의 기슭에 있고, 코카까지 펼쳐져 있습니다. 그런 아름다운 광경이 당신 눈에 별로 들어오지 않으리라는 것을 잘 압니다. 하지만 시간이 흘러서 격렬한 괴로움에 이어 부드러운 우수(憂愁)가 찾아올 때면 그렇게 기분 좋은 대상들에 이리저리 눈길을 던지는 것이 즐거울 겁니다. 게다가 청결을 좋아하는 사람에게 필요한 세탁물이나 다른 것들도 부족함 없이 제공될 겁니다. 그리고 잠자리도 먹을거리도 괜찮을 것이며, 당신이 원한다면 책도 공급될 겁니다. 한마디로, 당신은 감금된 자가 누릴 수 있는 온갖 즐거움거리를 다 갖게 될 겁니다."

친절하게도 그런 공급을 장담해 주니 나는 좀 안심이 되었다. 그래서 용기를 냈고, 나의 간수나 마찬가지인 안드레스에게 감사의 말을 숱하게 했다. 그가 그 너그러운 배려를 통해 내 목숨을 살린 거라고 말했고, 내 고마움을 보답할 수 있는 형편이 되면 좋겠다는 말도 했다. 그랬더니 그가 말했다. "이보시오! 왜 그리되지 않겠소? 자유를 영원히 잃어버렸다고 믿는 겁니까? 착각하고 있는 겁니다. 감히 장담컨대, 당신은 몇 달 있다가 풀려날 겁니다." 그래서 내가 소리쳤다. "그게 무슨 소리입니까, 돈 안드레스 씨? 내 불행의 이유를 알고 있는 것 같군요." 그러자 그가 말했다. "고백건대, 모르지는 않습니다. 당신을 여기로 데려온 경관이 내게 비밀을 털어놓았고, 당신에게 그것을 밝혀 줄 수도 있어요. 그 경관의 말에 따르면, 당신과 레모스 백작이 밤에 스페인 왕자를 수상쩍은 여인의 집에 데려갔다는 사실을 왕이 알게 되었다는군요. 그래서 당신들을 벌주기 위해 백작은 추방하고, 당신은 세고비아의 탑으로 오게 하여 아주 혹독히 다루라고 명령했답니다. 그래서 당신이 여기 온 이래 그런 대접을 받았던 겁니다." 이에 내가 말했다. "아니, 왕이 어떻게 알게 되었을까? 내가 알고 싶은 것은 특히 그 정황이오." 그러자 그가 대답했다. "그것은 경관이 말해 주지 않았습니다. 그 경관도 모르는 것 같아요."

그 말을 하고 있을 즈음 하인들 여럿이 식사를 갖고 들어왔다. 그들은 테이블에다 빵, 잔 두 개, 병 두 개, 큰 접시 세 개를 가져왔는데, 한 접시에는 양파와 기름과 사프란이 잔뜩 든 토끼고기 스튜 요리가 있었고, 다른 접시에는 온갖 종류의 고기들로 만든 '오야 포드리다',● 또 다른 접시에는 가지 마멀레이드가 곁들여진 새끼 칠면조고기가 담겨 있었다. 토르데시야스는 우리에게 필요한 것들이 다 온 것을 보고는 하인들을 돌려보냈다. 그들이 우리의 대화를 듣지 못하도록 그런 거였다. 그는 문을 닫았고, 우리는 식탁에서 서로 마주 보고 앉았다. 그가 말했다. "가장 급한 것부터 시작합시다. 당신은 이틀 동안 절식을 했으니 아마 배가 무척 고플 테죠." 그는 이렇게 말하면서 내 접시에 고기를 담아 주었다. 굶주린 사람에게 대접하는 중이라고 생각한 것이다. 실제로 나는 그의 스튜들을 게걸스럽게 먹을 만도 했다. 하지만 나는 그의 기대를 배신했다. 얼른 삼켜야 할 필요가 있음에도 불구하고 고기들이 내 입속에 머물렀다. 그 정도로 내 처지가 심장을 조였던 것이다. 나의 성주가 자신의 포도주를 내게 권하면서 그 포도주의 훌륭함을 아무리 떠벌려 봤자 잔인한 이미지들이 내 머릿속에서 떠나지 않으면서 끊임없이 나를 상심케 했다. 설사 신들이 마시는 감미로운 술을 내게 주었다 해도 나는 별 즐거움 없이 마셨을 것이다. 그는 그것을 눈치챘다. 그래서 분위기를 바꾸어 자신의 결혼 이야기를 명랑한 어투로 들려주기 시작했다. 그것 또한 조금 전 못지않게 소용없었다. 나는 그 얘기를 너무 건성건성 들었기에, 그 얘기

● 절인 돼지고기, 하몽, 닭고기, 순대, 채소 등 여러 가지 재료를 넣고 끓인 요리.

가 끝났을 때 그가 방금 한 얘기에 대해 누가 내게 물으면 대답하지 못했을 것이다. 그는 그날 저녁 내 슬픔을 좀 덜어 주려고 너무 무리하는 것 같다고 판단했다. 저녁 식사를 마치고 나자 그는 식탁에서 일어나며 말했다. "산티아나 씨, 당신이 쉬도록, 아니 그보다 당신의 불행해 대해 마음껏 생각하도록 놔두겠습니다. 하지만 다시 말하건대, 이 상태가 오래가지는 않을 겁니다. 왕께서는 천성적으로 선량하십니다. 분노가 가라앉고, 당신이 가련한 상황에 놓였다고 생각하시게 될 때면, 당신의 벌은 그걸로 충분하다고 보실 겁니다." 그 말을 하고 나서 성주는 내려가서 하인들을 올려 보내 식탁을 치우게 했다. 그들은 촛대까지 도로 가져갔다. 나는 벽에 달린 램프 하나의 어두운 빛을 받으며 잠자리에 들었다.

5

그날 밤 잠들기 전에 한 생각과 그를 깨운 소음

나는 토르데시야스가 알려 준 것들을 생각하느라 최소한 두 시간은 멍하니 있었다. 나는 생각했다. '그러니까 나는 왕세자의 즐거움거리에 들인 공헌 때문에 여기 와 있는 거네. 그토록 젊은 왕자에게 그런 도움을 주다니 얼마나 경솔한 짓이었던가! 내가 죄인이 된 것은 바로 그의 아주 젊은 나이 때문이니까. 그가 만약 나이가 좀더 많았다면, 왕을 그토록 몹시 화나게 한 그 일에 대해 왕은 어쩌면 그저 웃어대기만 했을 것이다. 그런데 왕자나 레르마 공작의 원한을 살지도 모르는데, 누가 그런 사실을 겁 없이 군주에게 알릴 수 있었을까? 공작은 자기 조카인 레모스 백작이 그렇게 추방당한 것에 대해 어쩌면 복수하려 들지도 모르는데 ⋯. 누가 왕에게 그 사실을 고자질한 걸까? 이해가 안 가는 것이 바로 그 점이다.'

그 생각이 머릿속을 떠나지 않고 계속 맴돌았다. 하지만 나를 가장 상심케 하는 생각, 나를 절망시키는 생각, 내 마음에서 영 떨칠 수 없는 생각은, 내 재산이 온통 다 약탈당했을 거라는 점이었다. 나는 소리쳤다. "내 금고, 너는 어디 있는 거니? 내 소중한 재산, 너는 어떻게 된 거니? 너희들은 누구 손에 넘어간 거니? 아아! 내가 너희들을 버느라 들인 시간보다 훨씬 짧은 시간 안에 너희들을 잃어버렸구나!" 내 집이 엉망진창이 된 모습이 상상되었고, 이에 관해 더없이 처량한 생각들이 온통 떠올랐다. 두서없이 치밀어 오르는 그 많은 다양한 생각들 때문에 낙담에 빠졌는데, 이로 인해 전날 이루지 못한 잠이 다행스레 쏟아졌다. 좋은 침대, 고통스러웠던 피로, 게다가 고기와 포도주 기운 덕분이었다. 나는 깊이 잠들었다. 감방들에서 꽤 이상한 소리가 들려서 잠에서 문득 깨어나지 않았더라면 아마도 그런 상태로 대낮까지 잤을 것이다. 어디선가 기타 소리와 함께 어느 남자의 목소리가 들렸다. 그래서 주의 깊게 들어 보았다. 더 이상 아무 소리도 들리지 않는다. 그래서 꿈이었나보다고 생각한다. 하지만 잠시 후 같은 악기 소리와 같은 목소리가 들려왔다. 그 목소리는 다음과 같은 노랫가락을 불러 댔다.

아아, 즐거웠던 한 해가
가벼운 바람처럼 지나가고,
이제 불행의 순간은
고통의 한 세기로다.

나를 위해 일부러 만든 것 같은 이 노래 때문에 내 근심은 커져만 갔다. 그래서 생각했다. '나는 이 가사가 맞는 내용이라는 것을 절절히 경험하고 있다. 내 행복의 시간은 아주 빠르게 흘렀고, 내가 감방에 있은 지는 벌써 한 세기나 되는 것 같으니 … .' 나는 끔찍한 몽상에 다시 빠져들었고, 다시 애석해하기 시작했다. 그러는 것이 마치 즐겁기라도 한 것처럼 … . 하지만 내 한탄은 밤과 함께 끝이 났고, 첫 햇살이 내 방을 비추자 불안이 좀 진정되었다. 나는 일어나서 창문을 열고 내 방을 환기시켰다. 들판을 바라보자 성주 나리가 아름답게 묘사했던 것이 생각났다. 그가 한 말이 맞는다고 할 만한 것을 찾아내지는 못했다. 내 보기에 타호강보다 못한 에레마강은 그저 개울처럼 보일 뿐이었다. 꽃들이 핀 강가에는 엉겅퀴와 쐐기풀만 무성했고, 이른바 '그윽한 계곡'이라던 곳이 내 눈에는 그저 개간되지 않은 땅으로만 보일 뿐이었다. 내가 당시 그것들을 볼 때와는 달리 보게 해줄 그 '부드러운 우수'라는 것에 아직 빠져들지 않았나 보다.

나는 옷을 입기 시작했고, 이미 반쯤 입었을 때 토르데시야스가 왔다. 그를 따라 온 늙은 하녀는 내게 내의들과 수건들을 가져왔다. 토르데시야스가 말했다. "질 블라스 씨, 자, 내의입니다. 아낌없이 쓰세요. 늘 넉넉히 제공되도록 제가 신경 쓸 겁니다." 그러더니 덧붙였다. "그런데 밤은 어찌 보내셨나요? 잠이 괴로움을 한동안 잊게 해주었나요?" 그래서 내가 대답했다. "기타 반주에 맞춰 노래하는 목소리 때문에 깨지 않았다면 아마 아직까지 자고 있었을 겁니다." 그러자 그가 대꾸했다. "당신의 휴식을 방해한 기사는 당신의 방 바로 옆방에 있는 국사범(國事犯)입니다. 칼라트라바 기사단의 기사이고, 얼굴은 아주 상냥해 보이죠. 이름은 가스통 데 코고요스라고 합니다. 당신들 두 사람이 서로 보게 되고, 함께 식사할 수 있게 될 겁니다.

대화를 나누다 보면 서로 위안이 될 거예요. 서로 아주 즐거워질 겁니다."

나는 돈 안드레스에게 그 기사와 내가 괴로움을 함께 나눌 수 있게 되면 참 좋겠다는 뜻을 밝혔다. 내가 그 불행의 동반자를 알고 싶어 좀 안달하는 모습을 보이자 우리의 친절한 성주는 바로 그날로 그 바람을 만족시켜 주었다. 나와 돈 가스톤이 함께 점심 식사를 하도록 준비해 준 것이다. 돈 가스톤은 혈색도 좋고 잘생겨서 나로서는 뜻밖이었다. 궁정에서 가장 반짝거리는 젊은이들을 보는 데 익숙한 내 눈에 그토록 강렬한 인상을 주었으니, 그의 외모가 어땠을지 판단해 보라. 등장만으로도 공주들을 잠 못 이루게 할 만한 그런 소설 주인공들 중 하나 같았다. 게다가 자연은 보통 그런 자질들을 함께 섞어 놓는데, 코고요스에게는 많은 재기와 용기까지 부여했다는 점도 덧붙이자. 그는 완벽한 기사였다.

그 기사가 나를 매혹시켰다면, 내 쪽에서도 그의 마음에 들지 않은 것이 아니어서 다행이었다. 나 때문에 제약받지 말라고 내가 여러 차례 간청했음에도 불구하고, 그는 나를 불편하게 할까 봐 이제 밤에는 노래 부르지 않았다. 나쁜 운명에 억압당하는 두 사람 사이에 이윽고 관계가 형성되었다. 우리는 서로 알게 된 지 얼마 안 가서 애틋한 우정을 느꼈고, 그 우정은 날이 갈수록 더 단단해졌다. 우리가 원할 때면 언제든 자유롭게 얘기할 수 있는 상황이 우리에게 매우 유리했다. 왜냐하면 대화를 통해 우리의 불행을 견뎌 내도록 서로 도왔기 때문이다.

어느 오후에 내가 그의 방으로 들어갔더니 그가 기타를 연주할 채비를 하고 있었다. 그의 연주를 더 편하게 듣기 위해 나는 간이의자에 앉았다. 앉을 데라고는 거기밖에 없었으니까. 그리고 그는 침대 끝에 앉아서 매우 감동적인 가락을 연주하고, 기타 반주에 맞춰 절망을 표현한 가사를 노래했다. 한 여인을 사랑했으나 그 여인의 잔인함 때문에 절망에 빠진 거였다. 그가 노래를 마치자 나는 미소 지으며 말했다. "기사님, 기사님은 연애할 때 그런 구절을 사용하시게 될 일이 결코 없을 겁니다. 기사님은 잔인한 여자들을 만나시지 않을 테니까요." 그러자 그가 말했다. "저를 너무 좋게 봐주시는군요. 방금 들으신 그 가사는 제가 다이아몬드처럼 무정하다고 여겼던 마음을 부드럽게 만들기 위해 만든 곡입니다. 저를 극도로 매정하게 대했던 여인을 다정하게 만들기 위해 저 자신을 위해 작곡한 거죠. 그 얘기를 해드려야겠군요. 그 이야기를 들으시면 저의 불행을 아시게 될 겁니다."

6

돈 가스톤 데 코고요스와
도냐 엘레나 데 갈리스테오의 이야기

제가 제 숙모님인 도냐 엘레오노라 데 라사리야를 보러 코리아 (Coria)로 가기 위해 마드리드를 떠난 지 곧 4년이 됩니다. 그 숙모님은 구(舊) 카스티야에서 가장 부유한 과부이고, 상속자로는 저밖에 없습니다. 숙모님 집에 도착하자마자 저는 사랑 때문에 혼란에 빠졌습니다. 숙모님이 제게 주신 방의 창문들이 맞은편 집에 사는 여인의 방 덧문들과 마주하고 있었고, 그 여인을 제가 쉽게 볼 수 있었습니다. 그 정도로 그 집 창의 창살들이 별로 촘촘하지 않았고, 두 집 사이의 간격이 좁았습니다. 저는 그런 환경을 도외시하지 않았고, 그 이웃 여인이 너무 아름다워서 보자마자 홀려 버렸습니다. 저는 금세 너무 강렬한 눈짓을 통해 제 마음을 표시했기에, 그녀 쪽에서 제 의중을 혼동할 수가 없었습니다. 그녀는 잘 알아챘으나 그런 것을 자랑으로 삼는 여인이 아니었고, 제 애교에 응답하는 여인은 더더욱 아니었습니다.

저는 그토록 빠르게 마음을 혼란스럽게 하는 그 위험한 여인의 이

256

름을 알고 싶었습니다. 그녀 이름은 도냐 엘레나이고, 코리아에서 몇
리 떨어진 곳에 상당한 수익을 내는 봉토를 소유한 호르헤 데 갈리스
테오의 무남독녀이며, 그녀를 위해 혼처가 자주 소개되지만, 그녀의
아버지가 모두 다 물리친다는 것을 알게 되었습니다. 그녀의 아버지
는 딸을 자기 조카인 돈 아우구스틴 데 올리게라에게 혼인시킬 계획
이었고, 그렇게 될 때까지 돈 아우구스틴은 그 사촌여동생을 날마다
자유롭게 만나고 대화할 수 있었습니다. 그렇다 해도 저는 낙담하지
않았습니다. 그 반대로 그녀를 더욱 사랑하게 되었습니다. 어쩌면 사
랑의 경쟁자를 제친다는 교만한 즐거움이 사랑 그 자체보다 훨씬 더
저를 끝까지 밀어붙이도록 자극했던 것 같습니다. 그러므로 저는 계
속해서 엘레나에게 불타는 눈길을 보냈습니다. 저는 그녀의 하녀인
펠리시아에게 마치 도움을 간청하듯 애원의 눈길을 보냈습니다. 심지
어 손가락을 이용해서 말하기까지 했습니다. 하지만 환심을 사려고
한 그런 언동은 아무 소용없었습니다. 저는 여주인뿐만 아니라 시녀
에게서도 아무것도 끌어내지 못했습니다. 그녀들은 둘 다 잔인하고,
가까이 다가갈 수 없었습니다.

　제 눈의 언어에 그녀들이 호응하기를 거절하므로, 저는 다른 통역
들의 도움을 구했습니다. 저는 그 도시에서 펠리시아의 지인(知人)을
찾아내기 위해 사람들을 시켜서 조사하게 했습니다. 그들은 테오도라
라는 이름의 노부인이 그녀의 절친한 친구이며, 그들이 매우 자주 만
난다는 것을 알아냈습니다. 저는 그 사실을 알게 되어 너무 기뻐서 테
오도라를 직접 만나러 갔습니다. 그리고 그녀가 저를 도와주기 바라
며 선물들로 매수했습니다. 그녀는 제 편이 되기로 작정하고, 자기 친

구와 비밀리에 만나게 해주겠다고 약속하였고, 바로 다음 날 그 약속을 지켰습니다.

제가 펠리시아에게 말했습니다. "저는 이제 불행하지 않아요. 제 괴로움이 당신의 동정을 샀으니까요. 당신과 대화하게 되어 이렇게 기쁜데, 이런 만족을 왜 당신의 친구와 얘기해서는 안 되는 겁니까!" 그러자 그녀가 대답했습니다. "나리, 테오도라는 저를 좌지우지할 수 있습니다. 테오도라가 나리를 돕기 위해 저를 불러들인 겁니다. 만약 제가 나리를 기쁘게 해드릴 수만 있다면, 나리는 소원을 이루실 테지요. 그런데 제가 충심으로 그렇게 한다 해도, 나리에게 큰 도움이 될지 모르겠습니다. 그러니 기대하셔서는 안 됩니다. 나리는 지금까지 이보다 더 힘든 일을 계획하신 적이 없을 겁니다. 나리께서는 지금 다른 기사와 정혼한 여인을 사랑하고 계신 겁니다. 게다가 얼마나 대단한 여인인지! 너무 긍지에 차 있고, 절대로 본심을 드러내지 않아서, 나리께서 끈질기게 정성을 들여서 그분에게서 한숨을 끌어내는 데 성공하신다 해도, 그녀의 자존심이 그 한숨 소리를 나리에게 들리게 하지는 않을 겁니다." 그래서 제가 괴로워하며 소리쳤습니다. "아! 소중한 펠리시아, 내가 극복해야 할 그 모든 장애물들을 왜 알려 주는 거요? 그 자세한 이야기가 나를 죽이고 있소. 나를 절망시키기보다는 차라리 나를 속이시오." 이 말을 하고 나서 나는 그녀의 손을 잡고 꽉 쥐었으며, 그녀의 손가락에 3백 피스톨라짜리 다이아몬드 반지를 끼워 주면서 너무 감동적인 얘기를 하여 그녀를 울리고 말았습니다.

그녀는 내 말에 너무 흥분하고, 내 태도에 너무 만족하여, 나를 위로하지 않을 수 없었지요. 그녀는 어려움을 좀 없애 주었습니다. 그녀가 말했어요. "나리, 제가 방금 드린 말씀 때문에 기대를 버리셔서는 안 됩니다. 나리의 경쟁자를 저의 아가씨가 싫어하지 않는 것은 사실입니다. 그분은 저희 아가씨를 자유롭게 보러 오시지요. 그리고 아가씨와 얘기하고 싶을 때면 언제든 그럴 수 있는데, 바로 그것이 나리에게 유리한 점입니다. 그분들 둘이서 매일 함께 있는 그 습관이 그분들의 관계를 좀 따분하게 만드니까요. 제가 보기에는 그분들이 헤어질 때도 별로 힘들어하지 않고, 다시 만나도 별 즐거움이 없어 보여요. 마치 이미 결혼한 부부 같거든요. 한마디로 저희 아가씨는 돈 아우구스틴에 대해 뜨거운 열정이 있는 것 같지는 않아요. 게다가 개인적인 장점들로 말하자면, 나리와 돈 아우구스틴 사이에는 도냐 엘레나처럼 섬세한 여인이나 알아챌 만한 차이가 분명히 있어요. 그 차이가 쓸데없지는 않을 거예요. 그러니 용기를 잃지 마세요. 계속해서 구애해 보세요. 제가 도와드릴게요. 제 여주인님의 마음에 들기 위해 나리께서 하실 만한 일을 그분에게 부각시킬 기회가 생기면 그 기회를 놓치지 않고 알려 드릴게요. 저희 아가씨가 위장해 봤자 소용없을 거예요. 그 숨겨 놓은 감정을 제가 밝혀낼게요."

그 대화 후, 펠리시아와 저는 서로에 대해 흡족해하며 헤어졌습니다. 저는 다시금 돈 호르헤의 딸에게 추파를 던질 채비를 했습니다. 저는 아름다운 목소리로 방금 당신이 들은 구절이 담긴 세레나데를 불러 댔습니다. 그 음악회를 하고 나자 하녀가 여주인의 마음을 알아보기 위해 흥겨웠느냐고 물었습니다. 그러자 도냐 엘레나는 말했어요. "목소리가 듣기 좋았어." 그러자 하녀가 다시 말했습니다. "그 목소리가 방금 부른 노랫말이 매우 감동적이지 않은가요?" 그러자 여주인은 대꾸했습니다. "가사에는 주의를 기울이지 않았어. 그저 노래에만 집중했지. 내게 그 세레나데를 부른 사람이 누구인지도 전혀 신경쓰이지 않아." 이에 하녀가 소리쳤어요. "그렇다면 그 불쌍한 돈 가스톤 데 코고요스는 잘못하고 계시는 거로군요. 우리 덧창들을 바라보며 시간 보내는 것도 아주 미친 짓이고요." 그러자 여주인이 냉랭하게 말했어요. "어쩌면 그 기사가 아니라, 다른 기사가 와서 그 노래로 자신의 열정을 알리는 것일지도 모르지." 이에 펠리시아가 대꾸했습니다. "죄송하지만, 바로 돈 가스톤 그분 맞습니다. 그 단서로서, 오늘 아침 그분이 길에서 제게 다가오셔서, 아가씨가 그분의 사랑에 대해 매정하게 구는데도 불구하고 여전히 열렬히 사랑하고 있다는 말을 대신 전해 달라고 부탁하셨거든요. 그리고 그분의 정성과 마음을 알릴 수 있는 만남을 통해 애정 표시를 할 수 있도록 아가씨가 허락하신다면 자기는 세상에서 가장 행복한 남자가 될 거라고 말씀하셨어요." 그러더니 펠리시아는 말을 이었습니다. "제가 착각하는 것이 아님을 그 말이 충분히 증명해 주는 걸요."

그러자 돈 호르헤의 딸의 낯빛이 갑자기 바뀌더니 준엄한 표정으로 하녀를 바라보며 말했습니다. "그런 말도 안 되는 대화를 나한테 전해 주지 않는 것이 나을 뻔했을 걸세. 그런 보고를 다시는 하지 않기 바라네. 만약 그 무모한 젊은이가 감히 자네에게 말을 하려 들거든, 나보다 더 중시해야 할 사람에게 구애를 하라고 전하고, 내가 뭘 하는지 관찰하느라 하루 종일 창가에 있기보다는 더 점잖은 소일거리를 선택하라고 말하게."

펠리시아는 두 번째 만났을 때 그 모든 이야기를 상세하고 충실하게 전해 주었습니다. 그녀는 여주인의 말을 곧이곧대로 받아들여서는 안 된다고 주장하면서, 제 연애가 더할 수 없이 잘되어 가는 거라고 안심시키려 했습니다. 저는 그 말에 담긴 미묘한 암시를 이해하지 못한 데다가, 그 말이 제게 호의적으로 해석될 수는 없다고 여겼기에, 그녀의 그 해설을 불신했습니다. 그녀는 나의 불신을 비웃었고요. 그리고 자기 친구에게 종이와 잉크를 요청하더니 내게 말했습니다. "기사님, 절망한 연인으로서 도냐 엘레나에게 편지를 쓰십시오. 그녀에게 나리의 고통을 생생히 묘사하시고, 특히 나리로 하여금 창가에 나타나지 못하게 하는 처사에 대해 한탄하세요. 그렇게 하겠다고 약속은 하지만, 그러다가 나리의 생명이 위태로워질 거라고 강력히 말하세요. 나리 같은 기사님들이 평소 너무 잘하시는 대로 그 편지를 잘 다듬어서 주세요. 그러면 나머지는 제가 책임지겠습니다. 나리께서 제 통찰력을 믿어 주신 만큼 결말이 훨씬 좋기를 기대합니다."

애인에게 편지를 쓸 수 있는 그 좋은 기회를 발견하고도 이용하지 않는 연인은 아마 없을 겁니다. 저는 아주 비장한 편지를 작성했습니다. 그리고 그 편지를 접기 전에 펠리시아에게 보여주었지요. 그녀는 그 편지를 읽은 후 미소를 지었습니다. 여인들이 남자로 하여금 열중하게 만드는 기술을 알고 있다면, 남자들은 여인을 감언이설로 꾀는 법을 모르지 않는다더군요. 그 하녀는 제 편지를 집어 들더니, 제게 며칠 동안 창문을 잘 닫아 두라고 충고하고 나서 돈 호르헤의 집으로 돌아갔습니다.

그녀는 도냐 엘레나에게 가서 말했습니다. "제가 돈 가스통을 만났어요. 그분이 이번에도 제게 듣기 좋은 말들을 하셨지요. 떨리는 목소리로, 마치 판결을 기다리는 죄인처럼 제게 물으셨어요. 그분의 말을 아가씨에게 잘 전해드렸는지 …. 그래서 아가씨의 명령을 신속하게 충실히 이행하기 위해 그분의 말을 불쑥 막았어요. 제가 그분에게 격렬히 화를 냈지요. 욕설도 퍼부었고요. 제가 걷잡을 수 없이 화를 내니까 그분이 어안이 벙벙해졌는데, 그런 그분을 길에 그냥 두고 왔어요." 그러자 도냐 엘레나가 말했습니다. "그 귀찮은 사람을 그렇게 치워 주다니 너무 기쁘네. 그런데 그로록 거칠게 말할 필요까지는 없었어. 여자는 언제나 부드러움을 유지해야 하니까." 그러자 하녀가 대꾸했습니다. "아가씨, 부드럽게 말을 했다가는 열정에 빠진 연인을 쫓아 버리지 못해요. 제가 그렇게 미친 듯이 화를 내고 광분해도 쫓아 버리지 못하는 걸요. 예를 들어 돈 가스톤은 물러나지 않았어요. 저는 아가씨에게 말한 것처럼, 그분에게 욕설을 퍼부은 후 아가씨가 저를 보내신 그 친척댁으로 갔어요. 그 부인은 불행히도 저를 너무 오래 붙잡아 두셨어요. 제가 너무 오래라고 말씀드리는 이유는, 돌아오다가 돈 가스톤을 또 만났기 때문이에요. 더 이상 다시 보게 되지 않을 거라고 생각했는데 말이죠. 그분 모습을 보자 제 마음이 흔들렸어요. 그런데 너무 마음이 혼란스러워서 단 한 마디도 할 수가 없었어요. 아무리 상황이 그래도 그런 적이 없었는데 말이죠. 그러는 동안 그분이 뭘 했을까요? 그분은 제 손에 종이 한 장을 슬그머니 쥐여 주셨어요. 저는 제가 뭘 하는지도 모르는 채 그 종이를 받아들었고, 그분은 즉각 사라지셨어요."

그렇게 말하면서 펠리시아는 가슴에서 제 편지를 꺼내어 여주인에게 농담을 하며 건넸습니다. 여주인은 마치 재미 삼아 그러는 것처럼 그것을 받아 들더니 실제로 읽고 나서는 신중한 척을 했습니다. 그러고는 자기 하녀에게 심각한 표정으로 말했습니다. "정말로 자네는 정신이 없나 보네. 이런 편지를 받아 오다니 미쳤어. 돈 가스톤이 이에 대해 어떻게 생각하겠는가? 그리고 나는 이 일을 어떻게 생각해야 하는 거지? 자네가 그런 행동을 하다니 자네의 충성심을 불신하게 되고, 혹시 그의 열정을 민감하게 받아들이는 것은 아닌지 의심이 드네. 아아! 어쩌면 그는 지금 이 순간 내가 그의 글을 읽고 또 읽으며 즐거워한다고 상상할지도 모르겠네. 자네가 내 긍지를 얼마나 수치스럽게 만들어 놓았는지 보게나." 이에 하녀가 대답했습니다. "아가씨, 그분은 그런 생각을 할 줄 모르실 겁니다. 설사 그럴지도 모른다고 가정해 봐도, 오래 그러지는 않으실 겁니다. 그분을 만나게 되면 제가 말하겠습니다. 그분의 편지를 아가씨께 보여드렸고, 아가씨는 그 편지를 얼음장같이 차갑게 쳐다보시고는 읽지도 않고 냉정히 무시하며 찢어 버리셨다고요." 그러자 엘레나가 말했습니다. "자네는 내가 읽지도 않았다고 단호하게 말할 수 있을 거야. 그 일에 관해 내가 또 말해야만 한다면 매우 난처할 걸세." 돈 호르헤의 딸은 그렇게 말하는 것으로 그치고 나서 제 편지를 찢었습니다. 그리고 하녀에게는 저에 관해 다시는 얘기하지 말라고 했습니다.

저는 창문에 기대어 구애하는 사람처럼 굴지 않기로 약속했기에, 왜냐하면 그런 제 모습을 엘레나가 마음에 들어 하지 않으므로, 여러 날 동안 창문을 닫아 놓은 채 지냈습니다. 그럼으로써 저의 순종을 더 감동적이 되게 한 거죠. 그런데 창문에 나타나지는 않는 대신에 저의 잔인한 엘레나에게 새로운 세레나데를 불러 줄 준비를 하였습니다.

그리고 어느 날 밤 악사들과 함께 그녀의 발코니 아래로 가서 우선 기타 소리를 들리게 했더니, 그때 한 기사가 손에 검을 쥐고 나타나서 그 연주회를 방해하며 연주자들을 이리저리 후려쳐서 그들이 즉각 도망쳐 버렸습니다. 그 대범한 자를 흔들어 놓은 격분이 저의 격분을 자극했습니다. 저는 그를 벌하기 위해 다가갔고, 우리는 맹렬한 싸움을 시작했습니다. 그러자 검끼리 부딪치는 소리가 도냐 엘레나와 하녀의 귀에 전해졌습니다. 그녀들이 덧창 틈새로 살펴보니 두 남자가 붙어서 싸우는 것이었습니다. 그녀들은 크게 소리 질렀습니다. 그래서 돈 호르헤와 그의 하인들이 일어나게 됩니다. 그들과 여러 이웃들이 우리 둘의 싸움을 뜯어말리려고 달려옵니다. 그러나 너무 늦었어요. 그들이 그 싸움터에서 발견한 것은 피에 흠뻑 젖어 거의 죽은 것 같은 기사 한 명뿐이었으니까요. 제가 바로 그 불행한 기사였습니다. 그들은 저를 제 숙모님 댁에 데려다주었고, 그 도시에서 가장 능력 있는 외과의들을 불렀습니다.

모두가 저를 불쌍히 여겼지요. 그때 마음속 깊은 곳을 드러내 보이고 만 도냐 엘레나가 특히 그랬습니다. 그녀는 더 이상 숨기지 않고 그간 꽁꽁 싸매고 있던 감정에 자신을 내맡겼습니다. 그게 믿겨지시나요? 제 구애에 무심해 보이는 것을 명예로 여기던 그런 여인이 더 이상 아니었습니다. 이제는 한껏 괴로움에 빠져 있는 다정한 연인이어서, 나머지 밤을 하녀와 함께 울며 보냈고, 그들을 눈물 흘리게 만든 주범이 사촌 돈 아우구스틴 데 올리게라라고 판단하면서 그를 저주하며 밤을 지새웠습니다. 실제로, 세레나데를 그로록 불쾌하게 중단시켰던 자가 바로 그였습니다. 그는 도냐 엘레나만큼이나 본심을 드러내지 않는 자여서 제 의도를 간파하고도 내색을 전혀 안 했던 겁니다. 그리고 그녀가 제 구애에 호응할 거라는 생각이 들자, 자기가 의외로 참을성이 없다는 것을 보여 주기 위해 그런 강경한 행동을 했던 것입니다. 그럼에도 불구하고 그 슬픈 사건이 있은 지 얼마 안 지나서 기쁜 일이 생겨서 그 일은 잊혀 버렸습니다. 저는 아주 위험한 부상을 당했는데도 내과의들의 능란한 처치로 위험한 상태를 모면했습니다. 제가 아직 그 방에 있는 동안 도냐 엘레오노라 숙모가 돈 호르헤를 찾아가서 도냐 엘레나를 저의 짝으로 요청했습니다. 돈 호르헤는 돈 아우구스틴을 아마도 다시 안 볼 사람으로 여겼는지 그 혼인을 기꺼이 승낙했습니다. 그 선량한 노인은, 그간 사촌 올리게라가 도냐 엘레나를 자유롭게 만났고 그녀의 사랑을 받았을 여지도 충분히 있었기에, 자기 딸이 저에게 오는 것을 혹시라도 싫어하면 어쩌나 걱정했습니다. 하지만 그녀는 아버지의 뜻을 따를 태세가 너무 확실해 보였습니다. 다른 데서와 마찬가지로 스페인에서도 여인들에게는 새로 나타난 사람이 유리하다는 결론을 내릴 수가 있겠지요.

저는 펠리시아와 따로 대화할 수 있게 되자 도냐 엘레나가 제 싸움의 딱한 성공에 어느 정도로 마음을 썼는지 곧 알게 되었습니다. 그래서 제가 헬레나의 파리스처럼● 되었다는 것이 틀림없었으므로 저는 제 상처를 진심으로 기뻐했습니다. 그 상처가 제 사랑에 너무 행복한 결과를 가져다주었으니까요. 저는 돈 호르헤 나리로부터 그녀와 대화

● 그리스 신화에 나오는 인물들. 스파르타의 왕 메넬라오스의 아내인 헬레나는 트로이 왕자 파리스의 유혹에 넘어가서 남편과 자식을 버리고 파리스와 함께 도망친다.

해도 좋다는 허락을 얻어냈습니다. 단, 그녀의 하녀가 동석한 가운데 그러라고 했습니다. 그 대화가 저에게 얼마나 달콤했던지! 저는 그녀에게 물었습니다. 그녀 아버지가 딸을 제 애정에 맡기면서 혹시라도 그녀의 감정을 거스르는 난폭한 일을 하시는 건 아니냐고요. 제가 하도 간청하고 압박을 가하는 바람에 그녀는 오로지 순종하느라 그러는 것만은 아니라고 고백했습니다. 너무도 매혹적이던 그 고백 이후로 저는 오로지 그녀 마음에 들려는 노력에 전념했습니다. 그리고 결혼식 날을 기다리는 동안 사랑의 축제들을 상상하는 일에 몰두했습니다. 결혼식 때 코리아와 인근의 모든 귀족이 빛을 발하게 될 웅장한 기마행렬로 축하 행사를 벌이기로 돼 있었습니다.

저는 만로이 쪽 도시의 성문에 있는 숙모님 소유의 화려한 별장에서 잔치를 벌였습니다. 돈 호르헤와 그의 딸이 모든 친척, 친구들과 함께 그 잔치에 참석했습니다. 저의 지시로 노래와 연주의 공연도 준비되었고, 연극을 공연하기 위해 시골 연극단도 오게 했습니다. 잔치가 한창 벌어지고 있던 터에 누가 와서 제 귀에 대고 객석의 어떤 남자가 저와 말하고 싶다고 한다는 말을 했습니다. 저는 식탁에서 일어나그가 누구인지 보러 갔습니다. 그랬더니 하인인 듯 보이는 낯선 사람이었습니다. 그가 제게 편지 한 통을 건네기에 그것을 꺼내어 보았더니 다음과 같이 적혀 있었습니다.

당신이 속한 기사단의 기사들은 모두 그래야 하듯 당신도 명예를 소중히 여긴다면, 내일 아침 만로이 평원으로 반드시 와야 할 거요. 거기 오면 당신으로부터 받은 모욕을 되갚아 주고 싶어 하고, 가능하면 당신이 도냐 엘레나와 혼인할 수 없게 만들고 싶어 하는 자를 만나게 될 거요.

— 돈 아우구스틴 데 올리게라

사랑이 스페인 사람들에게 큰 영향력을 갖고 있다면, 복수는 훨씬 더 큰 영향력을 갖고 있지요. 저는 그 편지를 읽으면서 마음이 편치 않았습니다. 돈 아우구스틴이라는 이름만으로도 제가 그날 꼭 해야 하는 의무들을 거의 잊을 정도로 피가 끓어올랐습니다. 저는 그 원수를 당장 찾으러 가려고 잔치에서 빠져나오고 싶은 마음이 들었습니다. 하지만 축제를 망칠까 봐 염려되어 참았습니다. 그리고 제게 편지를 건넨 사람에게 말했습니다. "이보시오, 당신을 보낸 자에게 가서 말하시오. 내가 그와 다시 한 번 싸우고 싶은 욕구가 너무 커서 내일 해가 뜨기 전에 그가 말한 장소로 반드시 간다고 말이오."

그 대답과 함께 그 전령을 돌려보내 놓고 나서 저는 손님들에게 돌아가 제 자리에 앉아 아무렇지도 않은 표정을 하여 제 마음속의 혼란을 아무도 눈치채지 못했습니다. 그날 나머지 시간 동안에도 저는 다른 사람들처럼 축제의 즐거움에 몰입했고, 축제는 밤 한중간에 마침내 끝났습니다. 모였던 사람들은 헤어졌고, 각자 올 때와 같은 방식으로 시내로 돌아갔습니다. 저는 바로 다음 날 아침 거기서 신선한 공기를 쐬고 싶다는 핑계를 대며 거기 머물렀습니다. 하지만 그것은 그저 새벽 약속에 더 일찍 가기 위해서였습니다. 저는 잠자리에 들지 않고 동이 트기를 초조히 기다렸습니다. 해가 뜨는 것이 보이자마자 저는 가장 좋은 말을 타고 마치 들판을 산책하러 가듯이 홀로 떠났습니다. 그러나 저는 만로이 쪽을 향해 달려갔습니다. 평원에서 말에 탄 한 남자가 보였는데, 그 남자가 제 쪽으로 전속력으로 달려오더군요. 저는 그를 맞으러 날아가서 그가 와야 할 길을 반으로 줄여 줍니다. 우리는 곧이어 합류합니다. 바로 제 경쟁자였습니다. 그가 도발적으로 말했습니다. "기사 양반, 내가 당신과 두 번씩이나 싸우게 되어 유감이오. 하지만 그것은 당신 탓이오. 세레나데 사건 후 당신은 돈 호르헤의 딸을 기꺼이 포기하거나, 그녀의 마음에 들겠다는 계획을 고집하면 이 싸움이 불가피하리라는 점을 명심했어야 했소." 이에 제가 대답했습니다. "당신은 지난번에 당신의 능력보다는 어쩌면 밤의 어둠 때문에 유리했을 텐데, 그때 이긴 것에 대해 자부심이 너무 크군요. 검술이란 늘 변하는 것이라는 점을 생각 안 하는군요." 그러자 그가 거만한 태도로 대꾸했습니다. "나한테 검술이란 그런 것이 아니라오. 밤이건 낮이건 내 공격을 받는 대담한 기사들을 벌할 수 있다는 것을 보여 주겠소."

저는 그 오만한 말에 대꾸하는 대신 그저 신속히 말에서 내렸습니다. 돈 아우구스틴도 마찬가지로 그랬습니다. 우리는 말들을 나무에 매어 놓고 양쪽 다 격렬히 싸우기 시작했습니다. 저는 2년간 검술을 배웠음에도 불구하고 저보다 검술을 더 잘하는 상대와 붙었다는 것을 진심으로 고백합니다. 그의 검술은 완벽했습니다. 제 목숨은 더할 수 없이 큰 위험에 처해 있었습니다. 그럼에도 불구하고 강자가 약자에게 패하는 일이 꽤 자주 일어나듯이, 그는 그 능란함에도 불구하고 심장에 칼을 맞고 잠시 후 죽어서 뻗어 버렸습니다.

저는 즉각 별장으로 돌아와서 평소 충실하다고 여겼던 하인에게 방금 일어난 일을 알려 주었습니다. 그러고 나서 그에게 말했습니다.

"친애하는 라미레스, 사법기관이 이 사건을 알기 전에 좋은 말을 타고 가서 내 숙모님에게 이 사건에 대해 알려드려라. 숙모님에게 내 대신 금과 보석들을 부탁하고, 플라센시아로 나를 만나러 와라. 그 도시로 들어오다 보면 처음 보이는 여인숙에서 나를 만나게 될 거다."

라미레스는 그 심부름을 너무나 부지런히 이행하여 제가 플라센시아에 간 지 세 시간 뒤에 그도 도착했습니다. 그는 말했습니다. 제가 앞서 받았던 모욕을 갚아 준 그 결투에 대해 도냐 엘레오노라가 상심보다는 기쁨이 더 컸으며, 그녀가 내 일을 정리해 놓을 때까지 내가 외국에서 쾌적하게 여행할 수 있도록 자신의 금과 보석들을 전부 다 보낸다고 … .

쓸데없는 사정 얘기는 빼놓기 위해, 제가 발렌시아 왕국으로 가서 데니아에서 배를 타기 위해 신 카스티야를 통과했다는 것만 말씀드리겠습니다. 저는 이탈리아로 건너가서 거기서 궁궐들을 다 돌아다니면서 매력적으로 등장할 채비를 하였습니다.

저는 엘레나와 멀리 떨어져 있다 보니 가능한 한 저의 사랑과 무료함을 속일 태세가 돼 있었습니다. 반면, 그녀는 코리아에서 저를 그리워하며 남몰래 울고 있었습니다. 그녀의 집안은 올리게라의 죽음 때문에 저를 추적하는 것에는 동의하지 않았고, 신속히 타협하여 저의 귀환을 서둘렀습니다. 그녀가 저를 잃은 지 이미 6개월이 흐른 때였습니다. 그녀가 무찔러야 할 것이 시간밖에 없었다면, 그녀의 절개는 그 시간을 이겨 냈을 거라고 저는 생각합니다. 하지만 그녀에게는 훨씬 더 강력한 적들이 있었습니다. 갈리시아의 서쪽 해안의 귀족인 돈 블라스 데 콤바도스가 사촌인 돈 미겔 데 카프라라가 헛되이 차지하려 했던 상당한 유산을 물려받으러 와서는 그 지방이 자기네 지방보다 더 쾌적하다고 여기고 거기 정착하였습니다. 콤바도스는 풍채가 좋았습니다. 부드럽고 예의 바르게 보였고, 그 누구보다 남의 환심을 잘 살 줄 아는 꾀바름이 있었습니다. 그는 곧 그 도시의 점잖은 사람들과 사귀었고, 모든 사정을 하나하나 알게 되었습니다.

돈 호르헤에게 딸이 하나 있으며, 그녀의 위험한 미모는 남자들을 불타오르게 하지만 오로지 불행만 가져오는 것 같다는 것을 그가 알게 되는 데 그리 오래 걸리지 않았습니다. 그 사실이 그의 호기심을 자극했습니다. 그는 그토록 무시무시한 여인을 보고 싶었습니다. 그래서 그녀의 아버지와 친해지려고 애썼고, 결국 환심을 샀기에, 노인은 벌써부터 그를 사위처럼 여기면서 그에게 집에 드나드는 것을 허락했습니다. 그리고 자기가 있는 가운데 도냐 엘레나와 자유롭게 얘기할 수 있게 해주기도 했습니다. 갈리시아 사람 콤바도스는 금세 그녀를 사랑하게 되었습니다. 그것은 피할 수 없는 운명이었지요. 그는 돈 호르헤에게 자기 마음을 열어 보였고, 돈 호르헤는 그의 뜻을 기꺼이 받아들였습니다. 그러나 딸에게 강요는 하고 싶지 않아서 그녀가 결정하도록 내버려 두었습니다. 그러자 돈 블라스는 그 여인의 마음에 들기 위해 온갖 구애 방법을 짜내어 실행에 옮겼습니다. 그녀는 제게 몰두해 있었기에 돈 블라스의 구애에는 감응이 전혀 없었습니다. 그런데 그 기사가 펠리시아를 선물들로 매수한 탓에 그녀는 그 기사 편에 서 있었습니다. 그녀는 그의 사랑을 돕기 위해 온갖 수완을 다 발휘했습니다. 다른 한편, 도냐 엘레나의 아버지는 딸을 질책함으로써 그 하녀를 도왔습니다. 그럼에도 불구하고 그 두 사람은 일 년 내내 그저 도냐 엘레나를 괴롭히기만 했을 뿐, 그녀의 지조를 꺾어 놓지는 못했습니다.

콤바도스는 돈 호르헤와 펠리시아가 그를 도우려고 끼어들어 봤자 소용없는 것을 보고는, 그토록 완강한 여인의 고집을 무찌르기 위한 수단을 스스로 고안해 내서 그들에게 제안했습니다. "제가 생각해 낸 것은 다음과 같습니다. 우리는 편지 한 통을 날조하여 코리아의 한 상인이 어느 이탈리아 상인으로부터 방금 받은 것인 양 말할 겁니다. 그 편지에는 교역에 관한 세부사항이 다음과 같이 적혀 있을 겁니다. '바로 얼마 전에 파르마 궁정에 돈 가스톤 데 코고요스라는 이름의 스페인 기사가 도착했습니다. 그는 코리아에 살고 있는 도냐 엘레오노라 데 라사리야라는 부유한 과부의 조카이자 유일한 상속자라고 자처하고 다닙니다. 그러면서 어느 막강한 영주의 딸과 교제하려 애쓰고 있지요. 하지만 영주는 그 기사에 관한 진실을 알기 전에는 딸을 그에게 허락하지 않으려 합니다. 이를 위해 당신에게 문의해 보는 일을 제가 맡았습니다. 그러니 그 돈 가스톤을 아시는지, 그리고 그의 숙모의 재산은 얼마나 되는지 부디 제게 통지해 주십시오. 당신의 답변이 이 결혼의 가부를 결정짓게 될 겁니다. 파르마에서, 모일 모시.' "

그 사기행위가 돈 호르헤에게는 그저 정신적 유희이거나, 연인들에게 용서될 수 있는 술수로만 보였습니다. 그 노인보다 훨씬 더 비양심적인 하녀도 그 술책에 적극 찬성했습니다. 그들은 엘레나를 자존심이 강한 여인으로 알고 있었기에, 그 편지가 가짜라는 의심만 하지 않으면 당장 결정을 내릴 수 있을 거라고 생각했습니다. 그런 만큼 그 기발한 생각이 훌륭해 보였던 겁니다. 제가 변심했다는 얘기는 돈 호르헤가 딸에게 직접 하기로 했습니다. 그리고 그 일을 훨씬 자연스럽게 보이기 위해 파르마로부터 문제의 편지를 받았다고 내세울 상인에게 그녀가 직접 알아보도록 만드는 일도 그가 맡기로 했습니다. 그들은 그 계획이 세워지자마자 실행에 옮겼습니다. 아버지는 화가 치밀고 분개하는 척 흥분하면서 도냐 엘레나에게 말했습니다. "딸아, 앞으로는 이 얘기를 안 할 테지만, 우리 친척들이 날마다 내게 부탁한단다. 돈 아우구스틴을 살해한 자가 우리 집안에 들어와서는 안 된다고…. 그런데 오늘은 너를 돈 가스톤으로부터 떼어 놓아야 할 더 큰 이유가 있다. 그자에게 그렇게 절개를 지키다니 부끄러워서 죽어야 마땅할 거다! 그자는 바람둥이이고, 배신자이다. 자, 여기에 그의 배신에 대한 확실한 증거가 있다. 코리아의 한 상인이 이탈리아로부터 방금 받은 이 편지를 네가 직접 읽어 보아라." 엘레나는 부들부들 떨며 그 가짜 편지를 받아들고는 눈으로 읽으면서 모든 단어들을 하나하나 곱씹어 보더니, 저의 변절에 관한 소식으로 낙담에 빠져 버립니다. 그러다가 이윽고 애정이 솟구쳐서 눈물을 흘렸지만 곧이어 다시 자존심을 한껏 되찾고는 눈물을 닦고 결연한 어조로 아버지에게 말했습니다. "나리, 나리께서는 방금 저의 나약함을 보셨습니다. 하지만 제가 극복해 내는 것도 보십시오. 이제 끝났습니다. 저는 돈 가스톤을 그저 경멸할 뿐입니다. 그를 가장 천한 남자로 여길 뿐입니다. 그자에 대해서는 더 이상 말하지 말기로 해요. 가시죠. 저는 돈 블라스를 따라 교회 제단으로 갈 준비가 돼 있습니다. 저의 사랑에 대해 그렇게 못되게 응대한 그 배신자보다 제가 더 먼저 결혼할 수 있도록!" 돈 호르헤는 그 말을 듣고 너무 기뻐서 딸을 포옹했고, 그녀의 그 거침없는 결단을 칭찬했습니다. 그는 자기네 술책이 다행히 성공하여 이를 자축하면서 제 경쟁자의 소원을 들어주려고 서둘렀습니다.

그렇게 해서 저는 도냐 엘레나를 빼앗겼습니다. 그녀는 마음속 깊은 곳에 아직도 자리하고 있는 저에 대한 사랑은 아랑곳하지 않고, 진정 사랑에 빠진 여인이라면 그렇게 믿어 버리지 않았을 소식에 대해서 잠깐도 의심하지 않은 채, 불쑥 콤바도스에게 넘어가 버렸습니다. 그 교만한 여인은 자신의 자만심이 속삭이는 말만 들은 겁니다. 그녀는 제가 그녀의 미모를 비웃었을 거라고 상상했고, 이에 대한 원한이 애정보다 더 컸던 것입니다. 하지만 그녀는 결혼하고 나서 며칠 안 되어 결혼을 그렇게 서둘렀던 것을 후회했습니다. 상인의 편지가 가짜일 수도 있다는 생각이 들었고, 그런 의혹이 불안을 초래했습니다. 하지만 사랑에 빠진 돈 블라스는 아내가 혼란스러운 생각을 품을 틈을 주지 않았습니다. 그는 그저 그녀를 즐겁게 해줄 생각만 했고, 다양한 즐거움거리를 연이어 생각해 내어 결국 그녀가 불안을 떨치게 해주었습니다. 그에게는 그런 재주가 있었습니다.

그녀는 그토록 상냥한 남편에 대해 매우 만족하는 듯 보였습니다. 그들이 완벽한 화합 속에 살고 있던 터에, 저의 숙모가 돈 아우구스틴의 친척들과 제 일을 마무리했습니다. 숙모는 즉각 이탈리아에 있던 제게 편지를 써서 그 소식을 알려 주셨습니다. 저는 당시 이탈리아 끝부분의 레조 디 칼라브리아에 있었습니다. 저는 시칠리아로 건너갔고, 거기서 스페인으로, 그리고 사랑의 날개를 타고 드디어 코리아로 갔습니다. 돈 호르헤의 딸이 결혼했다는 것을 제게 알리지 않았던 도냐 엘레오노라 숙모는 제가 도착하자 그 소식을 알려 주셨고, 제가 상심하는 것을 보고는 말씀하셨습니다. "조카야, 절개를 지키지 못한 여인을 잃었다고 해서 그렇게 슬퍼하는 모습을 보이다니 그것은 잘못이다. 내 말을 믿어라, 네 기억 속에 있을 자격이 더 이상 없는 사람은 떨쳐 버려라."

도냐 엘레나가 속았다는 것을 제 숙모님은 모르셨으므로 그 말이 옳긴 합니다. 그리고 숙모님은 그 이상 더 지혜로운 충고는 주실 수 없었을 겁니다. 그래서 저는 그 충고를 따르기로, 혹은 제 열정을 무찌를 수 없다면 최소한 무관심한 척이라도 하기로 작정했습니다. 하지만 저는 그 결혼이 도대체 어떻게 치러졌는지 알고 싶은 궁금증을 떨칠 수가 없었습니다. 이에 대해 알아보려고 저는 펠리시아의 친구, 즉 제가 이미 말한 바 있는 테오도라 부인에게 물어보기로 작심했습니다. 저는 그 부인의 집으로 갔습니다. 거기서 우연히 펠리시아를 만났는데, 그녀는 저를 거기서 보게 되리라고는 전혀 예상 못 했기에 몹시 당황했습니다. 그리고 제가 그녀에게 사정을 물을 거라고 짐작하여 그 해명을 피하기 위해 나가려고 했습니다. 그런데 제가 그녀를 붙잡고 말했습니다. "왜 나를 피하는 거요? 그 배신자 엘레나가 나를 희생시킨 것으로도 만족 못 하는 거요? 그녀가 당신에게 내 하소연을 듣지 말라고 한 것이오? 아니면 그 배은망덕한 여인에게 당신이 내 하소연을 듣기를 거절했다고 생색을 내려고 그러는 거요?"

그러자 그 하녀가 대답했습니다. "나리, 진솔하게 고백하건대, 나리가 여기 계시니 제가 혼란스럽네요. 나리를 다시 뵈니 후회가 막심하여 제 마음이 찢어지는 것 같아요. 사람들이 저의 여주인님을 유혹했어요. 그리고 불행하게도 저는 그 유혹의 공범이 되었지요." 그래서 저는 놀라며 말했습니다. "오 맙소사! 아니, 도대체 그게 무슨 말이오? 더 분명히 말해 보시오." 그러자 그 하녀는 콤바도스가 제게서 도냐 엘레나를 빼앗기 위해 썼던 술책을 상세히 말해 주었습니다. 그리고 그 얘기가 제 마음을 후벼 파는 것을 알아채고는 저를 위로하려 애썼습니다. 그녀는 저를 도울 만한 얘기를 여주인에게 하겠다고 말했습니다. 그러면서 여주인이 속아 넘어간 것을 알려 주고, 제가 얼마나 절망하는지 묘사해 주고, 한마디로 제 운명의 가혹함을 완화하기 위해 전력투구하겠다고 약속했습니다. 그리고 마지막으로 제 괴로움을 좀 진정시키는 희망을 주었습니다.

저는 도냐 엘레나가 저를 만날 의향이 있게 만들기 위해, 그녀 쪽에서 감수해야 할 많은 장애물들을 점검해 봤습니다. 그런데 그 난관을 그녀가 끝장냈습니다. 돈 블라스가 이따금씩 사냥하러 가서 통상 하루 이틀 정도 머무는 곳으로 갈 때 나를 그 집으로 몰래 들이기로 그녀들 사이에 결정이 난 것입니다. 그 계획은 곧 실행되었습니다. 그녀의 남편이 시골로 떠났고, 그녀들은 그 소식을 제게 알렸으며, 어느 날 밤 저는 도냐 엘레나의 거처로 들어가게 되었습니다.

저는 불평부터 하려 했습니다. 그러나 그녀가 제게 입 다물게 했습니다. 그녀가 말했습니다. "과거를 떠올려 봤자 소용없어요. 우리는 지금 서로 동정하려고 여기 있는 것이 아닙니다. 내가 당신의 감정을 어루만져 줄 거라고 여긴다면 잘못 생각하신 겁니다. 돈 가스톤, 당신에게 단언컨대, 내가 이 비밀 회견에 응하고, 펠리시아의 간청을 받아들인 것은 오로지 이제부터 당신이 해야 할 일은 나를 잊는 것이라는 점을 내가 직접 말해 주기 위해서였습니다. 제 운명이 당신의 운명과 연결되었다면 어쩌면 더 만족스러웠을지도 모릅니다. 하지만 하늘이 달리 정해 놓았으니 나는 하늘의 결정에 따르고 싶습니다."

그래서 내가 대답했습니다. "아니, 뭐라고요, 부인! 당신을 잃은 것으로도 충분치가 않고, 내가 유일하게 사랑하는 사람을 그 운 좋은 돈 블라스가 평온히 소유하는 것을 보는 것으로도 충분치가 않고, 제 머릿속에서 당신을 떨쳐 버리는 일까지 해야 한단 말입니까! 당신은 내게서 내 사랑을 앗아 가고, 이제 남은 유일한 행복마저 빼앗으려는 겁니까! 아! 잔인한 여인, 당신이 매혹시킨 남자가 마음을 거두는 것이 가능하다고 생각하십니까? 당신 자신을 좀더 잘 아십시오. 그리고 내 추억에서 당신을 지우라고 헛되이 권고하는 말은 그만두십시오." 그러자 그녀가 급히 반박했습니다. "그렇다면 당신의 열정에 대해 내가 어떤 고마움으로 보상할 거라는 기대도 그만하시지요. 나는 당신에게 오로지 한 마디밖에 할 게 없어요. 돈 블라스의 아내는 돈 가스통의 연인이 결코 되지 않으리라는 겁니다. 결단을 하세요. 도망치세요. 나의 순수한 의도에도 불구하고 지금 후회하고 있는 이 대화, 계속했다가는 내가 죄를 범하는 것이 될 이 대화를 얼른 끝내지요."

제게서 모든 기대를 앗아 가는 이 말에 저는 그녀의 발아래 쓰러졌습니다. 그리고 그녀에게 감동적인 말을 했습니다. 그녀의 마음을 녹이려고 눈물까지 이용했지요. 하지만 그 모든 것은 동정심만 약간 자극할 뿐이었습니다. 그리고 그녀는 그 동정심마저 드러내지 않으려고 조심해서 그 감정은 의무에 희생되어 버렸습니다. 애정표현, 간청, 눈물이 아무 결실 없이 소진된 후, 저의 애정이 갑자기 격분으로 바뀌었습니다. 그래서 저는 그 냉혹한 엘레나가 보는 가운데 저를 찌르려고 검을 빼냈습니다. 그녀는 제 행동을 보자마자 다음 행동을 막으려고 제게 몸을 던졌습니다. 그녀는 말했습니다. "그만하세요, 코고요스. 당신은 내 평판을 그런 식으로 배려하는 겁니까? 당신이 그렇게 목숨을 끊으면 나는 불명예스러워질 테고, 내 남편은 살인자로 통하게 될 겁니다."

저는 절망에 사로잡혀 있어서, 귀 기울여야 할 만한 그 말에 신경 쓰지 못했습니다. 그저 그녀와 하녀가 저의 불길한 손으로부터 저를 구하기 위해 애쓰는 노력을 따돌릴 생각만 했습니다. 우리의 밀회에 관해 정보를 전해 들은 돈 블라스는 사실상 시골로 가지 않고 우리 대화를 듣기 위해 타피스리 뒤에 숨어 있었습니다. 그 돈 블라스가 얼른 와서 그녀들과 합세하지 않았다면 저는 진작 제 뜻대로 했을 겁니다. 돈 블라스는 내 팔을 붙잡으며 소리쳤습니다. "돈 가스톤, 헤매고 있는 이성을 되찾으십시오. 당신을 흔들어 놓는 그 격분한 감정에 비겁하게 굴복하지 마시라니까요!"

저는 콤바도스의 말을 막고 말했습니다. "내 결심을 바꾸게 하는 것이 당신이 할 일입니까? 그보다는 오히려 내 가슴에 칼을 꽂아야 할 텐데요. 내 사랑이 아무리 불행하다 해도 당신을 모욕하고 있는데 … . 밤에 당신의 아내 방에 있는 나를 보는 것만으로도 그렇게 하기에 충분하지 않나요? 당신으로 하여금 복수를 하게 만들려면 뭐가 더 필요한가요? 사는 것을 멈춰야만 도냐 엘레나에 대한 사랑을 멈출 수 있는 남자를 치워 버리려면 나를 찌르세요." 그러자 돈 블라스가 대답했습니다. "당신이 죽기 위해 내 명예를 끌어들이려 애써 봤자 소용없소. 당신은 그 무모함으로 충분히 벌을 받았고, 나는 아내의 덕성스런 감정이 너무 고마워서 그녀가 그런 감정을 터뜨리게 된 이 만남을 용서하기로 했소." 그는 그러고 나서 덧붙였습니다. "내 말을 믿으시오, 코고요스, 나약한 연인처럼 절망하지 마시오. 용기를 가지고 순리를 따르시오."

그 신중한 갈리시아 사람은 그런 말로 저의 격분을 서서히 진정시켰고, 저의 덕성을 일깨웠습니다. 저는 엘레나와 그녀가 사는 곳으로부터 멀어져야겠다는 마음으로 물러났고, 이틀 후 마드리드로 돌아왔습니다. 그리고 제 재산을 관리하는 일에만 몰두하고 싶어서 궁정에 나타나기 시작했고, 거기서 친구들도 사귀었습니다. 그런데 불행히도 포르투갈의 고관대작인 비야레알 후작과 특히 친하게 되었습니다. 그 후작은 포르투갈을 스페인의 지배로부터 해방시키려는 생각을 한다는 의심을 받고 현재 알리칸테성에 있습니다. 레르마 공작은 제가 그 귀족과 긴밀한 관계에 있었다는 것을 알고 있기에 저를 체포하여 여기로 데려다 놓게 했습니다. 그 장관은 제가 그 계획의 공범일 수 있다고 믿고 있지요. 카스티야 출신 귀족의 남자로서는 이보다 더 치욕적으로 느낄 수 없을 만한 짓을 그 장관이 한 것입니다.

돈 가스톤은 이 지점에서 말을 멈췄다. 그래서 나는 그를 위로하기 위해 말했다. "기사님, 기사님의 명예가 그런 불운을 당할 수는 없습니다. 그 실총은 아마도 곧 기사님에게 유리한 쪽으로 바뀔 겁니다. 레르마 공작이 기사님의 결백을 알게 되면 필시 상당한 직책을 주셔서 부당하게 반역죄로 몰린 귀족의 명성을 회복시켜 주실 겁니다."

7

에시피온이 세고비아탑으로 질 블라스를 만나러 와서
많은 소식을 알려 주다

우리의 대화는 토르데시야스에 의해 중단되었다. 그가 방으로
들어와서 내게 말했다. "질 블라스 씨, 방금 이 감옥 문에 와 있는 어
느 젊은이와 얘기를 했는데요. 당신이 여기에 갇혀 있지 않느냐고 물
었습니다. 그리고 내가 그의 궁금증을 풀어 주려 하지 않자 몹시 괴로
워 보였습니다. 그가 눈물을 머금고 말하기를 '고귀한 성주님, 데 산
티아나 나리께서 여기 계시는지 알려 주십사 겸허히 간청하오니 제발
물리치지 말아 주십시오. 저는 그분의 수석하인입니다. 그분을 뵙게
해주신다면 나리께서는 자비를 베푸시는 겁니다. 나리께서는 세고비
아에서 인정 많으신 신사로 통하십니다. 저의 소중한 주인님을 잠시
뵙도록 은혜를 베풀어 주시기를 간곡히 바랍니다. 그분은 죄인이라
기보다는 불행하신 분입니다'라고 말하더군요." 그리고 나서 돈 안드
레스는 말을 계속했다. "그 청년이 당신과 너무 말하고 싶어 하기에
오늘 저녁 그 청을 들어주겠다고 결국 약속했습니다."

나는 토르데시야스에게 그 젊은이를 내게 데려다주면 그보다 더 기쁠 수가 없겠다고 말하고, 어쩌면 그 젊은이는 내가 알아야 할 중요한 소식들을 내게 전해야 할지도 모른다는 말도 했다. 나는 그 충실한 에시피온을 만나게 될 순간을 초조히 기다렸다. 왜냐하면 나를 찾아온 사람은 분명히 에시피온일 테니까. 내 생각은 틀리지 않았다. 저녁 무렵 탑에서 그를 들여보내 주었고, 그는 나를 알아보았을 때 굉장히 흥분하며 기뻐했다. 내 기쁨도 그의 기쁨 못지않았다. 내 쪽에서는 그를 보자 황홀하여 팔을 뻗었고, 그는 무람없이 자기 품에 나를 꼭 끌어안았다. 그 포옹 속에서 누가 주인이고 누가 비서인지 혼동되었고, 그 정도로 다시 보는 기쁨이 컸던 것이다.

우리 둘 다 좀 진정되었을 때, 내가 에시피온에게 그가 저택을 나올 때 어떤 상태였는지 물었다. 그는 대답했다. "나리에게 이제 저택이란 없습니다. 나리께서 질문에 질문을 더하는 괴로움을 면케 해드리기 위해 그동안 나리 댁에서 일어났던 일을 제가 두 마디로 말씀드릴게요. 나리의 옷가지들은 궁수들뿐만 아니라 나리의 하인들까지 약탈해 갔어요. 하인들은 나리를 벌써부터 폭삭 망한 사람으로 여기고, 자기네 급료에 대한 선금 조로 가져갈 만한 것은 죄다 가져갔습니다. 나리로서는 다행히 제가 수완 좋게 나리의 금고에서 꺼낸 2피스톨라짜리 금화들이 들어 있는 커다란 부대 두 개를 그들의 손아귀로부터 구해 내서 지금 안전하게 있습니다. 제가 그것들을 맡겨 놓은 살레로가 나리께서 이 탑에서 나오시는 대로 돌려 드릴 겁니다. 나리의 체포에 레르마 공작은 개입되지 않았으므로, 제 생각에 나리는 이 탑에서 오래지 않아 나오시게 될 겁니다."

나는 에시피온에게 총리대신이 나의 실총에 연루되지 않았다는 것을 어떻게 아느냐고 물어보았다. 그러자 그가 대답했다. "오! 정말로, 제가 알게 된 일이거든요. 제 친구들 중 한 명이 우세다 공작의 신임을 받고 있는데, 그 친구가 나리의 감금에 대한 정황을 모두 말해 줬어요. '세뇨라 시레나가 다른 이름으로 밤에 스페인 왕자를 맞아들였고, 산티아나 씨의 중개로 그 음모를 이끌었던 사람이 레모스 백작이라는 것을 칼데론이 어느 하인을 통해 알아냈대요. 그래서 칼데론이 그들과 그 여인에게 복수하기로 작정한 거라더군요. 그 일을 성공시키기 위해 칼데론은 우세다 공작을 비밀리에 찾아가서 그 모든 사실을 고자질했어요. 그 공작은 자신의 적을 망하게 할 수 있는 기막힌 기회를 손에 쥐게 되어 몹시 기뻐하면서 그 기회를 이용한 거죠. 그는 왕에게 자기가 알게 된 사실을 알리고, 왕자가 처한 위험들을 생생히 묘사했어요. 그 소식에 전하는 분노가 치밀어서 그 두 여인을 당장 윤락여성수용소에 가두게 하고, 레모스 백작은 추방하고, 질 블라스는 종신형에 처했어요.' 바로 이것이 제 친구가 한 말이에요."

에시피온은 그러고 나서 말을 계속했다. "이로써 나리의 불행이 우세다 공작의 작품, 아니 좀더 정확히 말하자면 칼데론의 작품이라는 것을 잘 아시겠죠?"

나는 그 말을 통해 내 형편이 시간이 흐르면 만회될 수 있을 거라고 판단했다. 그리고 레르마 공작이 조카의 추방으로 화가 나서 그 조카를 궁정으로 되돌아오게 만들기 위해 전력투구할 것이라고 판단했고, 그 총리대신이 나 또한 잊지 않을 거라는 기대를 했다. 기대란 참으로 아름다운 것이다! 그런 기대를 하자 나는 도난당한 내 옷들의 손실에 대해서도 갑자기 아무렇지 않아졌고, 마치 그럴 만한 이유라도 있는 것처럼 다시 명랑해졌다. 나의 감옥은 어쩌면 인생을 다 보내야 할 불행한 거처가 아니라, 행운이 나를 어떤 대단한 자리로 올려놓기 위해 사용하는 수단처럼 보였다. 왜냐하면 마음속으로 다음과 같이 추론했으니까. '총리대신에게는 돈 페르난도 보르자, 헤로니모 데 플로렌시아 신부, 특히 그 덕분에 왕 곁의 자리를 차지하게 되는 은혜를 입은 루이스 달리아가 신부가 있다. 그 막강한 친구들의 도움으로 총리대신은 모든 적들을 완전히 몰락시키거나, 아니면 국가정세가 곧 변하게 될 것이다. 전하는 몹시 병약하다. 전하가 더 이상 없게 되는 즉시 그의 아들인 왕자가 레모스 백작을 다시 불러들이는 일부터 할 테고, 그 백작은 나를 여기서 즉각 끌어내어 새로운 군주에게 소개해 줄 것이며, 새 군주는 내게 특혜를 잔뜩 줄 것이다.' 나는 이런 식으로 미래에 대한 즐거운 기대에 한껏 부풀어서 현재의 불행은 거의 더 이상 느끼지 않았다. 그런 갑작스런 마음의 변화는 단지 그 기대 때문만은 아니었다. 내 비서가 금은세공사의 집에 맡겼다고 하는 그 도블론 금화 두 부대도 그런 변화에 못지않게 공헌했다.

나는 에시피온의 열성과 청렴한 태도에 너무 만족해서 그에게 고마움을 표현하지 않을 수 없었다. 그래서 그가 약탈에서 지켜낸 돈의 절반을 주겠다고 했다. 그는 거절하며 말했다. "저는 나리에게서 다른 감사 표시를 기대합니다." 나는 그의 거절에 놀랐을 뿐만 아니라 그 말에도 놀라서, 그를 위해 내가 해줄 수 있는 것이 뭐냐고 물었다. 그가 대답했다. "우리는 헤어지지 말기로 해요. 나리의 재산에 저의 재산을 합치게 해주세요. 저는 여태껏 그 어느 주인에게도 가져 본 적

없는 우애를 나리에 대해 느낍니다." 그래서 내가 말했다. "아니, 얘야, 네가 배은망덕한 자를 좋아하지 않는다는 것을 내가 장담할 수 있다. 네가 내 하인이 되겠다고 왔을 때, 나는 당장 네가 마음에 들었다. 우리는 천칭자리 또는 쌍둥이자리에서 태어난, 서로를 위해 태어난 사람들임이 틀림없구나. 사람들 말에 따르면, 그 두 별자리는 사람들을 연합시키는 별자리들이라더라. 네가 나에게 제안하는 그 연합을 기꺼이 받아들이마. 그리고 그 연합의 시작으로서, 이 탑의 성주 나리에게 여기서 너와 함께 지내게 해달라고 부탁해 보마." 그러자 그가 소리쳤다. "그러면 좋겠어요. 나리께서 선수를 치시는군요. 제가 그렇게 해주십사 그분에게 간청하려던 참이었어요. 나리와 함께 있는 것이 저에게는 자유보다 더 소중하니까요. 저는 그저 이따금씩 마드리드에 가서 관청의 분위기가 어떠한지 살피고, 궁정에서 나리에게 유리할 만한 어떤 변화가 일어났는지 보러 갈 때만 외출할 겁니다. 그래서 나리는 저를 통해 심복, 전령, 첩자를 한꺼번에 갖게 되실 겁니다."

그런 이득은 상당히 커서 이를 마다할 수가 없었다. 친절한 성주는 그토록 달콤한 위로를 내게 거절하고 싶어 하지 않았으므로, 나는 그토록 유익한 사람을 내 곁에 두게 되었다.

8

에시피온의 첫 마드리드 여행. 이 여행의 동기와 성공
질 블라스가 병에 걸리다. 이 병환의 여파

하인들보다 더 큰 적은 없다고 우리가 평소에 말한다면, 그들
이 충실하거나 애정이 많은 경우에는 가장 좋은 친구들이라는 말도
아울러 해야 한다. 에시피온이 그렇게 열성을 보이고 나자 이제 나는
그에게서 그저 또 다른 나 자신을 볼 뿐이었다. 그래서 질 블라스와
그의 비서 사이에 종속관계란 더 이상 없고, 격식도 없었다. 방도 함
께 썼고, 침대도 하나, 탁자도 하나뿐이었다.

에시피온과의 대화는 매우 유쾌했다. 그를 기분 좋은 청년이라고
불러도 온당했을 것이다. 게다가 유능하기까지 해서 나는 그의 충고
들이 좋았다. 어느 날 내가 그에게 말했다. "친구야, 레르마 공작에
게 편지를 쓰는 것이 나쁘지 않을 것 같구나. 나쁜 효과를 낼 것 같지
않아." 그러자 그가 말했다. "글쎄요! 고관대작들은 시시각각 달라지
므로 나리의 편지가 어떻게 받아들여질지 잘 모르겠네요. 하지만 나
리가 편지를 쓰신다 해도 별 탈 없을 것 같긴 해요. 그 총리대신이 나

284

리를 좋아한다 해도, 총리대신으로 하여금 나리에 대한 배려를 잊지 않게 하기 위해 공을 들이실 때 그의 우애에는 기대를 걸지 마셔야 합니다. 그런 부류의 후견인들은 더 이상 소식이 궁금하지 않은 상대방은 쉽게 잊어버리니까요."

그래서 내가 말했다. "그 말이 설사 너무 맞는다 할지라도, 내 상관을 좀 좋게 판단해 다오. 그가 선량하다는 것은 내가 알고 있다. 그는 내 괴로움을 동정할 거야. 내 괴로움이 그의 머릿속에서 떠나지 않으리라고 나는 확신한다. 아마도 그는 왕의 분노가 가시기를 기다리다가 적당한 때가 되면 나를 빼내 주려 하는 걸지도 몰라." 그러자 에시피온이 말했다. "그렇다면 다행이고요! 나리께서 총리대신에 대해 올바르게 판단하신 것이기를 바랄 뿐입니다. 그러면 아주 감동적인 편지를 쓰셔서 그분의 도움을 간청해 보세요. 제가 그 편지를 갖고 가서 그분의 손에 직접 건네줄게요." 나는 얼른 종이와 잉크를 달라고 하여 감동적인 글을 작성했다. 에시피온은 그 글을 비장하다고 보았고, 토르데시야스는 심지어 그라나다 대주교의 설교보다 더 뛰어나다고 말했다.

나는 지금 비참한 상태에 있지도 않은데 그런 척을 한 그 처량한 묘사를 읽으면 동정심이 일게 될 거라고 기대를 품었다. 그리고 그렇게 믿으며 내 전령을 보냈다. 에시피온은 마드리드에 도착하자마자 총리대신의 집으로 갔다. 거기서 내 동료들의 시종을 만났는데, 그 시종이 에시피온에게 공작을 접견할 기회를 주선해 주었다. 에시피온이 공작에게 내 편지를 건네며 말했다. "각하, 세고비아탑의 컴컴한 감방에서 짚더미 위에 누워 있는, 각하의 가장 충실한 종복이 이 편지를 읽어 주십사 아주 겸허히 간청한답니다. 간수가 동정심이 일어서 그에게 글을 쓸 수단을 제공했다고 합니다." 총리대신은 편지를 열어서 눈으로 훑어 내려갔다. 그런데 그 편지에서 가장 냉혹한 영혼도 누그러뜨릴 수 있을 묘사를 보았음에도 불구하고, 마음이 흔들리는 듯 보이기는커녕 목소리를 높여 격분한 태도로 거기 있는 몇몇 사람들도 들을 수 있을 정도로 말했다. "이보게, 산티아나에게 가서 전하게. 그가 그런 당치 않은 짓을 하여 매우 온당히 벌 받고 있는데도 감히 내게 전갈을 보내다니 아주 무모하다고 생각한다고 말일세. 그자는 내가 지지해 줄 거라는 기대를 더 이상 해서는 안 되고, 그냥 전하의 원한에 내맡겨 둬야 할 불행한 자라네."

에시피온은 아주 뻔뻔한 인물임에도 불구하고 그 말에 당황했다. 하지만 그는 그 당혹스러움에도 불구하고, 나를 위해 끼어들고야 말았다. "각하, 그 불쌍한 죄수는 각하의 답변을 알게 되면 괴로워 죽을 겁니다." 그러자 공작은 내 중재자를 힐끗 노려보더니 등을 돌릴 뿐 대꾸도 하지 않았다. 그 장관은 스페인 왕자를 위한 연애의 밀통에 자기도 참여했던 사실을 더 잘 감추기 위해 나를 그런 식으로 취급했던 것이다. 비밀스럽고 위험한 협상에서 고관대작들이 이용하는 졸개 수행원들은 모두 그런 결말을 예상해야 한다.

내 비서가 세고비아로 돌아와서 그 심부름에 관해 얘기해 주었을 때, 나는 그 감옥에 들어갔던 첫날에 빠졌던 참혹한 심연에 다시 빠졌다. 그리고 그때보다 훨씬 더 불행하다고 느꼈다. 이제는 레르마 공작의 후견이 더 이상 없으니까. 나는 낙담했고, 누군가 나를 다시 일으켜 세우려고 내게 뭔가 말한다 할지라도 다시 더없이 강렬한 슬픔에 사로잡혔고, 이로 인해 어쩌다 보니 심각하게 아프게 되었다.

성주 나리는 나를 구해 주고 싶어서 의사들을 부르는 것이 상책이라고 생각하여 의사 두 명을 데리고 왔다. 그 의사들은 리비티나 여신●의 대단한 종복이라도 된 듯 보였다. 성주는 그들을 소개하며 내게 말했다. "질 블라스 씨, 당신을 보러 온 히포크라테스 두 분입니다. 이분들이 당신을 얼마 안 되어 일어나게 해주실 겁니다." 나는 모든 의사들을 너무 경계했기에 내 목숨에 조금이라도 애착이 있었다면 그들을 아주 홀대했을 것이 분명하다. 하지만 그 당시 나는 사는 것에 대해 너무 진력나 있었기에, 나를 의사들의 손에 맡기려 한 토르데시야스에게 오히려 고마워했다.

그 의사들 중 한 명이 내게 말했다. "기사님, 무엇보다 우선 우리를 신뢰해야 합니다." 그래서 내가 대답했다. "전적으로 신뢰합니다. 당신들의 도움으로 내가 며칠 내에 모든 질병에서 치유되리라고 확신합니다." 그러자 그 의사가 말했다. "네, 신이 도우시면 당신은 그리 될 겁니다. 우리는 최소한 그렇게 되도록 해야 할 일을 할 것입니다." 실제로 그 의사들은 그 일을 아주 훌륭히 해내며 나를 너무 잘 처치해서, 눈으로 보기에 나는 이미 저세상으로 가 있었다. 돈 안드레스는 내가 치유되지 못할 거라고 벌써부터 절망하며, 내가 마지막을 잘 보낼 수 있도록 성 프랑치스코 수도회 신부를 하나 오게 했다. 그 신부는 자기 일을 수행하고 나서 벌써 물러가 버렸다. 나 자신도 임종의 순간이 왔다고 여기면서 에시피온에게 침대로 가까이 오라는 신호를

● 로마 신화에 등장하는 인물로서, 장례를 주관하던 여신.

했다. 나는 거의 꺼져 가는 목소리로 그에게 말했다. "소중한 친구여, 그 의사들과 그 모든 사혈이 나를 쇠약하게 만들었네. 그러니 가브리엘의 집에 있는 금화 부대 중 하나를 자네에게 넘기겠네. 다른 하나는 아스투리아스에 계신 내 부모님에게 갖다 드리기를 부탁하네. 그분들이 아직 살아 계신다면 아마도 그 돈이 필요하실 걸세. 그런데, 아아! 그분들이 나의 배은망덕에 대해 화가 나 계실까 봐 걱정되네. 아마도 무스카다가 고향으로 돌아가서 나의 냉혹함에 관해 말했을 텐데, 어쩌면 그로 인해 그분들이 돌아가셨을지도 몰라. 내가 그분들의 애정을 무관심으로 되갚았다 할지라도 하늘이 그분들을 지켜 주셨다면, 너는 그 도블론 금화 부대를 그분들에게 드리면서, 내가 그분들에게 더 잘해 드리지 못했다면 용서해 달라고 내 대신 부탁드리렴. 그런데 그분들이 더 이상 살아 계시지 않으면, 그분들의 영혼과 내 영혼의 휴식을 위해 하늘에 기도하는 데다 그 돈을 써주기 바란다." 나는 그 말을 하면서 그에게 손을 내밀었고, 그는 내 손을 눈물로 적시면서도 단 한 마디도 응답하지 못했다. 그 불쌍한 젊은이는 나를 잃는 것에 대해 그 정도로 요란을 떨었다. 이는 상속자의 눈물이 늘 가면 뒤에 감춰진 웃음이기만 한 것은 아니라는 사실을 증명해 준다.

그렇게 나는 마지막을 맞이할 준비를 하고 있었다. 하지만 내 기대는 저버려졌다. 의사들이 나를 버려두고 자연에게 모든 것을 내맡기자, 그 방법이 나를 살렸다. 의사들은 내가 열이 심해질 거라고 했는데, 마치 그들의 말을 반박이라도 하듯 열이 사라져 버렸다. 아주 다행스레 나는 서서히 회복되었다. 병을 앓고 났더니 마음이 완벽히 평온해졌다. 그렇게 되자 위로받을 필요도 없었다. 그리고 나는 재화와

명예를 완전히 멸시하게 되었다. 죽음이 가까이 오자 그런 생각이 들었고, 제정신이 들자 내 불행을 축복하게 되었다. 나는 불행을 하늘이 내려 준 특별한 은혜처럼 여기며 감사했다. 그리고 설사 레르마 공작이 나를 궁정으로 다시 불러들이고 싶어 한다 해도 더 이상 그곳으로 돌아가지 않겠다고 굳게 결심했다. 그보다는 차라리 혹시라도 감옥에서 나가게 되면 초가집을 하나 사서 거기서 철학자로 살겠다고 작정했다.

나의 심복은 내 계획에 찬동했다. 그리고 그 계획을 얼른 실행하기 위해 나의 석방을 청원하러 마드리드로 돌아가겠다고 했다. 그러면서 덧붙였다. "한 가지 생각이 떠올랐어요. 나리를 도울 수 있을 만한 사람을 제가 알거든요. 왕자의 유모가 총애하는 시녀인데, 똑똑한 여자예요. 그녀에게 부탁해서 그녀의 여주인으로 하여금 주인님을 위해 손쓰게 하고 싶어요. 나리를 이 탑에서 끌어내기 위해서라면 무엇이든 다 해보겠어요. 나리가 여기서 아무리 좋은 대접을 받는다 해도 감옥은 여전히 감옥일 뿐이니까요." 그래서 내가 대답했다. "네 말이 옳다, 친구야. 지체 없이 가서 협상을 시작하렴. 우리가 여기서 이미 물러나 있었으면 좋았을 텐데!"

9

에시피온이 마드리드로 돌아가서
어떻게 무슨 조건으로 질 블라스를 풀어주게 했나
그들은 세고비아탑에서 나와 어디로 갔으며,
무슨 대화를 나눴나

그러므로 에시피온은 마드리드로 또 떠났고, 나는 그가 돌아오기를 기다리며 독서에 매진했다. 토르데시야스는 내가 원한 것보다 더 많은 책들을 공급해 주었다. 글을 읽을 줄 모르면서도 학자라도 되는 양 분위기를 풍기고 싶어서 좋은 서가를 갖고 있는 어느 기사로부터 그 책들을 빌려 온 것이다. 나는 특히 훌륭한 인간 탐구서들을 좋아했다. 왜냐하면 그런 책에서는 궁궐에 대한 나의 혐오감과 고독 취향을 부추기는 글들을 매번 발견하게 되기 때문이다.

나는 석 주가 지나도록 내 중개인에 관한 얘기를 못 들었다. 그러다가 마침내 그가 돌아와서 유쾌하게 말했다. "데 산티아나 나리, 이번에는 제가 좋은 소식들을 가져왔어요. 유모이신 그 부인이 나리를 위해 개입해 주겠대요. 그 유모의 하녀에게 제가 간청하면서 1백여 피스톨라를 주었더니, 그 유모로 하여금 스페인 왕자에게 나리를 풀어 주도록 말하게 했나 봅니다. 제가 나리에게 자주 얘기한 바처럼,

왕자는 유모에게 아무것도 거절하지 못하므로, 왕이신 아버지께 나리의 방면을 요청하겠노라고 약속했답니다. 저는 이 사실을 알려드리려고 최대한 빨리 왔어요. 그리고 제가 벌인 일의 마지막 손질을 하러 이 길로 다시 가려 합니다." 이 말을 하고서 그는 다시 궁정으로 가는 길에 나섰다.

그의 세 번째 여행은 길지 않았다. 일주일 후, 내 사람이 돌아오는 것을 나는 보게 되었다. 그는 왕자가 왕으로부터 힘들지 않게 나의 석방을 얻어냈다고 알려 주었다. 그 소식은 바로 그날 성주 나리로부터 확인되었다. 성주는 내게 와서 그 말을 하며 나를 포옹했다. "친애하는 질 블라스, 천만다행히 당신은 자유입니다! 이 감옥의 문들은 이제 당신에게 열려 있습니다. 하지만 당신에게 어쩌면 많이 힘든 일일지도 모를 두 가지 조건하에서입니다. 나 또한 그것을 알려 드려야 하는 것이 유감스럽습니다. 전하는 당신에게 궁정에 나타나는 것을 금지하였고, 한 달 내로 두 카스티야에서 나가라고 명령합니다. 당신에게 궁정을 금하다니 나도 너무 괴롭습니다." 그래서 내가 대답했다. "하지만 나는 그 점이 아주 좋아요. 내가 궁정에 대해 어떻게 생각하는지는 아무도 모르겠지요. 나는 왕에게서 그저 한 가지 특사만 기대했습니다. 그런데 은전(恩典)을 두 가지나 주셨네요."

그렇게 내가 더 이상 죄수가 아니라는 것이 확인되자, 내 심복과 나는 노새 두 마리를 빌리고, 바로 다음 날 코고요스에게 작별인사를 했다. 토르데시야스에게는 그간 그로부터 받은 그 모든 우정의 표시에 무수히 감사했다. 그러고 나서 우리는 노새에 올라탔다. 우리는 5백 도블론씩 들어 있는 우리의 돈주머니 두 개를 가브리엘 씨에게서

받기 위해 마드리드로 향하는 길로 즐겁게 들어섰다. 길을 가던 중 내 동료가 말했다. "우리가 훌륭한 땅을 살 만큼 부자는 아니지만, 최소한 적당한 넓이의 땅은 살 수 있을 겁니다." 그래서 나는 대답했다. "우리가 오두막집 하나밖에 못 가진다 해도 나는 내 운명에 만족할 거다. 내가 비록 내 경력의 한 중간쯤에 가까스로 닿았을지라도, 나는 세상에서 돌아온 듯 느껴지고, 이제부터는 오로지 나를 위해서만 살련다. 게다가 전원생활이 즐거울 것 같아서 벌써부터 그 매력에 사로잡혀 미리 그 생활을 음미하고 있다는 말을 네게 하고 싶구나. 벌써 알록달록한 들판들을 보는 것만 같고, 꾀꼬리들이 노래하고, 시냇물이 졸졸거리는 것이 들리는 것만 같구나. 어떤 때는 사냥의 흥겨움을, 또 어떤 때는 낚시의 즐거움을 맛보게 될 거야. 친구야, 고독 속에서 우리를 기다리는 그 온갖 다양한 즐거움을 상상해 보렴. 너도 나처럼 그런 것들에 매혹될 거다. 우리 음식은 가장 간소한 것이 가장 좋은 것이 될 거다. 우리가 배고파서 다급해지면 빵 한 조각으로도 만족할 수 있을 거야. 배가 고파서 그 빵을 맛있다고 여기며 먹게 될 거야. 쾌감은 진미(珍味) 속에 있는 것이 아니라, 온통 우리 안에 있으니까. 그것은 너무 사실이어서, 나의 가장 맛있는 식사는 섬세하고 풍부한 식사가 아니다. 소박함이 진미의 원천이고, 건강에도 아주 좋아."

그러자 내 비서가 내 말을 가로막았다. "질 블라스 나리, 나리께서 허락하신다면, 저는 나리께서 제게 받아들이게 하시려는 그 이른바 소박함이라는 것에 대해 나리와 완전히 같은 의견은 아니라는 말씀을 드리고 싶네요. 왜 우리가 디오게네스처럼 먹어야 합니까? 우리가 그렇게 맛없는 식사를 하지 않더라도 건강이 더 나빠지지는 않을 겁니다. 다행히 우리에게는 은거 생활을 즐겁게 해줄 돈이 있으니까 배고프고 가난하게 살지 말기로 해요. 우리가 땅을 갖게 되는 즉시, 생활의 편의는 포기하지 않고 오히려 더 평온히 즐기기 위해 사람들과의 교류도 끊지 않는 똑똑한 사람들에게 어울리는 좋은 포도주와 다른 온갖 식량도 마련해야 할 겁니다. '자기 집에 갖고 있는 것은 해롭지 않고, 자기 집에 갖고 있지 않은 것이 해로울 수 있다'라고 헤시오도스가 말했습니다. 그리고 '자기 집에 필요한 것들을 갖기 바라는 것보다 소유하는 것이 더 낫다'고 덧붙였지요."

이번에는 내가 그의 말을 막았다. "에시피온 씨, 아니 도대체 그리스 시인들을 아시는군요! 아니! 헤시오도스와는 어디서 알게 된 건가요?" 그러자 그가 대답했다. "어느 학자의 집에서입니다. 살라망카에서 큰 영지를 소유한 어느 현학자를 얼마 동안 모셨거든요. 그는 두꺼운 책 한 권을 순식간에 쓰곤 했어요. 자기 서가에서 꺼낸 책들에서 발췌한 히브리어, 그리스어, 라틴어 문장들을 가지고 책을 썼지요. 저는 그의 필경사였기에, 제가 방금 인용한 문장처럼 그렇게 훌륭한 문장들을 얼마나 많이 기억해 두었는지 몰라요." 그래서 내가 말했다. "그렇다면 너는 아주 풍요로운 기억을 갖고 있겠구나. 하지만 우리 계획으로 다시 돌아오자면, 자네는 스페인의 어느 왕국에 우리의 그 철학적인 거주지를 마련하는 것이 적절하다고 판단하는가?" 그러자 내 심복이 말했다. "저는 아라곤이 좋습니다. 거기 가면 매력적인 장소들을 발견할 테고, 쾌적한 생활도 이끌어 갈 수 있을 겁니다." 그래서 내가 말했다. "그렇다면 좋아. 아라곤에서 멈추자. 나도 찬성이

야. 내가 무수히 많이 상상하는 그 온갖 즐거움을 공급할 만한 거처를
거기서 발굴해 낼 수 있게 되면 좋겠구나!"

10
|

그들이 마드리드에 도착해서 한 일

질 블라스는 길에서 누구를 만났으며,
그 만남은 어떤 사건으로 이어졌나

마드리드에 도착했을 때 우리는 에시피온이 여행 중에 묵었던 가구 딸린 숙박업소로 갔다. 우리가 첫 번째로 한 일은 우리의 도블론 금화들을 회수하기 위해 살레로의 집으로 가는 것이었다. 살레로는 우리를 매우 잘 맞아 주었고, 내가 방면된 것을 몹시 기뻐했다. 그러고는 덧붙였다. "단언컨대, 당신이 실총한 것이 너무 마음 아파서 궁정 사람들의 결속이 아주 역겨워졌어요. 그들의 행운은 공중누각이지요. 나는 내 딸 가브리엘라를 부유한 상인에게 혼인시켰어요." 그래서 내가 대꾸했다. "아주 잘하셨네요. 그러는 것이 더 미더울 뿐만 아니라, 귀족의 장인이 되는 부르주아에게 사위 나리가 늘 만족스러운 것은 아니니까요."

그러고 나서 대화 주제를 바꾸어 본론으로 돌아가 내가 말했다. "가브리엘 씨, 그 2천 피스톨라를 우리에게 주시면 ···." 그러자 그 금은세공사가 말을 가로막더니 "당신의 돈은 다 준비되었어요"라고 하고는 우리를 자기 집무실로 데려가서 두 개의 부대를 보여 주었다. 거기에는 '이 도블론 금화 부대들은 질 블라스 데 산티아나 씨의 것이다'라는 라벨이 붙어 있었다. 그는 말했다. "자, 내게 맡겨졌던 것이오."

나는 그런 큰 기쁨을 준 살레로에게 감사를 표했다. 그리고 그가 딸을 여읜 것에 대해 잔뜩 위로해 주고 나서 숙소로 부대들을 가져와서 도블론 금화들을 살펴보았다. 금액은 모두 그대로였다. 나를 방면키 위해 쓴 50도블론만 빼고 …. 우리는 아라곤으로 떠날 궁리만 했다. 내 비서는 간소한 마차와 노새 두 마리를 사는 일을 맡았다. 내 쪽에서는 내의와 의복들을 마련했다. 나는 물건들을 사면서 거리를 쏘다니다가 슈타인바흐 남작을 만났다. 돈 알폰소가 자랐던 집의 독일 근위대장 말이다.

나는 그 독일 기사에게 인사를 했다. 그 또한 나를 알아보고 다가와서 포옹을 했다. 내가 그에게 말했다. "나리께서 더없이 건강하신 모습을 다시 뵙고, 동시에 저의 소중한 나리들인 돈 세사르와 돈 알폰소 데 레이바의 소식을 들을 수 있게 되어 굉장히 기쁩니다." 그러자 그가 말했다. "그들에 관해 수백 가지 소식을 알려 줄 수 있소. 그들은 현재 둘 다 마드리드에 있고, 심지어 내 집에 묵고 있으니 말이오. 그들이 이 도시에 온 지 거의 3개월 된다오. 돈 알폰소의 선조들이 국가에 공헌한 바에 대한 보상으로 돈 알폰소가 은전을 받게 되었는데, 이에 대해 왕에게 감사를 하러 온 거라오. 그는 발렌시아 총독 자리를 요청하지도 않았고, 그를 위해 아무도 그 자리를 청원한 적이 없는데 그 직책을 얻기도 했다오. 이보다 더 관대할 수가 없소. 우리 군주가 훌륭한 사람에게 보상하는 것을 좋아한다는 점을 보여 주는 것이잖소."

군주에 관해 어떻게 생각해야 할지는 슈타인바흐보다 내가 더 잘 안다 할지라도, 나는 그가 말하는 것에 대해 알고 있는 내색을 조금도 하지 않았다. 나는 내 옛 주인들에게 인사하고 싶어 안달이 났다. 그러자 남작이 당장 자기 집으로 데려갔다. 나는 돈 알폰소가 나에 대한 애정이 아직 남아 있다면 나를 어떻게 맞을지 궁금했다. 남작의 집에 도착하고 보니, 그는 슈타인바흐 남작부인과 장기를 두고 있었다. 그는 나를 알아보자마자 장기판에서 물러나 일어섰다. 그는 흥분하며 내게 다가오더니 내 머리를 끌어안고 진정으로 기뻐하며 말했다. "산티아나, 드디어 자네를 보게 되다니! 정말 기쁘네. 우리가 함께 있지 못한 것은 내 탓이 아니었네. 자네는 기억하는지 모르겠지만, 내가 자네에게 레이바성을 떠나지 말라고 부탁했었네. 자네는 내 부탁을 고려하지 않았어. 하지만 자네가 잘못했다는 것이 아니네. 심지어 자네가 물러나게 된 동기에 대해 고마울 지경이야. 하지만 자네는 그 이후에 내게 소식을 전했어야 했네. 그랬다면 그라나다에서 헛되이 자네를 찾아다니지는 않았을 것 아닌가. 자네가 거기 있다고 내 동서 돈 페르난도가 전해 주었거든."

그렇게 짧게 불평하고 나서 그는 말을 계속했다. "자네가 마드리드에서 뭘 하고 있는지 알려 주게. 어떤 일자리가 있어 보이네만. 자네와 관련된 일을 내가 그 어느 때보다 잘 돌봐 줄 테니 믿어 보게나." 그래서 내가 대답했다. "나리, 제가 궁정에서 꽤 중요한 직책을 맡았던 것이 넉 달이 채 안 됐습니다. 영광스럽게도 레르마 공작의 비서이자 심복이었죠." 그러자 돈 알폰소가 굉장히 놀라며 소리쳤다. "아니, 이럴 수가! 아니! 자네가 그 총리대신의 심복이었다고?"그래서 내가 말했다. "그분의 총애를 받았고, 이어서 그 총애를 잃었지요. 어떻게 그리되었는지 이제 말씀드리겠어요."나는 그간 일어났던 일을 죄다 얘기해 주었다. 그리고 이제 내 과거의 영화로부터 남은 얼마 안 되는 재산으로 초가집을 하나 사서 은둔하는 삶을 이끌어가려 한다는 결심을 끝으로 이야기를 마쳤다.

돈 세사르의 아들은 내 말을 아주 주의 깊게 듣더니 말했다. "친애하는 질 블라스, 내가 자네를 늘 좋아했다는 것을 자네는 알고 있네. 이제 자네는 더 이상 운명의 노리개가 되지 않을 걸세. 내가 자네를 그 운명의 힘으로부터 자유롭게 해주고 싶네. 그 운명이 빼앗아가지 못할 재산의 주인으로 만들어 주겠어. 자네가 시골에서 살 계획이라니, 발렌시아에서 4리 떨어진 리리아스 옆에 있는 우리 소유의 작은 땅을 자네에게 주겠네. 자네도 그 땅을 알고 있네. 그 땅을 자네에게 선물해도 우리는 전혀 불편해지지 않아. 내 아버지도 이 말을 부인하지 않으실 테고, 세라피나에게는 진정 기쁨이 될 거라고 장담하네."

나는 돈 알폰소의 발아래 몸을 던졌고, 그는 나를 당장 일으켜 세웠다. 나는 그의 손에 입을 맞췄으며, 그가 준 혜택보다 그의 선한 마음에 더욱 감동했다. 나는 말했다. "나리, 저한테 그렇게 잘해 주시니 제가 말할 수 없이 기쁩니다. 나리는 제가 나리에게 해드린 일을 아직 아시지도 못하는데, 그런데도 그런 큰 혜택을 주시는 것이어서 더욱 감사한 마음입니다. 저는 나리의 너그러운 마음에 빚을 지는 것이 더 좋습니다. 제가 해드린 일에 대한 감사를 받기보다⋯."이 말에 총독이 좀 놀라워하면서 내가 해줬다는 것이 도대체 뭐냐고 물었다. 그래서 나는 사실을 알려 주었고, 상세한 내용을 말해 주자 더욱 놀라워했다. 그는 발렌시아 총독 자리가 내 신용에 의해 주어졌다는 것을 짐작하지 못했던 것이다. 슈타인바흐 남작도 마찬가지였다. 하지만 그것이 의심할 수 없는 분명한 사실임이 확인되자 내게 말했다. "질 블라스, 그 자리가 자네 덕분이라니, 나는 리리아스의 작은 땅으로 그치고 싶지 않네. 그것과 함께 2천 두카도의 연금도 제공하겠네."

그 지점에서 내가 말을 가로막았다. "그만하세요! 돈 알폰소 나리. 저의 탐욕을 깨우지 마세요. 재산은 저의 품행을 타락시킬 뿐입니다. 이미 너무 많이 겪은 일입니다. 나리의 리리아스 땅은 기꺼이 받겠어요. 거기서 제가 가진 재산으로 편하게 살게 될 겁니다. 저한테는 그거면 충분합니다. 더 바라기보다는 차라리 제가 필요 이상으로 가진 것을 잃는 쪽을 택하겠어요. 평온을 추구하는 은거지에서 재화는 그저 짐이 될 뿐입니다."

우리가 그런 식으로 대화를 나누는 동안, 돈 세사르가 도착했다. 그는 나를 보자 그의 아들이 그랬던 것 못지않게 기뻐 보였다. 자기 가족이 내게 입은 은혜를 알게 되자, 내게 연금을 받으라고 졸라 댔다. 나는 다시 거절했다. 마침내 그 아버지와 아들은 나를 당장 공증인에게 데려가더니 거기서 증여 증서를 작성했다. 둘 다 자신들의 이익을 위해 서명하는 것보다 더 즐거워하며 서명했다. 그 증명서가 교부되자, 그들은 내 손에 건네주면서 리리아스의 땅은 더 이상 자기네 것이 아니고, 내가 원할 때 언제든 그 땅을 소유하러 갈 수 있다고 말했다. 그런 다음 그들은 슈타인바흐 남작의 집으로 돌아갔다. 나는 우리 숙소로 날아가듯 가서 내 비서에게 우리가 발렌시아 왕국에 땅을 갖게 되었다는 사실과 내가 그 땅을 어떻게 얻게 되었는지 알려 주었다. 그는 감탄으로 넋을 잃을 지경이었다. 그가 말했다. "그 작은 영지는 가치가 얼마나 되나요?" 내가 대답했다. "5백 두카도 정도의 수익이 날 거다. 그러므로 기분 좋은 고독이라고 네게 장담할 수 있단다. 나는 그곳을 알고 있어. 데 레이바 나리들의 관리인 자격으로 거기에 여러 차례 갔었으니까. 매력적인 지방에 대여섯 세대가 사는 작은 마을에 있고, 과달라비아르강 끝자락에 있는 작은 집이란다."

그러자 에시피온이 소리쳤다. "더욱 제 마음에 드는 것은, 우리가 거기서 좋은 사냥고기와 베니카를로 포도주와 훌륭한 사향포도주를 먹게 될 거라는 점입니다. 자, 주인님. 서둘러 이 바닥을 떠나서 우리 은거지로 갑시다." 그래서 내가 말했다. "나도 너 못지않게 그곳에 빨리 가고 싶지만, 그러기 전에 우선 아스투리아스로 가서 한 바퀴 돌아 봐야 한단다. 거기 계신 내 아버지와 어머니가 형편이 좋지 않으니까. 나는 그분들을 찾아서 리리아스로 모시고 가고, 거기서 여생을 편안히 보내시게 하고 싶구나. 어쩌면 하늘이 그분들을 거기에 모시도록 그 피난처를 마련해 주었는지도 모른다. 내가 그 뜻을 저버리면 하늘이 나를 벌할 거야." 에시피온은 나의 계획을 몹시 칭찬했다. 그는 심지어 그 계획을 실행하라고 자극하기까지 했다. 그는 말했다. "시간 낭비하지 말기로 해요. 저는 마차를 이미 확보해 놓았어요. 노새들을 얼른 사서 오비에도로 떠납시다." 그래서 내가 대답했다. "그래, 친구야, 가능한 한 속히 떠나자. 나는 내 은퇴의 달콤함을 부모님과 나누는 것을 내 의무로 삼았단다. 우리는 곧이어 우리의 촌락에서 살게 될 거야. 거기 도착하면 내 집의 문에다 라틴 시 두 구절을 금박으로 새겨놓을 거다."

Inveni portum. Spes et Fortuna, valete!
Sat me lusistis; ludite nunc alios!●

— 3권에서 계속

● "나는 안식처를 찾았다. 기대와 행운은 안녕! 너희들은 나를 충분히 갖고 놀았다.
이제 다른 자들을 갖고 놀아라!" 뇌프샤토에 따르면, 이 이행시는 퓌르티에르가 인
용했던 것으로서 16세기의 익명의 작가가 쓴 글이라고 한다(GF-Flammarion 판본
의 주석).

지은이 · 옮긴이 소개

지은이_알랭-르네 르사주 (Alain-René Lesage, 1668~1747)

18세기의 대표적인 프랑스 소설가 중 한 명이다. 스페인의 피카레스크 소설 양식을 이용한 《질 블라스 이야기》를 통해 명성을 얻었지만, 정작 가장 많은 작품을 남긴 장르는 연극이다. 장터 연극에서 오랫동안 노력을 쏟았고, 소설을 집필하는 과정에서도 연극에 대한 관심의 끈을 놓지 않은 르사주의 소설은 연극적 요소가 많이 담긴 것이 특징이며, 이는 생동감 넘치는 전개에서도 느껴진다. '사실주의'라는 용어가 아직 사용되기 전 시대에 사실주의적인 풍속소설을 써냈다는 평가를 받는다. 소설 《절름발이 악마》와 연극 〈튀르카레〉 등 프랑스문학사에 의미 있는 족적을 남긴 작품들이 여럿 있다.

옮긴이_이효숙

연세대 불어불문학과를 졸업했다. 프랑스 파리4대학(소르본)에서 20세기 프랑스 문학(베르나노스) 연구로 석사학위, 18세기 프랑스 문학(마담 드 장리스) 연구로 박사학위를 받았다. 연세대에서 강의하고 있으며, 번역한 책으로는 《마음과 정신의 방황》(크레비용), 《랭제뉘》(볼테르), 《80일간의 세계일주》(쥘 베른), 《카사노바》(미셸 들롱) 등이 있다.